Kunihiro Sengi
国広仙戯
Watanuki Nao
Illust. 和狸ナオ
最終兵器勇者
～異世界で魔王を倒した後も大人しくしていたのに、
いきなり処刑されそうになったので反逆します。
国を捨ててスローライフの旅に出たのですが、
なんか成り行きで新世界の魔王になりそうです～
TOブックス

CONTENTS

Design : 石田 隆（ムシカゴグラフィクス）　Illust : 和狸ナオ

第一章

魔道士との再会

●1　処刑からの制圧、制圧からの退職、退職からの旅立ち

「アルサルよ、おぬし反逆を企《くわだ》てておるな？」

「は？」

国王に呼ばれ謁見《えっけん》の間に来てみたら、初手からこれである。

意味がわからない。

「えー……何のお話でしょう？　私に反逆の意志などございませんが？」

ひとまず、素で返しておく。いきなり反逆罪に問おうとするとは、藪《やぶ》から棒にも程があるではないか。

セントミリドガル国王ことオグカーバ・ツァール・セントミリドガルは、俺の言葉にうんうんと頷《うなず》き、

「そうかそうか、あくまでシラをきるつもりか。かつては魔王を倒した勇者が、嗚呼《ああ》、なんと嘆かわしい……」

いや待て、おい。話を聞けって。ないって言ってんだろうが。

「じゃが、無駄じゃ！　元勇者にして、今は我が王国軍の戦技指南役《せんぎしなんやく》アルサルよ！　おぬしが反逆を企てていることは明白！　潔《いさぎよ》く観念するがいい！」

何が明白なんだ、何が。というか唾《つば》を飛ばすんじゃあない、この耄碌《もうろく》ジジイめ。まぁ、距離があるからここまで届かないんだが。

しかし、おかしいな。このオグカーバ陛下、俺が十三歳で勇者として旅立った頃は、まだそれなりに頭の切れる人間だったはずだが。いや、子供に魔王討伐の任を負わせて国から追放した件については、ちょっとかなり頭おかしいとは思うんだが。まぁ、あの時は色々と非常事態だったしな。

それはそれで仕方ないにしても——

俺は、はぁ、と溜息を吐き、

「何か証拠でも？　私には全く心当たりがないのでございますが」

さてはボケたか？　しかしいや、それにしては準備万端だな。陛下の周囲はもちろんのこと、この謁見の間には多くの近衛兵が詰めている。既に部屋の出入り口は大勢の兵士によって塞《ふさ》がれているし、全員が妙に殺気だった目で俺を睨《にら》んでいる。

俺はこの十年間、兵士を教育する戦技指南役として働いてきた。しかし、だからと言って全ての兵士を教導していたわけではない。ここにいる近衛兵は指揮系統が違うので、こうして俺を敵視するってのも、まぁわからんでもないのだが。

というか実際問題、俺が指導した奴らならたとえ死んでも俺と戦おうなんて思わないはずだしな。

「証拠はないが、証言ならある！　我が息子、ジオコーザの証言がの！」

「王子殿下の証言？」

国王が掌《てのひら》で示した方を見やると、そこには陰険な笑みを浮かべた王子、ジオコーザ・ツァール・

セントミリドガルの姿があった。

やや陰気の濃い顔付きに、癖《くせ》のある金髪がよく似合っている少年だ。おや？　今日は珍しく、やけに似合わない片ピアスをつけているな。ちょうどこういうお年頃が好むセンス、って感じのデザインだ。よくある大人になるとちょっと使いにくいアレである。

「――まさか、何かの間違いでしょう？」

ははは、と俺は適当に笑い飛ばした。今年で十五歳になるジオコーザ王子は、何を隠そう俺の教え子である。三年前から俺の訓練部隊に入り、それから毎日訓練に励んでいる。

王子なのに軍の訓練部隊に？　何故？　と思うかもしれないが、魔王が打倒され人界の危機は去ったとはいえ、人間同士の諍《いさか》いが無くなったわけではない。

むしろ魔王や魔族、魔物といった外的脅威が排除されたからこそ、人間の国家間の戦争などいつ起こってもおかしくない状態となった。

人の上に立つ者こそ強くあれ――多少ボケが進んだ国王ではあるが、その考え自体は素晴らしい。この思想が故、オグカーバ陛下はジオコーザ王子を俺に預けた。おかげで当時はヘロヘロのもやしっ子だった王子が、今ではすっかり精悍《せいかん》な青少年である。我ながらいい仕事をしたものだ、と自分で自分を褒《ほ》めてやりたいところだが――。

しかし――

「そうとも！　かつての勇者にして、我が軍の戦技指南役――いや、今はこう呼ぼうか、反逆者のアルサルよ！　私は知っているぞ！　貴様が国家転覆《てんぷく》を企てていることを！　この目で見て、この

耳で聞いたのだ！」

　おっと、こいつはまずいぞ。

　普段は俺の部下として「はい、アルサルさん！」とか「了解です、教官！」とか言っている王子が、急にタメ口でしかも高圧的なことを言い出した。なのでつい、反射的に俺の中の〝傲慢《ごうまん》〟が反応してしまう。

「――あ？　今なんつったよ？　つか呼び捨て？」

　我慢しようと思ったが、無理だった。こめかみに青筋を浮かべて、素で威圧してしまう。

「ひぃっ……!?　す、すみ――申し訳ありませんっ！」

　途端、ジオコーザ王子は背筋を伸ばし、いつものように俺に対して敬礼した。といっても今日はいつもの訓練用の装備ではなく王子としての正装を身に着けているので、その姿にはやや違和感があったが。

　しかしまぁ、条件反射に過ぎなかったのだろう。ジオコーザはすぐ我に返ると、怒りに顔を歪《ゆが》めた。敬礼した手をブルブルと震わせ、ぎこちない動きで俺を指差し、

「――って違うわ！　わ、私は王子だぞ！　お前の方が立場が下なんだ！　なんで敬語を使わねばならんのだ!?　ふざけるな！」

　声が裏返ってしまっているが、それはまぁその通り。訓練中ならともかく、今は公式の場。ジオコーザの言い分はもっともである。

「おっと、失礼しました殿下。つい、いつものクセで。なにせ軍において規律は絶対ですから」

言外に、これが訓練中のことだったらお前くびり殺してるからな？　という脅しも含めて、丁重に謝罪しておく。普段は俺の部下として敬語を使いまくっているくせに、よく言うぜ。

「――が、それはそれとして。一体全体どういう意味でしょうか、ジオコーザ王子殿下。この私が〝反逆者〟などとは。そのような根も葉もない言いがかりをつけられるとは、このアルサル、まことに遺憾であります」

正直に言えば、てめぇ舐めてんのかクソ野郎テキトーなことぶっこいてると終《しま》いにゃぶっ殺すぞ、と言いたいところを、どうにか丁寧な口調で言い繕《つくろ》った。

実際問題、寝耳に水だ。俺は反逆を企てたことなんて一度もない。魔王討伐の褒賞《ほうしょう》の一つとして与えられた『戦技指南役』という役職は、仕事は楽だわ給料はいいわ俺の性にあっているわで、何の文句もなかったのだから。

「ふん、何を調子のいいことを！　先日、貴様は言っていたではないか！　よりにもよってこの私の前で！」

「はて？　何をでしょう？」

「アルサル、貴様……先日の酒の席において『お前が本気になれば、我が王国を一人で制圧できるのではないか？』と私が尋ねたことを、もちろん覚えているな？」

「――ああ、訓練合宿が終わった打ち上げ会でのことでしょうか？」

確か、三日ほど前のことだ。酔っぱらった王子からそんな話を振られた覚えがある。というか、あの時は『もしアルサルさんが本気になったら、うちの国なんてひとたまりもないですよねぇ？

えへへへ』と大分へりくだった言い方だった気がするんだが。

「そうだ。その時、貴様はなんと答えた？」

「確か……」

思い出そうと記憶の引き出しを探り始めたところ、俺が思い出すより先にジオコーザ王子が自分で答えを言った。

『俺がその気になったら半日もいらないって。なんなら試してやろうか？』と！　アルサル、貴様はそう言ったのだ！」

「はぁ……」

なにせ酒の席だ。つまりは無礼講だ。場を盛り上げるため、そんなことを言ったような気がしないでもない。もちろん冗談でしかないことは、その場にいた全員が暗黙のうちに了解していたはずだが。

「そういえば、そんなことも言いましたね。それが何か？」

「それが何か、だと……!?」

ただでさえ怒りで真っ赤に染まっていたジオコーザの顔が、ビクッ、と引き攣《つ》った。おっと、どうやら地雷を踏んでしまったようだ。

「ふざけるな！　自分がその気になればこの国を支配できると、貴様は言ったのだぞ！　これが叛《はん》意《い》でなくて何と言う！」

まなじりを決して怒鳴りつけた王子に、俺は笑顔でこう返した。

「冗談と言います」

よし、これで一件落着だ。何だか妙な誤解をしていたようだが、あくまで酒の席での冗談だ。当然、本気ではない。

何故なら——こんなにも楽で給料もいい仕事を捨ててまで、国を乗っ取って政《まつりごと》に精を出す必要が一体どこにあろうか。

いいや、ないね。全くない。ナイフを握った人間と同じで、人を殺せることと、実際に人を殺すことの間には、天と地ほどの隔絶があるのだ。

「ふ、ふ、ふ……ふざけるなアルサルゥゥゥ——————ッッッ！！！」

おやおや？　なんだなんだ、どうしたどうした？　王子がえらい剣幕で絶叫を上げたぞ。

「冗談だろうが何だろうが、言っていいことと悪いことの区別もつかんのか貴様はぁっ!!　許さん、許さんぞぉアルサル！　言い訳など聞かん！　貴様に叛意あり！　これはもう揺るぎようのない事実だッッ!!」

おいおい、そんな無茶な。違うって言ってるのに、そのこじつけは無理筋にも程があるってもんじゃないか？

というか、ジオコーザの奴、こんなすぐキレるような奴だったか？　俺の訓練で忍耐する根性だけはしっかり叩き込んでやったはずなんだがな。

さっ、とオグカーバ陛下が手を上げ、王子の激昂を制した。

「……聞いての通りじゃ、アルサル。我が愛する息子ジオコーザがここまで言っておるのじゃ。余はこれを聞かなかったことには出来ん。おぬしは反逆を企てておる――これはもはや覆《くつがえ》しようのないことなのじゃ」

低く押し殺した声で告げ、国王は俺を見据える。ボケたかと思っていたが、流石は一国の統治者ということか。その眼光は、なかなかに鋭い。

「お待ちください、陛下。ですから誤解だと申し上げております。私が口にしたのは、あくまで酒の席、無礼講の場でございます。当然ながら、本意ではありません」

「黙れぇッ!!」

改めて弁解しようとしたところ、にべもなく大声で遮断されてしまった。

いやだから話を聞けって。

オグカーバ陛下は豊かに伸びた顎髭《あごひげ》――かつては金色だったが年老いて真っ白になってしまった――を手で梳《す》かしながら、

「そもそもの話、魔王を倒した勇者ということで特別待遇の戦技指南役に据えてやったというのに、おぬしはどれだけ国に貢献したというのじゃ？　あれから戦争どころか小競り合い一つ起きず、国は平和そのもの。これではおぬしはただの穀潰しではないか！　この役立たずめ！」

「穀潰《ごくつぶ》し……？」

おおっと、こいつは聞き捨てならないな。いいじゃないか、平和。戦いなんて起こらない方がいいに決まっている。軍隊が何の役にも立たないのは、それだけ世界の情勢が安定しているということだ。この状況を喜びこそすれ、憤激《ふんげき》するなど見当違いも甚《はなは》だしい。

万死に値するぞ、おい。

「あまつさえ反逆の意志を持ち、それを放言するなど言語道断じゃ！」

いや言語道断はお前だ、クソ野郎。この平和を手にするため、俺と仲間達が十年前どれほどの地獄を味わったと思っている。

「反逆者アルサル！　これらの罪状により貴様を処断する！　死を以て罪を贖《あがな》うといい！」

なるほど、死刑というわけか。ははは、笑わせてくれるな。随分と極端な沙汰を下してくれるじゃないか。

「――死刑、というわけですか。十年前、この国どころか人界を救った英雄の一人である、私を殺す……と。それ、本気で仰ってます？」

内心の激憤はともかく、あくまで丁寧に俺は問うた。そんなこと、本気で出来ると思っているのかと。

しかし、これには意外な返答があった。

オグカーバは嗜虐的《しぎゃくてき》な笑みを浮かべ、鼻を鳴らし、

「ふん、英雄が聞いて呆れるわ。貴様、もはや当時ほどの力はないと見えるのう。これもジオコーザから聞いているぞ」

「ほう、また王子から？　何をお聞きに？」

「先日の格闘訓練で、貴様は王子をこう褒めたそうじゃな。『お前がこのまま成長すれば、いずれは勇者と呼ばれた俺をも超える存在になれるぞ』と」

ああ、言った気もするな。ただの社交辞令というか、すぐにやる気をなくすジオコーザを奮起させるための方便というか。というか、正確には『お前だってちゃんと頑張れば、勇者だった俺を超えられるかもしれないぞ』という、非常に曖昧《あいまい》な言い方だったはずだが。

「我が息子に追い越される程度の者など、もはや勇者でも英雄でもあるまい！　落ちるところまで落ちたようじゃな、アルサルよ！」

大声を張り上げてオグカーバが俺を罵倒《ばとう》したところ、続けてジオコーザの馬鹿王子がこちらを指差し、せせら笑う。

「その通り！　父上の言う通りだ！　たとえ今は私の力が及ばずとも、貴様の力がその程度ならば恐れる必要などどこにもない！　ここにいる近衛兵の数を見よ！　どうだ、これだけの人数を相手に勝てるかアルサル！」

勝てまいよ、ざまぁみろ――とでも言いたげな顔で俺を嘲笑《あざわら》うジオコーザ。

おいおい。

なんて――なんて脳天気な頭をしているのだろうか。

「――はっ……」

俺の方こそ笑ってしまう。

脳みそがお花畑のザコ王子に、そんな馬鹿に唆《そそのか》された愚かな王――

そう、どうせ言い出しっぺはジオコーザの方なのだろう。

先程、奴らが並べ立てた証言――俺が反逆の意志を持っているかのように思えるような言葉と、もう少し鍛錬すればジオコーザが俺を超えるかもしれないという可能性の示唆。この二つを以て、気に食わない俺を陥れ処刑する算段でもつけたのだろう。浅はかなバカ王子がいかにも考えそうなことだ。

でもって、オグカーバの愚王。見ての通りジジイだ。ジオコーザは年老いてからやっと生まれた第一王子で、待ちに待った後継者で、昔から掌中《しょうちゅう》の珠のごとく大事に育てていたのは知っている。目に入れても痛くないほどの溺愛《できあい》っぷりで、なおかつ高齢によるボケも混じれば、こんな馬鹿な話に騙されるのも、まぁ無理はないのかもしれない。

「は、はは、ははは……」

しかしまぁ、だからと言って、ここまで事態がこじれるものかね？　まいったな。ジオコーザめ、いつも健気に訓練を頑張っていると思って褒めてやったというのに。こいつ、こんなに根性が歪んでいたのか。それとも、俺のせいでこうなったのか？

いやまぁ、今はそんなことどうでもいい――

「はははは、ハハハハハハハハ！」

俺は我慢できず、おとがいを上げて哄笑した。ここが謁見の場であることも忘れ、呵々大笑《かかたいしょう》する。

「アルサル……！　おぬし、気でも触れたか……！」

オグカーバがたじろぎ、

「な、何を笑っている貴様ぁっ‼」

ジオコーザが激昂する。

これがどうして笑わずにいられようか。

この俺だぞ？　かつて魔王を倒した勇者だぞ？　〝天災の魔王〟と呼ばれたエイザソースを滅ぼした、〝銀穹《ぎんきゅう》の勇者〟アルサルだぞ？

そんな俺を相手にして――たかが人間風情が勝てると本気で思ってるのか？

「ハハハハ……」

くだらん。

あまりにもくだらん。

なんて愚かな奴らだ。

ひどく馬鹿馬鹿しい。

何だこれは。あの頃の苦労が、何もかも水の泡ではないか。

かつての俺は、こんな奴らを守護《まも》るために、あの地獄の方がまだマシだと思うような戦いを生き抜いたのか？　血反吐を吐き、嗚咽《おえつ》を漏らし、汚泥の上をのたうち回りながら、こんな未来が来るとも知らずに戦い続けたというのか？

ふざけるな。

「ええい近衛兵！　奴を取り囲め！　絶対に逃すな！　捕まえろッ！」

ジオコーザが指示を飛ばすと、謁見の間に詰めていた近衛兵らが身構え、ざわめき立った。

「反逆者アルサル！」「おのれ不敬なやつめ！」「無駄な抵抗はやめろ！」「貴様は死刑だ！」「手を頭の後ろに回し、膝をつけ！」

鎧に身を包み、武器を手にした兵士達が口々に叫ぶ。大人しくお縄につけ、と。

馬鹿なのか？

何十万、いや何百万もの魔王軍を相手にたった四人で激闘を繰り広げ、死に物狂いで敵陣を突破し、常識では到底計り知れない巨敵――〝天災の魔王エイザソース〟をぶっ倒した俺に、無駄な抵抗はやめろ？　貴様は死刑だ？

「はぁぁぁぁ……」

深い、それはもう深い溜息が出てしまった。

怒りを通り越して、いっそ呆れてしまう。

「アルサル、貴様！　何を溜息などついている！　馬鹿にするのも大概にしろ！」

呆れ果てて物も言えなくなった俺に、またしてもジオコーザが文句をつける。

ダメだ、さっきからちょいちょい俺の中の〝傲慢〟が反応してしまっているが、こうなってはもはや我慢する理由が一つもない。

死刑になどなってたまるか。

そして、俺の命を奪おうなどと考えている輩《やから》に対して、慈悲の心を持つ必要もない。

「やれやれ……」

俺は肩をすくめ、そして――今の今まで抑えていた力を一気に解放した。

「勇者を舐めるなよ？」

ズン――――!!

俺が体の内側に押し込んでいた〝力〟を解放した途端、場の空気が激変した。

真実、目に見えない重力が発生し、周囲を押し潰す。次いで、王城全体が小刻みに振動し始めた。

「う……!?」

「な……!?」

オグカーバとジオコーザが同時に呻《うめ》き声を漏らす。へぇ、腐っても王族か。ちょっと声が出る程度とは、なかなかの胆力だ。

しかし。

「う、うおぉ……!?」「ぐっ……がぁぁ……!?」「ひ、ひぃぃ……!?」

近衛兵の大半は悲鳴を上げ、震え上がっていた。

生まれたての子鹿のように全身をブルブル震わせている奴、膝が笑うというかダンスして崩れ落ちる奴、極めつけにはそのまま失神する奴が続出する。

近衛兵が次々に膝を突くので、硬い足甲《グリーブ》が床とぶつかる音がそこかしこで響いた。次いで、手にした武器が転がる音も連続する。

「――――な、何を、した……!?」

近衛隊長と思しき精悍な男が、四つん這いになって俺に問う。顔を歪めながらでも、そうやって声を出せるのなら人間にしてはなかなかの〝強度〟だ。

「別に何も？」

俺はしれっと答えた。

「むしろ、さっきまで〝何かしていた〟のをやめただけだ」

はっ、と思わず嘲笑《ちょうしょう》してしまった。

そう、俺はやめただけだ。自身の力を抑えることを。

「お前ら全員バカだろ？　俺をどこの誰だと思ってるんだ？　元とはいえ勇者だぞ？　仲間もあわせてたった四人で魔王軍と戦って、勝利して帰ってきた英雄だぞ？　ははは、面白いなぁ」

揶揄《やゆ》するように笑うと、俺はさらに自身の内側から溢れる『力』を解放した。抑えることをやめたら、どんどん尽きることなく出てくる出てくる。長年の我慢のツケってやつだろうか。

途端、

「ぐ、おお、おおおお……!?」

オグカーバが玉座から滑り落ち、床に四つん這いになった。毛足の長い絨毯に垂れる長い顎髭が、五本目の足のようにも見える。

「が、がぁぁあああああ……!?」

若いジオコーザは片膝と片手を床に突き、それでもなお歯を食いしばり、全身にのし掛かる重圧に耐えていた。

――威圧。

詰まる所、俺がしているのはそれだけだ。

まぁぶっちゃけ、いつも気を張って全身に込めていた力を抜いただけなんだがな。そう、体のあちこちを脱力させて、外へ漏れ出ないようにしていた『力』を好きなだけ放出しただけで、それ以外には何もしていないのだ。

だが、たったそれだけで俺以外の生物は威圧され、全身に凄まじい重力がかかり、気の弱いものに至っては意識を失う。

「十年前、俺達が何と戦っていたと思うんだ？　魔王は言うまでもないが、その取り巻きにどれだけの魔人や魔物がいたと思ってる？　四天元帥《してんげんすい》に十二《じゅうに》魔烈将《まれっしょう》、八大竜公《はちだいりゅうこう》や狂武六司令《きょうぶろくしれい》と……それはもうわんさかわんさか、あれやこれやがいたんだぞ？　だっていうのに、俺と仲間はたった四人で――そう、たったの四人だけでそいつらと戦ったんだ」

俺は、本来ならそこから先へは進んではいけない境界線を越え、謁見の間の奥へと歩を進める。

玉座へ近付くために。

「世界の東側を支配する『魔の領域』。そこに棲息する魔人――つまり魔族だな。そして、その配下の魔物の群れ。そんな奴らがどれだけの数いたと思う？　いや、数字だけなら知っているだろうし、想像だけなら何となくできるだろう？」

もはや近衛兵のほとんどが俺の威圧――まぁ実際には〝脱力〟なんだが――にやられて意識を失っている中、独《ひと》り言《ごと》のように語る。

「魔族だけでも何十万。魔物を含めたら何百万だ。そいつらが雁首《がんくび》揃えて、魔王を守るために布陣していた。壁を作ってたんだ。俺達は四人しかいないってのにな」

幸か不幸か、いまだに意識が残っている奴でも戦意は完全に失われていて、ガクガクブルブルと震えながら俺を見ているだけ。涙を流して、場合によっては失禁して。これまで経験したことのない恐怖に怯えてしまっているが故に。

「わかるか？　たった四人で、何百万もの魔王軍と戦う恐ろしさが。どれだけ大変だったと思う？　いや、大変とかそんなレベルじゃあなかったんだけどな。正真正銘、あれは地獄だった。いや、地獄以上の何かだったよ。今でも上手く言葉に言い表せやしない」

オグカーバの座っていた玉座は、謁見の間の最奥に設置された壇上にある。そこまでは五段ほどの階段があって、玉座の脇に控えたジオコーザもそこで蹲《うずくま》っていた。

「普通、ただの人間が猛獣の前に出たらどうなる？　怯えるよな。恐怖で体が凍り付くよな。気の弱い奴ならそのまま気を失うよな？」

俺はゆっくり、踏みしめるように階段を昇っていく。国王と王子、双方を交互に見据えながら。

「でも、魔物は猛獣なんかよりもずっと大きくて、強くて、凶暴だった。そんなのが何百万もいて、しかも一斉に襲いかかってくるんだぞ？　当然、後ろには魔族の兵士や、さっきも言った幹部共も控えている。俺も仲間も、万単位の魔物なんざ片手で吹き飛ばすぐらいじゃなきゃ、勝ち残るどころか生き残ることすら出来なかったんだ。わかるか？」

俺が近付けば近付くほど、この全身から放たれる重圧《プレッシャー》は強くなっているはずだ。自分ではよくわからないが、そういうものらしい。

「そんな状況だってのに、俺達は歯を食いしばって魔王軍を突破して、どうにか魔王を倒したんだぞ？　少なくとも俺に与えられた〝勇者〟ってのは、そういうことが出来る奴にだけ与えられる称号だったんだ」

これだけ俺が近付いても気を失わない王族二人は大したものだと思う。皮肉じゃない。心底、感心している。正直、意外に思っているほどだ。愚王にザコ王子、どっちもすぐ気絶して倒れるものと予想していたのに。王族の矜持《きょうじ》か、それとも別の要因でもあるのか。

「――なぁ、わかるか？　たかだか猛獣を前にしただけで怯えるような人間が、そいつらよりも強い魔物を何百万と倒してきた俺の前に立ったら、一体どうなると思う？　簡単だろ？」

今、目の前に広がっている光景。それこそが、揺るぎない答えだった。

「だというのに、そんな俺を死刑にするだって？　ほんと何を言ってるんだお前ら？　力の差もわからなかったのか？」

そう、熊や獅子といった肉食獣の前に立っただけで、常人であれば恐れ戦《おのの》き、まともに動けなくなる。

そんな奴が魔物、つまり魔獣を前にしようものなら指一本動かせなくなるだろうし、多少の訓練を積んでいたとしても、どうにか逃げるのがやっとだ。

ましてや魔族や、その幹部である四天元帥や十二魔烈将と相まみえた日には、十中八九気を失うか、そのまま絶命するに違いない。

だが、俺はそいつらに勝った。

俺はそいつらよりも強い。

つまり、

「本来なら、普通の人間は俺の前に立っただけで死ぬんだよ。最終的に、俺はそういう奴になっちまったんだ。そういう奴にならなきゃ生き残れなかったし、魔王も倒せなかったんだ」

故にこそ俺や仲間達は、人間の世界へ戻る際に自らの『力』を封印した。強くなりすぎた俺達は、ただそこにいるだけで人々を怯えさせたり、ひどい場合は恐怖だけで死なせてしまうから。

だから俺は、十三歳で旅立ち、一年で魔王を倒した後――つまり十四の頃からずっと自らの『力』を抑え込んできた。

そんな状態で魔王討伐の報償として〝戦技指南役〟という、これまで存在しなかった役職を与えられ、いわば天下りのような立場でこの十年を過ごしてきたのだ。

だというのに、だ。

「その俺が、反逆？　穀潰し？　はははは、何だよ、笑わせるなよ。とりあえずまぁ、穀潰しってこと自体は否定しないさ。というか、王様よ、オグカーバ陛下様よ、俺はてっきりアンタがわざと俺を飼い殺ししているもんだと思っていたんだけどな？　どうやら俺の目は節穴だったらしい。まさか、何も考えずに俺を側に置いていたなんてな」

国王は理解しているものと思っていた。俺という存在の危うさを。俺をただ温存しているだけで、周辺諸国に対する睨みが利くってことを。

だが――悲しいかな、我が王はそんなことにすら気付かない暗愚だったらしい。仕える主を間違えるとは、まさにこのことだ。

それどころか、いくら愛息子が可愛いからと言って、その妄言を盲目的に信じ、国どころか世界の恩人であるはずの俺に牙を剝《む》くなんてな。

「はぁ……」

いっそ力が抜けてしまうぜ。おっと、さらに脱力してしまったせいか、俺の中から溢れる『力』がまた大きくなってしまった。ズシン、と音がして城全体の震えが激しくなる。ちょっとした地震みたいに。

「お、おおお、おおおお……!?」

グラグラと揺れる床に這いつくばったオグカーバが、目を白黒させる。この様子から察するに、俺を怒らせたらこうなるってことが本気でわかっていなかったようだ。情けない。

「ちょっと考えればわかるだろうに……魔王を倒した四人のうちの一人だぞ？　いくら四分の一でも、この国の全員が束になっても敵うわけないだろうが」

俺は視線を、片膝を突いたジオコーザへと向けた。ここまで来ても、親父のように四つん這いになっていないところだけは褒めてやる。ま、それも俺がしごいてやった成果だがな。

「お前も調子に乗りすぎだよ、馬鹿。社交辞令って言葉を知らないのか、王族のくせに。情けないな。訓練で体は鍛えられても、心や知性までは鍛えられなかったか」

「ぐ、ぐぐぅぅぅううううう……!!」

下から俺を見上げているジオコーザが、悔しそうに歯噛《はが》みして唸《うな》る。ほう、まだ戦意を失っていないとは大したもんだ。

だが――

「ぁあ？」

睨む。ちょいと視線に力を込めて、ジオコーザを射貫いた。

「あ、がっ……!?」

それだけでジオコーザの心が折れた。奴にだけかかる重圧が増大し、今度こそ崩れ落ちる。四つん這いになるどころか、床に接吻《せっぷん》する勢いで倒れ伏した。

「――というわけで、オグカーバ陛下。私めを処刑するというのは不可能だとおわかりいただけたでしょうか？」

俺は両手を広げ、敢えて丁寧な口調で告げた。

「おお……馬鹿な……」

茫然自失の体でオグカーバが呟《つぶや》く。彼の視界には、俺の背後に広がる凄惨な光景が映っているはずだ。頼りにしていた近衛兵が死屍《しし》累々《るいるい》と――いや別に死んではいないはずだが――転がっている、むごたらしい光景が。

俺はもう恥も外聞もかなぐり捨て、かつて少年だった頃の口調で話しかける。

「というわけで、王様。ぶっちゃけ、もうやってられっかって気分なんで仕事辞めさせてもらうわ。バカ王子になに吹き込まれたかは知らねぇけど、反逆だの何だの気にするなら俺はもういらないだろ？　お望み通り出て行ってやるよ。ああ、これ、あくまでも円満退職ってやつだから。企業都合ってやつ？　当然、退職金というか手切れ金、出してもらえるよな？」

笑顔で言うと、オグカーバの瞳が焦点を結び、俺の顔を映した。

「ぐっ……アルサル、おぬし……！」

悔しげに顔を歪ませる国王の姿に、俺の中にある〝傲慢〟に引き続き、〝強欲〟までもが目を覚ました。いや、今回はこの十年の間に一度もなかった緊急事態だ。無理に抑える必要は感じられない。

俺は片膝を突き、頭の高さをオグカーバに合わせた。そのまま半笑いで、

「ああ、そうそう。そっちの無茶な要求の結果、関係がこじれての退職なんだからさ。もちろん色はつけてもらえるよな？　確か、予定では俺の退職金って五億エルロぐらいだっけ？　じゃあ、その倍はもらおうか」

「な……!?　何をふざけたことを……！」

オグカーバが両眼を見開き、憤怒に塗《まみ》れた声を漏らす。

ああ、また余計なことを。ドクン、と俺の中の〝強欲〟が強く脈打ったじゃないか。

「あっそ。じゃあ三倍だ。耳を揃えてきっちり払ってもらおうか」

俺は軽い口調でさらに金額をつり上げた。

「三倍、じゃと……!?　お、おのれ、この――」

「じゃあ四倍だ。ちなみに、これ以上俺を怒らせるなら、この城が崩壊したり、国全土がめちゃくちゃになったりする覚悟を決めろよ？」

俺は更に全身から放たれる重圧《プレッシャー》を強めた。王城の震動がより一層激しくなる。ゴゴゴゴ……と巨大な建物が激震する中、やがて天井や壁に次々と亀裂が走り始めた。

俺は声を冷たくして嘯《うそぶ》く。

「早く承認しろよ。俺がその気になったら指一本で城を真っ二つにも出来るんだ。今そうしてないのは、十年間も世話になった恩義もあるからであって……つまりまぁ、単に慈悲をかけてやってるだけなんだぜ？」

無論のこと、そんな大量虐殺になるようなことはしたくないが。まぁ、脅し文句としてなら問題はないだろう。

しかし、信じてもらわねば困るので、俺は右手の人差し指をピンと立てた。オグカーバの顔の前で、指先に銀色の小さな光を灯す。

キィイイン……と微かに澄んだ音を響かせる銀の輝きは、即ち〝銀穹の勇者〟たる力の片鱗《へんりん》だ。

「……っ……!?」

反応は劇的だった。オグカーバは露骨に息を呑み、既にかなり強張っていた顔をさらに恐怖で引き攣らせた。

「――わ、わかった……！　わかった、許してくれ……か、金なら出す……お前の望む金額でいい……よ、余が悪かった……」

完全に心が折れたらしい。オグカーバが、がくっ、と頭を落とした。すると、頭に載せていた黄金の王冠が床に転がり、何とも虚しい音を立てた。

体内の〝傲慢〟と〝強欲〟が満足した気配を得て、俺はにんまりと笑った。

「よろしい。じゃ、退職金は四倍の二十億でよろしく」

そう言って、俺は無秩序に垂れ流していた『力』を抑制した。

途端、潮が引くようにして周辺を圧迫していた重圧《プレッシャー》が消えていく。王城の震動は嘘《うそ》のように止まり、国王や王子にかかっていた圧力も消失した。

「そんじゃま、お世話になりましたってな。ああ、金は下で受け取っておくよ。現金がないようなら、宝物庫で現物支給にさせてもらうぜ」

俺は立ち上がり、それを捨て台詞として踵《きびす》を返した。玉座の壇から降りて、倒れ伏した近衛兵の隙間を縫うようにして謁見の間を辞す。

が、そんな俺の背中にジオコーザの怒声がかかった。

「……許さん、許さんぞ反逆者アルサル！　この恩知らずめ！　貴様など国外追放だ！　疾《と》くこの国から出て行くがいい！」

おうおう、よく吼えたもんだ。なかなか根性あるじゃないか。

ははは、と俺は笑う。

「いいぜ、そこまで言うなら出て行ってやるよ。どっちにせよ、晴れて無職になったんだ。ちょうど旅にでも出ようと思っていたところさ」

振り返りもせず、手を振って杜撰《ずさん》に応対する。負け犬の遠吠えにまともに応じてやる必要なんて微塵《みじん》もない。

「いいか、周辺諸国にも根回ししてやるぞ！　もはや貴様はどこの国にも安住できない！　どこぞで野垂れ死ぬがいい！」

うん、負け惜しみとわかってはいるが、ちょっと腹立ってきたな。なんかザコ王子が調子に乗っているかと思うと、妙に苛立ってしまう。

「あーもーやかましい」

俺は振り返りがてら、そのへんに転がっていた近衛兵の槍を適当に蹴っ飛ばした。

瞬間、何の変哲もない槍が稲妻のような速度で飛んだ。玉座の横に立つジオコーザめがけて、一直線に。

「ひぃぃぃぃぃ⁉」

情けない悲鳴を上げてジオコーザが身を仰け反らせ、後ろに倒れた。直後、さっきまで奴の頭があった空間を槍が貫き、背後の壁へ深々と突き刺さる。

「……ッ⁉」

柄の半ば以上まで壁に埋まった槍を目の当たりにして、仰向けに転がったジオコーザが絶句する。

俺は壇上に向かって人差し指を突きつけ、

「お前、次に何か喋《しゃべ》ったらマジぶっ殺すからな。黙って俺の背中を見送ってろ、タコ」

そう言い置くと、今度こそ俺は謁見の間を後にした。

やれやれ、まったく。

最悪の退職だよ、こいつは。

◆

謁見の間から城の一階にある出納室《すいとうしつ》へと直行し、そこにいた係員に軽く事情を説明して、普通に二十億エルロの退職金を受け取った。

え？　普通そんな簡単にくれるわけないだろ、だって？　ああ、大丈夫。さっきの地震は俺のせいだよって言って、また軽く威圧したらすぐに金庫を開放してくれたから。問題なし。

で、そのまま城を出て行こうかとも思ったんだが、またぞろ俺の中の〝強欲〟がざわついたので、国外追放の手土産に宝物庫にも寄っておいた。めぼしい金品を見繕って、ありがたく頂戴しておく。

なんせ、ただの退職じゃないからな。

なんと『国外追放』のおまけ付きだ。

まったく、ジオコーザの奴も余計なことなど言わなければいいものを。

こちとら、今日までずっと平穏な日々を過ごしていただけだというのに。

いきなり反逆者だの殺潰しだの処刑だの言われて、三行半《みくだりはん》を叩きつけて仕事を辞めてやろうかって時に国外追放だのなんだのと言われたら、そりゃもう根性ひん曲がるってものである。

——そうかいそうかい、そんなに俺が悪いのかい。別に何かしたつもりもないんだけどな。でも俺が悪いっていうのなら、もう実際に悪いことやってやろうじゃねぇか、ええ？　これで満足だろ？

第一、もう帰ってくることもないかと思えば、手加減や慈悲の心など持ちようもなくなるものだ。

ん？　二十億エルロに加えて金目のものを持っていくのはいいが、そんなにたくさん持ち切れるのか——だって？

そっちは問題ない。金も財宝もどれだけあろうと、魔王討伐の際に使っていた亜空間——まぁ、いわゆる『アイテムボックス』だな。それに収納すれば持ち運びなど簡単なものだ。昔から愛用しているが、こいつは実に便利な魔術である。開発者には深い感謝の意を表したい。いや、教えてくれたのは魔王討伐の時に一緒だった魔道士なので、そいつに感謝するのが筋かもしれんが。

城を出た後は自宅へ直帰し、引っ越しの作業である。

と言っても先程も使った亜空間収納の魔術で、家具だの日用品だのを丸ごとそっちへポイするだけの簡単なお仕事だったのだが。

「――よし。荷造り完了、ってな」

瞬《また》く間に空っぽになった我が家を見回し、俺は独《ひと》り言《ご》ちる。こうして見ると、割と広い家だったんだな、としみじみ思う。ま、王城の敷地内にある兵舎の一つだったんだが。というかよく考えなくても世界を救った英雄に対し、他とそう変わらない大きさの兵舎を割り当てるとか、ちょっとおかしくないか？　まぁ、それで文句なく過ごしてきた俺も俺なんだが。

「さて、と。どうしたもんかな……」

後は関係者の皆に挨拶して回りたいところだが、なにせ国外追放の身だ。あの場では国王も反省したような素振りを見せていたが、結果として、俺のしでかしたことは本当に反逆罪に問われても仕方のないレベルとなった。

「変に挨拶回りすると、迷惑かけるかもしれないしな……やめとくか」

世話になった相手はたくさんいるが、事情が事情だ。黙って出ていくのが最善だろう。一部の人間には怒られるかもしれないが、ほとんどは状況から察してくれるはずだ。

自宅として割り当てられていた兵舎を後にした俺は、王城の出入り口へと向かった。ご多分に漏れず、このセントミリドガル城にも立派な城門がある。天を衝くような巨大な門扉《もんぴ》を抜ければ、俺は晴れて自由の身だ。

「まずはどこへ向かうかな……？」

悠々と歩きながら、俺はこれからのことを考える。

ジオコーザに言ったのは負け惜しみではない。なんやかんやあって、俺はこの十年間まったく旅行へ行っていないのだ。いい加減、長期休暇を取って遠出でもしようかと前々から考えていたのである。

え？　なんで十年間も旅行に行ってなかったのか、って？

いや考えてもみて欲しい。戦技指南役として王城に就職する前、俺は勇者として魔王討伐の旅に出ていたのだ。しかも、一年間も。

まぁよく考えれば、たった一年程度で魔王を倒せたのは結構なことだったんだけどな。

とはいえ、一年間も家に帰らずあちらこちらを飛び回るような生活をしていると、その反動で十年ぐらいは引きこもりたくなってしまうものなのだ。

安住の地ってのはいいぞ。毎日、屋根と壁のある場所で眠れるなんて最高だぞ。これでフカフカのベッドがあればまさに天国だ。

しかし、流石に十年も経つとそろそろ飽きてくる。もちろん、戦技指南の一環でキャンプ訓練などを実施することはあったが、それはあくまで国内でのこと。

最近は、昔のように国外に出てあちこちを観光して回りたい欲が湧いてきて、色々と画策していたところだったのだ。

「とりあえず、昔馴染みでも訪ねてみるか」

そういえば一緒に魔王討伐の旅に出た仲間達とは、長らく顔を合わせていない。旅がてら、奴らに会いに行くのも悪くないだろう。

では、最初に行くのはどいつの所にしようか——と考えているうち、それはもう立派な城門が近付いてきた。

反逆者だの穀潰しだの、散々言われたが、それでも——否、だからこそ俺は堂々とここから出て行ってやるつもりである。当然ながら王城には通用口や裏門などもあって、そこから出た方が色々と手っ取り早いし楽なのだが、敢えてそれらは使わない。

誰が何と言おうと、俺は円満退職したのだ。

故にこそ正々堂々と、正門から出て行ってやるのである。

豪勢な前庭を抜けた俺は、巨大な門の傍らにある詰所《つめしょ》へと歩み寄る。

「戦技指南役のアルサルだ。仕事を辞めることになった。門を開けてくれ」

これだけ大きな城門となると、手動では動かせない。詰所にある装置を操作して、開けてもらわなければならないのだ。

しかし詰所の門番は、

「——お断りいたします」

やや引き攣った表情で、しかしはっきりと拒絶した。

俺を見る目には若干の敵意と、かなりの畏れが垣間見える。どうやら俺の所業は早くも伝わっているらしい。

「何故だ？　俺が反逆者と呼ばれているからか？」

門番は、しかし首を横に振った。

「いいえ。ですが、ヴァルトル将軍から命令を受けました。今日は何があろうと、絶対に門を開けてはならない――と」

なるほど、俺と同じようなことを考えた奴が他にもいたらしい。

ヴァルトル将軍。あまり顔を合わせたことはないが、昔から将軍の地位についている重鎮だ。それこそ、俺が魔王討伐に行く前からいる古株である。

言っちゃ何だが、俺はヴァルトル将軍から嫌われている。

それはもう、明確に、確実に、絶対的に。

いや、気持ちはわかるのだ。なにせ、十年前の俺は十四歳。そんな子供が、いくら魔王を討伐した勇者とは言え、戦技指南役という『兵士の教育係』として着任したのである。

普通に考えればわかる。

この人事、絶対におかしいだろ――と。

というわけで、伝統を重んじるジジイとしては、俺のようなガキは可愛くないこと限りなしだったに違いない。

その点については、たまに顔を突き合わせた時に見せるヴァルトル将軍の態度からも明らかだった。

さて。今回の反逆容疑の件、国王や王子からヴァルトル将軍にも話が通っていないはずもなく。

でもって、あのジジイは腐っても将軍だ。勇者である俺の力もよくわかっているはず。

だからこそ、命令したのだ。

城門を開くべからず――つまり、反逆者アルサルを正門から出すべからず、と。

だが、しかし。

「あっそ。じゃあ自分で開けて出て行くわ」

「……えっ？」

俺が何気なく言い放った言葉に、門番の反応は一拍遅れた。

開かぬなら、開けてしまえ、なんとやら。

なにせ俺は勇者である。人間の手で開けられない重量の扉だろうが何だろうが、知ったことではない。

唖然とする門番を捨て置き、俺は城門へと向かう。

漆黒の金属製の扉。高さは三十メルトルぐらいだろうか。ちょっとした高層建築ぐらいの大きさだ。

巨大な扉の表面にはびっしりと細かい模様が刻まれている。大半は装飾だが、一部は城門を動かすための理術《りじゅつ》回路だ。詰所の装置から、模様に紛れ込ませてある回路に理力《りりょく》を流すことによって、この超重量の扉を開閉させることが出来るのである。

しかし。

「ほっ、と」

俺は片足を上げ、無造作に扉の中央を蹴っ飛ばした。

次の瞬間、砲弾でも撃ち込まれたかのような勢いで城門が開く。

ドガン、と耳を劈《つんざ》く轟音《ごうおん》が鳴り響いた。

まぁ、巨大な鉄板みたいなものだしな。それを勢いよく蹴り開ければ、こんな音も鳴るだろう。

でもちょいと強く蹴りすぎたか？　鐘を突いたような音が国中に響き渡ったかもしれない。

「じゃ、そういうことで」

「………………」

俺は片手を上げて、門番に別れの挨拶をする。さっきの扉を蹴っ飛ばした際の衝撃でか、いつの間にか尻餅をついて目を丸くしていた門番は、口をぽかんと開けたまま微動だにしない。

ま、普通は人間が蹴っただけで、こんなデカイ扉が開くとは思わんわな。

放心状態の門番を放置して、城門をくぐり抜け、俺の足は濠《ほり》にかかった橋を渡っていく。石造りの丈夫な橋梁《きょうりょう》だ。馬に乗った大軍が駆け抜けても、決して崩れはしないだろう。

橋の半ばまで来て、一度振り返る。

こうして外から見る機会はあまりなかったが、改めて見るに、やっぱり立派な王城である。

大きく、重厚感のある、白亜のセントミリドガル城。

先程も言った通り、濠にかかった橋は頑強。城門も閉じていれば鉄壁となり、外敵の侵入などまず許さないだろう。まさに城塞だ。

――さらば、長く過ごした我が城よ。もう二度と戻ることもあるまい。

心の中でそう挨拶して、再び前を向こうとした瞬間――

「待ぁぁぁぁてぇぇぇぇえええええええ――――――――っっっ！！！」

耳にザラつく胴間声《どうまごえ》が城門の向こうから飛んできた。

何事かと思って再度振り返ると、そこには馬に乗った騎兵の大軍が。

「おっ？」

遅れて、ズドドドド、と地面をどよもす音が響いてくる。騎馬の群れは素晴らしいスピードで城門を抜け、石橋を駆けてこちらへと迫る。

先頭の馬に乗る恰幅のいい男こそ、ちょうど先刻話していたヴァルトル将軍その人であった。

「待ていっ、反逆者アルサルっ!!」

俺の直前で馬を制動させたヴァルトルが、随分な高みから怒鳴りつけてくる。

やれやれ、また『反逆者』か。この流れ、早くもウンザリなのだが。

俺は溜息を堪えつつ、半目で馬上のヴァルトルを見上げる。

藍色の鎧に身を包んだ、中年太りの男。が、ただのオヤジと侮るなかれ。全体のシルエットこそ引き締まっていないが、このジジイ、こう見えて結構鍛えているのだ。たるんだ贅肉の奥には、力士のように、意外と硬い筋肉が隠れているのである。

しかしながら、俺は退職した身。もはや以前のように、かしこまった口調で話す必要などない。

よって、俺はぞんざいな態度で言い返した。

「何か用かい、将軍さん？」

「む……」

俺の無遠慮な口の利き方に、ヴァルトルが眉をひそめた。続けて、その背後に控える兵士達が少々ざわつく。

俺の態度がそんなに意外か？　この十年は大人しくしていただけで、元々こういう奴なんだけどな、俺って奴は。

「……勇者から反逆者へと堕した割には、随分と落ち着いているな、アルサル」

茶色の口髭の隙間から低い声を出すヴァルトルに、俺は大仰に肩をすくめて見せた。

「ま、濡れ衣なんでね。開き直るしかないっていうか、何と言うか。――んで、随分と物騒な格好してるようだけど、まさか俺の首でも獲って来いとか言われたのかな、ヴァルトルさん？」

もはや互いに上下関係はなく、場合によっては即座に血の雨が降る間柄だ。年上相手にちょいと失礼かもしれないが、俺は飄々《ひょうひょう》とした態度を崩さなかった。

ヴァルトルは重々しく頷く。

「無論のこと。つい先刻、貴様には抹殺命令が出た。ジオコーザ殿下から直々にな」

オグカーバ国王の勅命ではなく、ジオコーザ王子の命令か。つくづく、しつこいガキである。あれだけ脅してやったというのに。

「殿下は貴様を国外追放すると言ったようだが、あれは言葉の綾に過ぎん。逆賊には死を――それはいつの世も変わらぬ鉄の掟である」

おっと、目がマジだ。将軍は腰に佩《は》いた剣に手をかけ、一気に引き抜いた。

次いで、背後の軍勢も次々に抜刀していく。

「はぁぁぁ……」

再び、俺の口から溜息が出た。それはもう重い溜息が。

またか。またなのか。

というか、アレだけ脅したのにまだ俺を殺せると思っているのか。本当に頭おかしい。信じられん。

ジオコーザ、お前がここまで阿呆だったとはな。俺は教育係として心底情けないよ。

「反逆者アルサル」

天上に君臨する太陽の光を刀身に反射させ、ヴァルトル将軍が告げる。

「我が国の誇りにかけて、貴様を逃しはせん。最後に言い残す言葉はあるか？」

俺よりも国王に近い年齢の将軍、その全身から膨大な殺気が迸《ほとばし》る。流石は王国軍の頂点に立つ男、と言ったところか。謁見の間に詰めていた近衛兵よりも数段強い。

ま、俺にとっては目くそか鼻くそかって話なんだが。

「ああ、もう、やってらんねーなぁ……」

「何だと？」

思わず口に出た独り言に、ヴァルトルが律儀に反応する。

が、構うことはない。

「いや、俺が悪かったよ。さっきの脅しは中途半端だったかもしれないしさ。なんせ誰も殺してないし、怪我させてもないもんな。そりゃ舐めた行動も取っちゃうよな。そうだよな、そうなるよな」

片手で額を押さえて、ブツブツと呟く。

そうだ、すんなりと国を出て行けると思っていた俺が悪い。

もっと明確に、あるいは徹底的に、俺を敵に回すことの恐ろしさを、知らしめてやらなければいけなかったのだ。

「オーケー、よくわかった。そっちがそのつもりなら、こっちも遠慮なくやってやる」

「アルサル、貴様は何を言って――」

俺の様子を訝《いぶか》しんだヴァルトル将軍が、そう問うた時。

俺の堪忍袋の緒が、静かに切れた。


「死ぬほど後悔しやがれ」


再び、体内に押し込めていた『力』を解放した。

しかも、今度こそ遠慮なしに。

「ぐぉ――!?」

ヴァルトル将軍の呻き声。

直後、俺を中心として突風が吹き荒れた。

『うおおおお――!?』『な、なにぃいいいいいい!?』『うわぁあああああああ――!?』

豪、と巻き起こった旋風にヴァルトル将軍以下の騎兵達が大きく吹っ飛ぶ。一斉に悲鳴が上がり、そこに馬の嘶《いなな》きも加わった。

俺の解放された『力』の波動、および〝威圧〟によって身も心も怯んだ結果だ。驚いた馬の動きに、ほとんどの騎兵が落馬していく。

何だ、やっぱり弱いじゃないか。この程度で崩れるなんて。

俺の『力』の余波を受けて、濠に満たされた水も激しく波立ち、嵐の海のごとく荒れる。そんな中、

「まったく、どいつもこいつも……」

改めて、沸々と怒りが込み上げてきた。

これは一体どういうことだ？　俺が元勇者で、十年前に魔王を倒したってことをみんな知らないのか？　いや、そんなはずはないだろうに。

だったら、どうしてここまで俺を侮れるんだ？

なんで、ただの人間のくせに俺を殺せると思えるんだ？

本気で意味がわからない。

「――ああ、そうか、そういうことか」

ふと脳裏に閃いた可能性に、俺は独りで納得した。

忘れているのだ、きっと。

なにせ十年だ。決して長いとは言えないが、それでも魔王や魔族、魔物の脅威を忘れるには充分過ぎる時間が流れた。

喉元過ぎればなんとやらだ。小康状態とは言え、世界が平和になったおかげでみんなボケてしまったに違いない。

歴戦の勇士であるヴァルトル将軍ですら、俺の実力を見誤っていたのだから。

ましてや俺に魔王討伐を命じた国王でさえ、あんな有様だ。

何をか言わんやだった。

「ようし、だったら思い出させてやるよ」

俺は軽く片手を上げ、人差し指をピンと立てた。

さっきオグカーバ国王の前でしたように、指先に銀色の輝きを灯す。

キィイイン、と澄んだ音を鳴らして銀光が煌《きら》めきを増していく。

「――ア、アルサル貴様ぁっ‼　一体何をした⁉　この期に及んで抵抗するつもりか！　余計な手間を取らせるな！　貴様も王国に仕えた者ならば、潔く素っ首《そくび》を差し出せいっ！」

馬の背から落ちて倒れ伏していたヴァルトルが、顔を上げてバカみたいなことを喚《わめ》いた。

「何言ってんだ、アンタ？　俺が首を差し出す理由がどこにある……ん？」

落馬の衝撃でヴァルトルの兜が脱げているのだが、その片耳に違和感。よく見ると、ピアスをつけている。それも、若者ぶった片ピアスだ。

――なんだ？　さっきも見た気がするが……

まぁ、どうでもいいか。

「一応、殺さないように加減するつもりだけどな。まぁ、もしものことがあっても……そん時はそん時ってことで」

指先に力を溜めながら、意識下で理術を発動。俺を中心とした周辺数キロを大雑把に走査《スキャン》、生体反応の位置情報を感覚で把握した。

「よし」

俺は視線をヴァルトルの上、そして遙か後方にある王城へと向ける。

天を衝いてそびえる白亜の巨城。

俺は人差し指を立てたまま、大きく腕を振り上げた。

直後、指先から銀光が迸り、一直線に伸び上がる。

かくして糸のように細い、しかし天の果てまで伸長する光の刃――即ち〝銀剣〟が生まれた。

それをそのまま、

「真っ二つだ」

すっ、と振り下ろした。

瞬断。

俺の銀光は〝切断〟の概念そのもの。

断てぬものなどこの世に存在しない。

が、切れ味があまりに鋭利すぎるので、実はただ斬っただけではあまり効果がなかったりする。

場合によっちゃ生物だって、自分が斬られたことにすら気付かず、しばらく生き続けるほどだ。

だから、

「よっ、と」

俺は片足を上げ、ブーツの靴底にも銀色の光を宿した。微かに甲高い音を立てるそれを、足元の石畳へと軽く叩き付ける。

鳴動。

「おお、おおおおお……!?」

ヴァルトルの悲鳴。さもありなん。奴の鈍重な体が上下に跳ねるほど、橋梁が激震しているのだから。

他の騎兵達の悲鳴があまり聞こえないのは、先程から俺の放った威圧によって気を失っているからだろう。

「な、何をしたぁぁあああああアルサルぅぅううううう!?」

見ての通りだよ。

足裏から直接、俺の銀光を受けた巨大な橋は大地震のごとく揺れ震え、重厚にして堅固だった威容にベキベキと大きな罅を走らせていく。

次いで、全方位に走った衝撃によって煽《あお》りを喰らった王城は、既に真っ二つになっていたことを思い出し、左右の繋がりがズレた。

「なぁ――――!?」

ヴァルトルが後方を振り返り、息を呑む。そして、

「な、なにごとだぁぁああああああ!?」

右側が上に、左側が下にと、縦にずれた王城に目を剥いて絶叫した。

おっと、横に開くのではなく、縦にずれたか。勢い余って地面の基部まで〝銀剣〟で裂いてしまったらしい。真っ二つにされた林檎《りんご》みたいに左右に倒れていかないのは、流石の設計といったところか。

「じゃあな、将軍さん」

俺は予告した。これから訪れるであろう、ヴァルトルとの別れを。

「き、貴様なにを――」

言っている、とでも言いたかったのだろう。

それより早く、橋の崩壊が起こった。

「お――」

という呼気のような声をその場に残して、ヴァルトルの鎧姿が真下へと落ちる。

畢竟《ひっきょう》、俺が与えた衝撃を受け止めきれなかった橋梁が、臨界を迎えて崩落したのだ。

轟音を立てて巨大な石橋が崩れ落ちる。その上にいた、ヴァルトル将軍率いる騎兵隊も容赦なく巻き込まれた。既に気を失っている兵士も馬も、まとめて落下していく。

俺？　俺は大丈夫。とっくに足の裏に理術を発動させて、宙に立っているからな。重力に引かれて濠に落ちることはない。

ま、ほどほどの高さだ。鍛えていれば死ぬことはないだろう。今の時期なら水深もさほど深くなく、人も馬も足がつくはずだ。気を失っている奴らも、水を浴びて意識を取り戻すに違いない。目が覚めなかった奴は知らん。そもそもからして、全員が俺を殺そうとやって来た連中なのだから。同情の余地など初めからないのだ。

「まったく……本当にまったくだ」

橋梁の崩れ行く音と、落ちた破片で濠の水が乱れる響きに耳を傾けつつ、俺は中央から歪《いびつ》にズレた王城を見上げて、息を吐いた。

ざまあみろ、とは思う。

しかし、それ以上に気疲れした。

やってやった感も多少あれど、むなしさの割合の方がよほど高い。

「やれやれ……」

とりあえず再度、理術で周辺の生体反応を走査《スキャン》して数が変わっていないことを確認する。

ひとまずコレでチャラにしておいてやろう。

まぁ、最初の言い掛かりからこっち、展開があまりにも理不尽過ぎて意味がわからんのだが。

国王にせよ王子にせよ、どうしてあんな稚拙で矛盾した理屈でもって俺を処刑しようと思ったのか、さっぱり理解できない。

だがまぁしかし、順序こそ逆だが、結果としては相応のことをしでかしてしまった。何も理由がなく、俺がこうして王城を真っ二つにし、市街へと繫がる橋梁を破壊したとあれば、反逆者だの死刑だのといった沙汰はむしろ納得だったのだが。

しかしつくづく、その因果が逆ベクトルだったのが本当に納得いかない。どうしてこうなった？

「――ま、いいか。どうせ全部終わりだ。こうなったら余計なことは考えず、気を取り直して出発するに限るな」

足元でヴァルトルと騎兵達がバシャバシャと暴れ、こっちに向かって大声を張り上げているようだが、よく聞こえない。俺は気にせず華麗にスルーして、そのまま空中に足を進めた。

その気になれば向こう岸に転移も出来るのだが、こうして橋のない濠の上を歩いて渡るのも一興だろう。そう考えてみると、空中歩行、これもなかなか悪くない。

城の周辺だけあって景色もいいし、人気《ひとけ》もない。そんな風景の中を一人で歩くのは、結構いい気分だった。

「――お、じゃあ次の目的地までは歩きで行ってみるか」

ふとそんなことを思いつき、自由の身となった俺はそのまま即決即断した。

「となると、この国から一番近いところにいるのは……アイツだな」

古馴染みの一人の顔を思い出して、俺は口元を緩める。

会えるなら、十年ぶりの顔合わせだ。楽しみでしょうがない。

目的地までの道程も含めて心沸き立った俺は、嫌な記憶など躊躇《ちゅうちょ》なく投げ捨て、その場を後にしたのだった。

●2　ちょっとした昔話と、大きな鱗《うろこ》

十年前のことを軽く話そう。

――エイザソース。

〝天災の魔王〟の異名を持つ怪物。

古《いにしえ》からの言い伝え通り、千年ぶりに復活した魔界の王。

長い眠りから覚醒した魔王は、即座に人界の東に広がる『魔の領域』を掌握した。そこに棲まう魔族、魔物の全てを己が手足とし、人界を侵略する為の準備を始めたのだ。

その頃、やはり古い予言に従って四人の少年少女がセントミリドガル城に召喚された。

――〝銀穹《ぎんきゅう》の勇者〟。

――〝蒼闇《そうあん》の魔道士〟。

――〝白聖《びゃくせい》の姫巫女〟。

――〝金剛《こんごう》の闘戦士〟。

二人の少年と、二人の少女。

計四人の、まだ年端もいかぬ子供らが城に呼び出され、それぞれに称号を与えられた。

そして、たった四人だけで魔王討伐の旅に出発したのである。

そこからは――まぁ、細かいことを省けば、大体はテンプレート通りだ。

なんやかんやあって、俺達四人は魔王を倒した。

本当に色々あったんだけどな。まぁ、そのへんは長くなるから割愛する。

とはいえ、一応は弁明しておかねばなるまい。

何故、俺達がたった四人で旅に出なければならなかったのか――を。

実はこれ、慣習や伝統がどうのこうのではなく、歴《れっき》とした理由がある。

意外だろ？

気持ちはわかる。普通に考えれば、魔物ひしめく『魔の領域』に子供だけを行かせるなんて、遠回しな殺人だとしか思えない。

俺も、他の仲間達も、当初はよく愚痴っていたものだ。大人達は頭がおかしい、何を考えているんだ――とな。

そりゃそうだろうさ。未成年の子供がいきなり国の外にほっぽり出されたんだ。怖いし不安だし、泣きたくなったり小便チビりそうになったって、何ら不思議ではない。

しかしそれも、俺達が成長し、超人的な戦闘力を手に入れるまでのことだった。

その時になってようやく、俺達は理解した。

俺達四人は、あまりにも強くなりすぎる存在だったのだ――と。

いや、そうなることは最初からわかってはいた。

勇者、魔道士、姫巫女、闘戦士――この四人でなければ〝天災の魔王〟は打倒し得ないと、そう言い伝えが残っていたのだから。

だというのに、魔王とその配下の魔王軍は、あまりにも強大で膨大。

百万を超える軍勢に、たった四人で立ち向かえ――

この理不尽過ぎる矛盾に、俺達はすぐに気が付くべきだったのだ。

今ならよく理解《わか》る。

俺達に秘められた可能性は、あまりにも大きすぎた。

オグカーバ国王やジオコーザ王子の前で語った『俺も仲間も、万単位の魔物なんざ片手で吹き飛ばすぐらいじゃなきゃ、勝ち残るどころか、生き残ることすら不可能だった』という言葉は、嘘でも誇張でもない。

今でも俺は、その気になれば片手で数万の魔物の群れを葬れる。それだけの力がある。かつての仲間達もきっと同様だ。

だが、そんな俺達に、素質のない人間が同行していたら、どうなっていたと思う？

はっきり言おう。

足手まといにしかならない。

というか、俺達の力の巻き添えを食らって、魔族や魔物ともども吹き飛んでいたはずだ。

跡形も残らず。

成長した俺達四人の力は、それほど容易に他者の命を奪うものだった。

だから俺達に必要なのは、俺達の力で死なない味方だったのだ。

そして、そんな奴など俺達以外の他にはどこにもいなかった。

よって俺達は、最初から最後まで、ずっと四人だけだった。

四人だけで、魔王軍を突破し、天災の魔王エイザソースを倒したのである。

◆

そんなこんなで地獄のような苦しみを乗り越え、俺達四人はどうにか魔王を討ち滅ぼした。

その後のことは、大体は想像つくだろう。

指導者を失った結果、生き残った魔族も侵略行為を断念した。

人界に平和が戻ったのだ。

「ところがどっこい、ってな」

ま、世の中はそう単純ではない。

外的脅威が去ったのなら、次は内的脅威への対処である。

魔王が滅びた喜びも束の間、人界はかつて魔王が復活する前の状態にあっさりと戻ってしまった。

内乱――というと、いささか語弊があるだろうか。

なにせ人の世界は、未だ一度として統一されたことがないのだから。

人間の棲まう大陸中央には、代表的な大国が五つに、他小さな国々が無数に存在する。

いわゆる『五大国』と呼ばれる国家の一つが、俺のいたセントミリドガル王国だ。

実を言うと、五大国の中で一番大きかったりする。

そんなセントミリドガル王国の四方を囲むように存在するのが、他の四大国だ。

——北の大国『ニルヴァンアイゼン』。

——南の大国『ムスペラルバード』。

——東の大国『アルファドラグーン』。

——西の大国『ヴァナルライガー』。

これら四国は潜在的に、それぞれがそれぞれに敵対している。

だが現在は、五大国の中でもセントミリドガル王国だけが頭一つ分飛び出ているが故、他四国は不本意ながらもパワーバランスを保つために同盟を結んでいる状態にあった。

よって今のところ、世界は平和的な状態にある。

あくまで、表面的には。

あくまで、見せかけだけは。

だが所詮は、紙切れみたいに薄っぺらな平和である。

いつ破れてもおかしくはない。

それが今の人界——即ち、世界情勢だった。

さて、そんなわけで。

セントミリドガル城を後にした俺が、今のところ足を向けている方角は、東。

そう、目指すは東の大国『アルファドラグーン』――魔族や魔物の棲息する『魔の領域』と隣接する魔術国家である。

既に俺は都市部を抜け、国境近辺の山へと差し掛かっていた。

現在は風景を楽しみつつ、ハイキング気分で登山中である。

「まったく、道を外れて、正解、だったな。人っ子、一人、いないから、気軽に、登れる、ぜっと」

背の高い木々の間を縫うようにして、道なき道を上に向かって進んでいく。大きく足を動かしながらだと、ふとこぼした独り言も途切れ途切れになりがちだ。

いい汗がかけそうだ――と思いつつも、今となっては俺の体力はほぼ無尽蔵。残念ながら、疲労はまったくと言っていいほど感じていない。

俺が東に向かって進んでいるのは、単にセントミリドガル城から一番近い他国が『アルファドラグーン』だからである。

セントミリドガル城は別段、国の中心地にあるわけではない。むしろ、どちらかと言えば『魔の領域』に対抗するため、やや東寄りの土地に建っている。

それ故、ひとまず国外に出るためには東のアルファドラグーンを目指すのが一番手っ取り早かったのだ。

「エムリスのやつ、元気にしてるかな？」

道なき道を進み、不意に木々が途切れて視界が広がったところで、俺は足を止めて呟いた。

まだ山の中腹あたりだろうが、周囲には絶景が広がっている。実にいい目の保養になる。

先述の通り、アルファドラグーンは魔術の研究が盛んな国。かつて〝蒼闇の魔道士〟として魔王と戦ったエムリスには、これ以上なく住み心地のいい土地だったはずだ。

「そういや、あいつだけだな……理術でメッセージ送っても既読スルーしてやがんの」

なんとも〝怠惰《たいだ》〟な奴だ、と俺は苦笑いする。

おっと、そういえばさっきから説明不足ですまない。

あまり気にしていないかもしれないが、『魔術』と『理術』は違うものだ。

魔術とはその名の通り『魔の術』――つまり魔族の中で生まれた術を指す。

同様に、理術は『理《ことわり》の術』――名前からはわかりにくいが、人界で生まれた術だ。

それぞれ魔術は魔力を、理術は理力を源として発動するのだが、残念ながら細かいことは俺にもよくわからない。

これから会う予定のエムリスであれば、魔術や理術だけでなく様々な術式に詳しいので、聞けば教えてくれるかもだが。

そういえばエムリスによると、この世界には『魔術』だけでなく『魔法』もあるのだそうだ。魔術と魔法、どう違うのかと言えば――魔術は『魔の術』だが、魔法は『魔の法則』だそうで。レベル的には魔法が遙かに上で、制御も段違いに難しいらしい。これも、細かいことはエムリスに聞かないとわからないんだが。

「んー……こりゃ今日は頂上で野宿だな」

太陽の傾きを確認して、俺は脳内で予定を立てる。

一応、都市部を出る際には見つからないようコッソリと移動したのだが、そのせいで時間がかかってしまった。まぁ、無駄に徒歩で移動すると決めた俺が悪いのだが。

ともあれ今日中にアルファドラグーンに入るには、この国境の山脈に辿り着くのが少々遅すぎた。このままでは――反則技を使わない前提だが――山を下りる前に日が暮れてしまう。別にそうなっても問題はないのだが、かといって夜通し歩くほど切羽詰まっているわけでもない。

幸か不幸か、野営《キャンプ》には慣れているし、むしろそういうのは大好きな方だ。

「よっし、じゃあいい場所探してみるか」

内心で舌なめずりをして、俺は山登りを再開した。

魔王討伐の時はもちろんのこと、戦技指南役として兵士達と共に野営訓練に出たことなら何度もある。

なので、野営《キャンプ》の楽しさはそれなりに知っているつもりだ。

山の頂上で飲むコーヒー、これがまた旨いんだ。

焚き火もいいよな。揺れる炎を見ていると、なんだか妙にほっこりする。

――ああ、なんだ……自由って最高だな……！

ウキウキしながら、俺は山頂を目指した。

◆

というわけで足早に山頂まで登り詰め、適当な平地を見繕った俺は、まず設営を開始した。

「――よし、こんなもんか」

テント、断熱シート、マットレス、寝袋、ローチェア、ローテーブル、食器類を諸々。雨が降る可能性も考えて、タープ一式も。

ストレージの魔術を使い、亜空間のアイテムボックスから手持ちのキャンプ道具を取り出しては、一つ一つ丁寧に組み立てていく。

少し急いだおかげでまだ日暮れ前だ。余裕は充分にある。

「軍用のテントは無愛想なデザインばっかりだったからな。こうして自前のテントを張れるのは、無職になったおかげか。いや無職におかげもなにもないわな」

青のワンポールテントを組み立て、地面にペグを打ち込みながら苦笑する。

今日は散々なことが起こったが、考えてみれば一生遊んで暮らせる金を手に入れて、何の束縛もない自由の身となったのだ。これに勝る人生はそうそうあるまいて。

その代わり、五大国の一つであるセントミリドガルから追放されてしまったわけだが。指名手配もされているだろうな。戦技指南役なんていう高級閑職について、半ば天下りの隠居生活みたいな勝ち組コースを進んでいたはずが、気が付けば〝はみ出し者〟の〝ならず者〟である。

まったく人生というやつは、いつ何がどうなるのかわからないものだ。

「……あー、しっかし、大丈夫かね、あいつら？」

ローテーブルとローチェアを用意しながら、俺は空に向かって呟く。

まぁ、あっちから『国外追放だ』などと言ってきたのだから、気にする必要なんてないのかもしれないが。

というのも、俺という存在は、他国にとって一種の抑止力だったはずなのだ。

考えてもみて欲しい。俺は勇者である。十年も経って色々とトウが立っているかもしれないが、それでもかつては〝銀穹の勇者〟と名を馳せた戦士だったのだ。

人界を滅ぼす勢いだった魔王軍を退け、その首魁《しゅかい》たる魔王を討ち滅ぼした英雄の一人――言っちゃなんだが、客観的に見れば『生きた最終兵器』と称しても過言ではない存在である。

実際、俺一人でセントミリドガル王国を崩壊させることが可能なのは、既に御覧の通り。その気になる可能性などまずないが、その気になれば国の一つや二つ、簡単に滅ぼすことができる――それだけの力を、俺達は魔王を倒す過程で手に入れてしまった。

魔道士、姫巫女、闘戦士の三人がセントミリドガル以外の国で過ごしていることもあってか、むしろ他国の方が俺達の脅威についてよく理解している節がある。

というか、そのおかげで俺もセントミリドガルの重鎮達がその点について理解しているものと思い込んでしまっていたのだが。

実際、戦技指南役などをやっていると、他国の軍との共同演習なんかに参加する機会が何度もあった。そこで、他国の軍の偉い人間からえらく丁重な扱いを受けたり、礼儀正しい挨拶をされたり

――要は〝下にも置かない歓待〟ってやつを何度も受けたのだ。

俺を怒らせるとヤバイ――それが他国の軍高官らの共通認識だったようで。詰まる所、魔王がい

なくなって情勢が安定したにも拘《かか》わらず、彼らが手を繋いでセントミリドガルに攻め込んで来ないのは、俺という危険物がいるからだったのだ。

そりゃそうだ。俺に限らず、かつての勇者一行を怒らせれば国の一つや二つなどあっさり滅ぶ。だというのに、そんな危ない奴らのいる国にわざわざ攻め入る理由など、一体どこにあろうか。

「ま、知らんけど」

そんなわけで図らずも俺が周辺諸国に睨みを利かせる形となり、この十年間セントミリドガルは他の四大国含め、どこからも侵略戦争を仕掛けられることなく、平和を享受することができていたのだ。

それを、あの愚王め。俺を役立たずだの穀潰しだの、よくも好き勝手に言ってくれたものだ。ザコ王子も、俺を国外追放したことをあちこちに言いふらすとか言っていたな。勝手にしやがれってんだ。自国の軍事機密を喜んで他所にばらすとか、正気の沙汰じゃないけどな。

その結果として、セントミリドガルは周辺諸国から寄って集《たか》って攻撃されるかもしれないが、もはや俺の知ったところではない。後で戻ってきてくれと頭を下げてきても、願いを聞いてやるつもりなど微塵もない。

滅ぶなら勝手に滅べ。所詮、人間同士の内輪もめだ。人界が滅ぶわけでもなし。俺の出番はもう終わったのだ。

「何が起ころうと自業自得ってやつだな。なんにせよ、追放された身には関係のないっつー話だけど」

などと言いつつ、ふん、と少し鼻息を荒くしてしまう俺。まぁ、不満なのは不満なのでそれも致し方なしであろう。

「そんなことより、飯だな、飯」

金属製のポールを、ズガン、と地面に深く突き刺してタープの支柱にした俺は、気を取り直してほくそ笑む。

キャンプの醍醐味といえば、飯だ。いや、このように断言してしまうのはやや浅薄かもしれないが、少なくとも一理ぐらいはあるだろう。

普段は何てことのない普通の食事でも、このような環境で食べると何故かたまらなく美味く感じるものだ。

「まずは火の用意っと」

俺はアイテムボックスから、焚き火台と薪《まき》の束を取り出した。このような時、現地にあるものでかまどを作ったり、燃料となる木々を拾い集めるのも野営の楽しみの一つだが、今日は省略する。

何故なら、そこそこ急いで国を出てきたのもあって、朝食からこっち何も口にしていないのだ。

腹が減っていた。

というわけで早速、焚き火台に組んで重ねた薪に向かって、俺は人差し指を突きつける。

「燃えろ、っと」

呟くと同時、俺の人差し指全体に銀色の幾何学模様が浮かび上がった。

輝紋《きもん》である。

理力ないし魔力を発動する際には、このような刺青《いれずみ》のような模様が皮膚上に現れるものなのだ。

もっとも、戦闘中においてはそれが攻撃の〝起こり〟だと捉えられるので、そうならないよう隠す技術も存在する。

先だって〝銀剣〟でセントミリドガル城を切り裂く際、周囲の生体反応を走査《スキャン》する理術を使った時は、俺自身の気が昂ぶっていたのもあって、戦闘時のように輝紋の励起を抑えてしまっていた。

だが、今は気が緩んでいるため、こうして皮膚に輝く紋様が浮かび上がったのである。

ぼっ、と俺の指先から小さな火が生まれ、瞬く間に薪へと燃え移る。理術で生まれた炎は長持ちして、そうそう消えることはない。このまま放っておけば本格的に火が点くだろう。

先程も言った通り、俺は魔術についてはよく知らないが、理術に関してはそれなりに知識がある。

だから解説しよう。理術とは——理《ことわり》を操る術《すべ》である、と。

え？　何を言っているのかわからない？　すまん、俺も自分で言っていてよくわからなかった。

ちょっと格好つけたくて雰囲気重視で言ってみた。今は反省している。

天地開闢《てんちかいびゃく》より、森羅万象——即ち『世界の全て』は理《ことわり》に則《のっと》って動いている。

例えば、木に生《な》った果実は重力によって地面に落ちる。

例えば、高温になった木は燃焼する。

例えば、比重の軽いものは水に浮く。

このように明文化こそされていないが、世界には絶対不可分の理《ことわり》——物理法則が存在する。

理術は、人が生まれつき持つ『理力』を活用することで、そんな世界の理《ことわり》に対して干渉する術だ。

例えば、今さっきの薪に火を点けた理術。

木は燃える――これが世界の理《ことわり》の一つだ。

本来なら火口《ほくち》として、ほぐした麻紐であったり、油を吸わせた布であったり、着火材を使って薪を燃やすのが常道だ。

だが、理術はその工程を省略することが出来る。理力を対価に払うことで、途中経過をすっ飛ばし、いきなり理《ことわり》の終着点へと至ることができるのだ。

だから俺が『燃えろ』と言って理力を捧げたことにより、薪には火が点いた。俺の手元には何の火種もなかったが、この世界には『木は燃える』という理《ことわり》がある。故に因果を理力によって無視して、『木が燃える』という結果だけを作り出したのだ。

無論、これは『木が燃える』という理《ことわり》に則ったから容易だったのである。これが例えば『木が凍る』だとすれば、ちょっと難しい。普通、木はなかなか凍らないものだからだ。とはいえ、絶対に不可能というわけではないので、強めに理力を使えばどうにかなる。単に燃やすよりも消耗は激しくなってしまうが。

逆に言えば、理術は理《ことわり》に反したことはできない。

林檎が黄金に変わることはないし、燃えて灰になった木が元に戻ることはないし、風船が水に沈むことや、死んだ生物が蘇《よみがえ》ることもない。

それは世界の理《ことわり》に存在しない事象であるため、少なくとも理術では実行不可能なことなのだ。

このあたり、魔術であれば可能なことがいくつもあるので、俺が向かおうとしているアルファドラグーンではその研究が盛んになっている。まぁ、それについてはまた別の機会に話すとしよう。

要するに、理術とは『途中経過を省く』術なのだ。

先刻の『周囲の生体反応を探る』もそうで、俺がその気になれば周辺一帯の生物の様子を調べることは理の上では可能であり、時間と労力さえかければ出来ないことではない。故に、そこを理力で代替させることによって、即座に『結果』だけを手にすることができたのだ。

少々ややこしい説明になってしまったが、つまりはそういうことである。

閑《かん》話《わ》休題《きゅうだい》。

ともあれ、火起こしはこれで完了だ。次は料理の段階である。

「ええと、食材は何があったかな……？」

俺はストレージの魔術を発動させ、アイテムボックス内の一覧を空中表示させた。

何もない空間にレーザー表示みたいに浮かび上がるスクリーン画面。あまり『魔術』という感じはしないが、これもストレージの魔術の仕様だ。なにせこの魔術を開発したのは、この世界の人間ではないからな。世界観にそぐわないデザインなのもさもありなんである。

カテゴリを食材に絞ってアイテムボックス内を調べると、卵、薄切りベーコン、食パン、ソーセージなどといった定番のものが目についた。そうそう、先日の訓練合宿の際に多めに配給されたものを、そのまま取って置いたのだ。

言うまでもないが、アイテムボックス内部においては時間経過による物質変化は起きない。内部で時間が流れていないというわけではないのだが、まぁ似たようなものだ。原則、食材は腐らないし、それ以外のものも経年劣化などしたりしない。そういう風になっている。

よって、俺が取り出した食材はどれも新鮮なままだった。

「ま、何はともあれ腹ごしらえだ」

晩飯はまた取るとして、まずは日が暮れる前に小腹を満たしておきたい。俺はさらに鉄製のスキレットを空中から取り出すと、ベーコンエッグを作り始めた。

焚き火台に網を載せ、その上にスキレットを置く。軽く油を引き――これもストレージで取り出した――、スキレットから白い煙が立ち上ってきたらベーコンを投入。途端、勢いよく油が弾け、美味そうな音が重奏する。燻製肉の焼ける香ばしい匂いが鼻孔《びこう》をくすぐる。

「うーん……これだ、これこれ」

ローチェアに腰掛けた俺は、揺れる炎で炙《あぶ》られる鉄鍋というステージの上、そこで踊るベーコンの姿にニンマリと笑みを浮かべた。

単に薄切りのベーコンを焼いているだけなのだが、これが野外でとなると、途端に特別なことになるのだからキャンプというのは不思議だ。

「おっと、こいつも忘れちゃいけない」

俺は食パンを取り出し、網のほどよい位置に置いた。こうしておくことで、いい感じにトーストされるのだ。無論、タイミングを見てひっくり返すのは必須である。

ベーコンがほどよく焼けた頃合いを見て、卵を二つ割って隙間に落とす。じゅわぁ、とまたしても美味そうな音が耳朶《じだ》に触れる。バチバチと爆ぜる音が、もう食べる前から旨い。

「――そろそろいいか」

充分に焼けたのを見計らって、俺は焚き火からスキレットを取り上げた。そのまま、逆の手に取った食パンの上へ、できたてホヤホヤのベーコンエッグを滑らせるように移動させる。

「……ふふふ……」

思わず笑みが声に出てしまった。

どうだい、この見た目。刮目するがいい、よくトーストされいい感じにキツネ色した食パンに、焼きたてベーコンエッグをのっけたこの姿を。

こんなに旨そうな食べ物がこの世にあるだろうか？　いや、ない。

「そんじゃま、色々とぶっかけて、っと」

俺は手持ちの調味料を駆使して、ベーコンエッグに味付けをする。おっと、どんな調味料を使ったのかなんて聞くのは野暮だ。へたすりゃ戦争が起きる。スポーツと、政治と、目玉焼きに何をかけるのかって話は、雑談でしてはいけない三大テーマなのである。

網に下ろしたスキレットにソーセージを投入しつつ、俺はベーコンエッグトーストにかぶりついた。

「——〜っ……！」

うまい。旨い。美味い。

もはや言葉にするまでもない。

というか、言葉に出来ない。こればっかりは実際に作って食べてみて欲しい。塩でも胡椒でも、ソースでもマヨネーズでも、好きな味付けで召し上がれだ。

「さて、明日にはアルファドラグーンに入れるだろうけど、エムリスとはどうやって落ち合うかな

「……？」

即席のおやつを咀嚼《そしゃく》しながら、ふと空を見上げて思案していたところ――

「ん？」

左方向、やや離れた森の方に妙な違和感を覚える。

視線を向けると、しかし何の変哲もない木々の群れが見えた。

「……？」

動きは特にない。

おかしいな、何やら大きな気配を感じたのだが。

少なくとも、人間の大きさではなかった。その数倍以上――象とか、下手するとそれよりも大きい『何か』。最悪の場合、魔物である可能性もゼロではないが――

「……ま、いいか」

東の『魔の領域』から人界へ、一定数の魔物が迷い込んでいるのは周知の事実だ。なにせあいつらは獣と同じで、理性も知性もない。人里離れた場所を伝ってこっち側へ来るなど、魔王復活前からざらにあることだった。

それもあってか、世の中にはそういった魔物――魔獣とも呼ばれる――を退治する生業が存在する。

聞いたこともあるだろうが――『冒険者』というやつだ。

まぁ、彼らの仕事は『賞金稼ぎ』や『傭兵』、『用心棒』が主《メイン》で、名前ほど冒険している人口は少ないそうだが。

というか多分、魔王討伐の旅に出ていた頃の俺達の方がよっぽど『冒険者』していた可能性まである。

一応、当時の俺達が手を出さなかったダンジョンはいくらでも残っているので、そっちを探索している冒険者もそこそこいるらしいが。

ともあれ、このへんに魔物が出没するというのなら、その対応は冒険者、ないしは彼らを統括する冒険者組合の仕事だ。少なくとも、俺めがけて襲い掛かって来ない限りは相手にする理由がない。

ま、獣や魔物の方が人間よりよっぽど感覚が鋭いので、わざわざ威圧するまでもなく俺の強さを感じ取り、近付いてくることはまずないだろうが。

「とりあえず、あいつにはメッセージだけ送っとくか……」

気を取り直し、俺は通信用の理術を発動させる。これは音声ではなく、文字情報をそのまま相手に送ることができる術だ。

「近々、そっち遊びにいくぞ――と」

理力を制御して光の文字を描き、それを送信する。これで距離を越えて、通信相手にメッセージが届く仕組みだ。また、相手が文章を読んだかどうかもわかる、優れ機能付きである。

「……何だか懐かしいな」

こういったプライベートの通信をするのは、ちょっと久しぶりだ。さっきも言った通り、俺は基本的にセントミリドガル城の敷地内に引き籠っていたし、これといって仲のいい友人もいなかった。業務連絡を除けば、精々かつて一緒に旅した仲間に送るメッセージぐらいでしか、通信の理術を使ってこなかったのだ。

だが――もう記憶は残っていないが――勇者になる前にも似たようなことをしていたはずだ。頭では覚えていなくとも、体が憶えている。この奇妙な懐かしさは、それもあるのだろう。

「ま、どうせまた既読スルーだろうけどな」

メッセージを送った相手のことを思って、苦笑いする。

俺の中の〝傲慢〟や〝強欲〟と同じように、エムリスの奴には〝怠惰〟と〝残虐〟が宿っている。昔は、それはもう勤勉な奴だったが、今ではすっかりグータラしていることだろう。メッセージを送ってもほとんど返事が来なくなったあたりから、そのあたりは察せられる。

「……さて、と。そんじゃあ、コーヒーでも飲んで、そっから晩飯の準備すっかな」

ベーコンエッグトーストを半分食べた頃には焼き上がったソーセージも含め、ペロリと平らげた俺は――今日はよくカロリーを使ったしな――水を入れたケトルを火にかけ、コーヒーミルで豆を挽き始める。ちなみに、足りない材料や道具はその都度アイテムボックスから取り出しているだけなので、細かいことは気にしないで欲しい。

じっくり時間をかけて一人分のコーヒーを淹れ、周囲の風景を眺めながら啜《すす》り飲む。立ち上る湯気に重なる風景、コーヒーの芳香が鼻孔をくすぐる。

うーん、このまったり感。ローチェアに腰掛けて、ぼーっ、とするこの時間。いや、本当に最高だな。

こういうの、何て言ったかな？　スローライフ？　丁寧な生活？

うん、悪くない。悪くないぞ。

降って湧いたような災難だったが、段々とむしろ僥倖《ぎょうこう》だったんじゃないかとも思えてくる。

ちょうどいい機会なのであちこち旅して回ろうと思っていたが、こうなると生活様式そのものを変えてしまうのも悪くない気がしてきた。

そうだ、魔王討伐の際は各地を転々としていたのに、プレッシャーや焦りで観光なんぞろくに出来なかったのだ。こうなったからには、平和になった世界をのんびり見て回るのもいいんじゃなかろうか。きっと、若い時には見えなかった景色が見えるに違いない。

元勇者の放浪スローライフの旅――

うむ、なかなか悪くない響きだ。

「――うし」

思うさま気楽なひと時を過ごした俺は、やおら立ち上がった。

気が変わった。先程は「ま、いいか」などと言ったが、やはり先程の妙な気配が気になってきたのだ。

魔物であれば確かに冒険者組合の仕事かもしれないが、だからと言って何もしないのも、ほら、アレだ。万が一、後になってからこのあたりで何かあったとか聞いたら、寝覚めが悪くなってしまうしな。

折角だし、散策がてら様子を見に行くのも悪くないだろう。

ついでに適当な獣がいたら捕まえて晩飯のタンパク質にしてやろう――などと思いつつ、妙な気配を感じた森の中へと足を踏み入れる。

木々の隙間を抜けて、奥へ、奥へと。

結局の所、晩飯になる獲物などはいなかったが――

「……なるほど、な。日が暮れる前に来てみてよかったな」

俺は足を止め、森の中に忽然と現れたソレを見上げた。

黒い壁。

そう――どこかキチン質な風合いのそれは、人間の大人よりもなお大きい、歪な形をした漆黒の壁に見えた。

だが、木々の間に突き刺さるようにして埋もれているソレが、実は壁でも何でもないことを俺は知っている。

「さっき感じたのは、コイツの魔力の残滓《ざんし》だった……ってわけか。道理ですぐ消えたわけだ」

それは――鱗だった。

それも黒竜――ブラックドラゴン系列の鱗である。

魔物どころではない。

というか、たかが鱗一つがこのサイズだということは――

「こいつは――なかなかの大物だな」

このあたりに大魔竜がいるという、その証左に他ならないのだった。

●3　宮廷聖術士と、辺境の村の災難

事態の収拾を図っていたところ、二度目の激震がセントミリドガル城を襲った。

『――!?』

先程、反逆者アルサルが放つ波動によって城全体がビリビリと震えていたのとは違い、下から突き上げるような衝撃があった。

巨大な城が激しく鳴動する。

意識ある者はそれぞれに悲鳴を上げ、意識のない者は揺るがされるまま床を転がった。

後《のち》にそれは、ヴァルトル将軍を撃退したアルサルの手によるものだと判明する。

「――おのれ、おのれ反逆者アルサルぅぅぅ!!」

ジオコーザが右の親指の爪を噛みながら、猛獣のごとく唸る。通信理術によって、外で警備をしていた兵士からアルサルの所業を聞いたのだ。

「殺す！　殺してやる！　必ず報いを受けさせてやるぞ反逆者めっっ!!」

顔を真っ赤に染め、髪を振り乱し、荒々しく地団太を踏む。

そんな息子の様子を他所に、彼の父であるセントミリドガル国王のオグカーバは、再び腰を下ろした玉座の上で居住まいを正すと、

「……これでよかったのか、ボルガンよ」

誰にともなく、そう語りかけた。

途端、

「――ええ、ええ、もちろんですとも、国王陛下」

宙空に投げかけた言葉を受け取った者がいた。応じる声の発生源は、しかし玉座の後方から。

ぬぅっ、と玉座の背もたれの陰から、黒い人影が現れる。

「アルサルめの抵抗は想定外でしたが……ええ、ええ、結果は上々でございます。なにが〝銀穹の勇者〟でしょうか。星空は星空でも、あやつこそ凶星《まがつぼし》の申し子。世に不幸を撒き散らす悪鬼でありますれば。国外へ追放できたのは、まことによきことと存じます」

ボルガンと呼ばれたそれは、男のようだった。頭からすっぽりフード付きの外套《ローブ》を被っているため、細かい相貌は杳《よう》として知れない。体格は中肉中背で、態度には腰が低いように見せかけて、しかし隠しきれない傲慢さが滲み出ている。

オグカーバは疲労の色が濃い溜息を吐いた。

「……じゃが、おかげで我が王国は取り返しのつかぬ痛手をこうむったではないか」

老人の視線は、すぐ近くにある床の段差へと向けられる。アルサルが王城を真っ二つに切り裂き、地上から衝撃を与えたことによって、片側が縦に大きくズレてしまったのだ。

床の段差は、優に一メルトルを超えている。

容易に修復できる被害ではない。最悪、城の建て直しが必要となるだろう。

「……だから余は嫌だと言ったのじゃ。確かにアルサルは魔王討伐以降、これといって武勲を立てておらぬ。だがそれも、あやつと仲間が取り戻した平和のおかげじゃ。あやつは我が国どころか、世界全ての恩人とさえ言ってよい。そんな英雄を、おぬしは――」

「陛下、陛下。いけませんね、そのような戯言《たわごと》を仰っては」

オグカーバの愚痴を、ボルガンは朗らかな声音で、しかし脅迫するように制止した。

「ご覧なさい、ジオコーザ様を。かつてないほどに怒り狂っているではありませんか。そう、あれこそが正しい反応です。なにせアルサルは大逆の咎人《とがびと》……かつてどのような栄光を手にしていようとも、今となっては過去の産物。錆《さび》の浮いた功績に、もはや価値などありませぬ。世界の恩人？英雄？　惑わされてはいけませんよ、オグカーバ陛下」

黒いフードの奥で、ボルガンはくつくつと笑う。

だが、オグカーバは一緒に笑う気分にはなれなかった。

「余が惑わされておるじゃと？　なるほど、それはそうかもしれん。じゃが、それはアルサルにではなく、おぬしらにじゃ。見たであろう、あの〝銀穹の勇者〟の力を。アレが役立たずなど、とんでもない話じゃ。むしろアレが殺潰しであれば、世のほぼ全ての者が殺潰しと呼べよう。おぬしらの提言があった故、アルサルにはあのように言うたが……やはり〝勇者〟の力は凄まじい。アルサル本人が言っておった通りじゃ。あやつは単独で我が王国を滅ぼせる」

ふぅ、とオグカーバは深く息を吐いた。

「わかるか、ボルガンよ？　余達は九死に一生を得たのじゃ。アルサルがその気になっておれば、今頃はこの城ごと余もジオコーザも、そしておぬしをもこの地上から消滅しておったはずじゃ。なにもかも、あやつの気分一つで決まっておった。今ここに余とおぬしが存在するのは、ただの幸運にすぎぬ」

「ははは、何を仰いますか。あのアルサルめにそのような度胸など、んっふふ、ありますまいて。なにせこの十年もの間、あれだけの力を持ちながら何も為し得なかった男なのですから」

オグカーバの懸念を、ボルガンは鼻で笑い飛ばした。神経質ですな陛下は、と言外に言うかのごとく。

だが、長く国王の地位にあるオグカーバには、その程度の揶揄など全く効果がなかった。

王冠を被り直した頭をゆっくり横に振り、

「ボルガン、おぬしはわかっておらぬ。『魔王を討伐した』ということが、どれほどの偉業であるかをな……そも、ジオコーザの力がアルサルに匹敵するなどと嘘を吹き込んだのも、おぬしであったな？　余も敢えてその話に乗ってやったが……先程のアルサルの力を見ても、まだ同じことが抜かせるか？」

言えるわけがなかろう、と言いたげなオグカーバの問いに、しかしボルガンは楽しげに首肯《しゅこう》した。

「もちろんでございますとも、陛下」

漆黒のローブが小刻みに揺れる。声もなく笑うボルガンは、やはり黒の手袋に包まれた手でジオコーザを示した。

この国の次期継承者は、未だ怒りが収まらぬのか、謁見の間の中央で野獣のようにアルサルへの怨嗟を吠え立てていた。

「ええい、外務大臣および外交官をこの場に召喚せよ！　各国に通告――いや警告を出せ！　アルサルは国家転覆を目論んだ大逆人！　奴を匿《かくま》う行為は我が国への宣戦布告と見なすとな！　アルサルを受け入れた国など諸共に滅ぼしてやる‼」

ジオコーザがなり立てると、近衛兵の何人かが謁見の間を飛び出して行った。玉座に座る国王を無視した命令だが、ジオコーザのあまりの剣幕に誰も口を挟めない。

「――ねぇ？　あの通り、王太子殿下はやる気満々ではありませんか。ご心配には及びません、国王陛下。戦いとは何も一対一で行うものだけではないのですから。数こそ力。たとえ魔王を倒した勇者であろうと、万を超す群衆には敵いますまい」

「…………」

妄言を吐くなとは、もはやオグカーバは言わなかった。

あのアルサルの力を目の当たりにしておきながら、たかだか万の軍勢で勝てるなどと思い上がるのは、何かしら策があるか、余程の愚者のどちらかでしかない。

よしんばボルガンが前者だったとしても、聞いたところでどうせ詳しい策の内容など語るまい。

オグカーバは小さく、諦めの吐息をこぼした。

「……もう満足か、ボルガン。全て、全ておぬしの思惑通りになったぞ。アルサルを追放し、遠からず奴は世界的な指名手配犯となろう。そう、他ならぬ我が息子、ジオコーザの手によってな……おぬしが目論んだ通り、晴れてあやつは『世界の敵』となる――これ以上、何を望む？」

「いえいえ、とんでもございません、オグカーバ陛下。何もかも始まったばかりではありませんか」

もうよかろう、とでも言いたげな老人に対し、ボルガンは丁重に否定の意を返した。

「災いの元凶はアルサルだけにありませぬ。かつて魔王を討伐した四人――そう、〝蒼闇の魔道士〟、〝白聖の姫巫女〟、〝金剛の闘戦士〟――彼らをも含めて人界から追放するか、滅しない限り、来《きた》るべき破滅からは逃れられないのです」

「…………」

まだ始まったばかりだ、と主張するボルガンには応じず、オグカーバは息子であるジオコーザへと目を向けた。

人が変わったように血気盛んになった愛し子は、急ぎで呼びつけた外務大臣および外交官に烈火のごとく命令を叩き付けている。父であり、国王であるオグカーバを完全に無視したまま。

「……どうして、こんなことになった……」

オグカーバ自身にしか聞こえない呟きは、次なるボルガンの宣誓によって完全に掻き消された。

漆黒のローブを纏《まと》った男は両腕を広げ、高らかに謳《うた》う。

「さぁ、国王陛下、王太子殿下！　そしてセントミリドガルの皆々様！　引き続き反逆者アルサルを追い詰めるのです！　空の彼方へ逃げようと！　海の底へ逃げようと！　地の果てまで逃げようとも！　どこまでもどこまでも！　必ずやあの大逆の咎人を人界から葬り去るのです！　どうかご安心を！　皆様にはこのボルガン――宮廷聖術士ボルガンがついておりますが故！　嗚呼、聖なるかな、聖なるかな、聖なるかな！　神はいませり！　神は来ませり！　あなた方の行く先にどうか神の祝福あらんことを!!」

ある日突然『宮廷聖術士』という前代未聞の役職に任じられた男の煽動《せんどう》に、だがジオコーザ王子を含めた全員が疑うこともなく、勢いよく『おおおおおーっ!!』と声を返した。

全員が例外なく、血走った目をしていた。その中でも、目が真っ赤に染まるほど興奮したジオコーザが牙を剥いて叫ぶ。

「当然だ、ボルガン！　あの悪辣なる反逆者にはこの私自ら引導を渡してやる！　皆の者、戦いの準備だ！　何があろうと反逆者アルサルに天誅を下す！　我がセントミリドガルの威信に懸けて！全身全霊を注《つ》ぎ込むのだ!!」

ジオコーザの持つ熱が伝播したかのように、近衛兵らも腕を振り上げて歓声を上げる。

暴走は止まらない。

ただ一人、冷静な者がいる。

セントミリドガル国王オグカーバ。

しかし、王である彼にもアルサル誅殺の流れは止められない。止められない理由がある。

故に。

セントミリドガル王国は勢いも激しく、滅びの道を驀進《ばくしん》していくのだった。

◆

まさかとは思ったが、俺が野営していた場所からそう遠くない距離に小さな村があった。

日が完全に落ちて周囲が真っ暗闇に包まれると、少し離れた場所にいくつかの灯りが見えたのだ。

夜闇に浮かび上がる小さな光。人の営みの証だ。

国境の山間となれば、ほとんど隠れ里に近い。特殊な術でも使わない限り、昼間にはそうそう見つけられなかっただろう。

まさかと思ったのは、言うまでもなく例の鱗である。

あれはおそらくマーキングだ。

ドラゴンが目印のために、あえて自身の鱗を一枚あそこに落としていったのだ。

何のために？　決まっている。

餌場だ。

おそらく上空から人里を見つけ、場所を忘れないようにと目印を残していったのだ。

つまり、放っておけばあの村はいずれドラゴンに襲われ、人が喰われる。あるいは、既に犠牲者が出ているかもしれない。

つくづく、様子を見に行って正解だったと思う。でなければ、何も気付かずに通り過ぎていたところだ。

ひとまず、俺は朝を待つことにした。理術で周囲を走査《スキャン》したところ、とりあえず魔物の気配はない。マーキングを残したドラゴンは、現在は別の場所にいるらしい。

「てか、道理で他の獣もいないわけだ。新鮮な肉はお預けだな……」

ドラゴンのマーキングにビビらない野生の獣などいない。たとえこの山に野兎などがいたとしても、とっくの昔にどこかへ逃げてしまったはずだ。

　はぁ、と溜息が出る。

「こんなことなら、都市部を出る前に買い物しておきゃよかったな……」

　軍の訓練で使うような食材ならアイテムボックスに入っているが、どれも質素なものばかりだ。どうせ指名手配されるだろうからと急いで出てきたのが仇《あだ》になった。

　仕方ないので、日が暮れる前に食べたベーコンエッグサンドや焼きソーセージ程度のものを焚き火で調理して、簡単に晩飯を済ませる。

「今日は早めに寝て、日の出ぐらいに出立するかね」

　手早く片付けを済ませると、アイテムボックスからウィスキーの入ったスキットルを取り出し、中身を呷った。

　うむ。コーヒーを飲みながら眺める風景もいいが、酒を飲みながら見上げる夜空もまた素晴らしい。

　魔竜の気配のおかげで、ここいらには獣どころか虫すらいない。ヤバいぐらいの静寂《しじま》の中、遙か頭上では無数の星々が煌めいている。

　あれこそ〝銀穹〟――すなわち、かつての俺の称号の由来だ。

　青空のことを『蒼穹』と呼ぶように、ここでは星空のことを『銀穹』と称する。いわば、俺は〝夜空の勇者〟だったのだ。

「は」

　思わず自分で笑ってしまう。昔は何か格好いい気がして誇らしく思っていたものだが、流石に俺も年を取ってしまった。今となってはやたらと気恥ずかしい。

考えてもみれば、魔王を倒してからもう十年なのだ。

思えば、随分と遠くまで来てしまった気がする。

――などと、椅子に座って夜空を見上げながら酒を飲んでいたら、いつの間にか軽く酔いが回ってしまった。

「……寝るか」

まだ時間的には早いが、既に夜闇は深い。夜空の星々ぐらいしか光源がないせいだ。

魔竜の気配のおかげで獣が出る心配はないが、それでも焚き火はそのままにしてテントに潜り込む。寝袋に体を滑り込ませて、マットの上に寝っ転がった。

目を瞑ると、眠りに落ちる前にふと昔の記憶が蘇る。

そういえば魔王討伐の旅の時は、エムリスの奴がテント内に亜空間を作って、もうほとんど家みたいな状態で過ごしていたっけな。テントの入り口をくぐると、キッチンやら洗面所やら風呂やらトイレやらがあって、さらには一人一人の個室空間まで用意されていて、もはや『持ち運びできる家』みたいなテントになっていた。

さもありなん。それだけ旅は過酷だったし、休める時に癒やせる疲労は癒やさなければならなかったのだ。

一日二日ぐらいなら野宿でも問題ないが、流石に長く続くと辛いものがある。やはり人間、柔らかいベッドの上で寝ないと疲れが取れないものだ。

そんなわけで四人の共同生活の場となったテント——というか亜空間には、今でもアクセス可能のはずだ。エムリスから伝授された魔術を使えば、いつでもあそこに入れると思う。

でも、やはり今日ぐらいは普通にキャンプがしたい。あっちを使うのは、テント泊に飽きてからにしよう……。

そんなことを思いつつ、俺の意識は深い眠りへと落ちていった。

◆

朝には割と強い方だ。

テントを透かす陽の光を浴びて、パッと目が覚める。

芋虫のように起き上がると、昨夜のほろ酔い気分はもう綺麗さっぱり消えていた。アルコールの分解が早いのも〝勇者〟の肉体が故だろうか。

寝袋を脱ぎ、テントを出て、朝の光に目を細める。

「——よっし、コーヒー飲んだら出発すっか」

両手を上げて大きく伸びをすると、俺はまた火を起こしてコーヒーを淹れた。

朝の澄んだ空気、明るい太陽の輝き、それらを全身で味わいながら飲む熱々のコーヒーの美味さたるや。

うむ、今日こそ新たな人生の始まりである。

そんな記念すべき朝に、こうして野外でコーヒーを美味しく飲むというのは、なかなか好調なスタートなのではなかろうか。

名残惜しくもコーヒーを飲み干すと、キャンプ用具の諸々をアイテムボックスに回収して片付ける。無論、焚き火の始末もしっかりと。ゴミは全部ちゃんと持ち帰る、それがキャンパーのマナー、否、鉄の掟だ。破った奴は万死に値する。死ぬがよい。

閑話休題《それはさておき》。

野営セットを片付けた俺は早速、昨晩見かけた灯りのもとへと移動した。ついでに生体反応を探る理術も併用して、人里の位置を特定する。

果たして、小さな集落があった。

背の高い木々の森――その深い場所を切り開き、暮らしている人々がいたのだ。

あちこちに木造のログハウスが点在していて、どうやら結構広い範囲を生活圏としているようだ。

まだ朝が早いせいもあってか、誰も出歩いていない。俺は不躾《ぶしつけ》かと思いつつも、足を踏み入れた。

そのまま草の生えてない道を進んでいくと、中央広場らしき場所へと行き当たる。そこで、掲示板らしきものに張り紙をしている人物を発見した。

敢えて足音を立てて近付いていくと、掲示板前の人物がこちらに振り返る。

「――おや？　あなたは……」

髪の白い老人だ。俺の顔を見て、不思議そうに首を傾げる。

地味な服装に、穏やかそうな顔付き。こんな早朝から掲示板に張り紙をしているところを見ると、村長とかそういった地位の人物だろう。

俺は足を止め、挨拶をした。

「おはようございます。私は旅の者です。失礼ながら誰もいらっしゃらなかったので、ここまでお邪魔させていただきました」

こんな場所に隠れるように住んでいる人々だ。まずは警戒されないよう、俺は礼儀正しい好青年として振る舞った。

「ああ、旅の方ですか。道理で見ない顔だと思っていたのですが……いや、よかった。私がボケたわけではなかったのですね」

はははは、と老人は朗らかに笑う。こっちこそよかった、人当たりのよい人物で。昨日は嫌なことがあって神経がクサクサしていたので、この御仁の柔らかな物腰がとても心地よく感じられる。

「しかし、よくここがわかりましたね？　この村はへんぴな場所にあるので、旅人さんが通りがかることはまずないのですが……」

「実は昨晩、あの辺りで野営をしていたのですが、夜になるとこちらの方に灯りが見えましたので」

テントを設営した方角を指差し、この村を発見した理由を素直に告げると、老人はうんうんと頷いた。

「おお、なるほど。そういうことでしたか」

が、しかし。納得したかのように見えた老人は、しばし俺の顔を意味ありげに見つめだした。

「……あの、失礼ですが、本当に旅の方で……？」

急にこちらを疑うような言葉を発されたので、俺は軽く驚く。

「え？　それはどういう意味でしょう？」

聞き返すと、老人はどうにも気まずそうに視線を泳がせ、

「ええ、その……冒険者組合の増援の方、だったりは……？」

「冒険者組合？」

何ともタイムリーな名称が出てきて意外に思ったが、しかしすぐに気付く。

そうか、もう既に被害が出てしまっていたか——と。

「いえ、私は冒険者組合とは無関係ですが……何かあったのですか？」

正直に否定してから、それとなく事情を尋ねる。大体の察しはついているが、これもコミュニケーションの一環だ。

「そうでしたか……申し訳ありません。由ないことを申しました。あなたのような方が冒険者さんだったら、と思いまして……」

老人は謝罪してから、先程まで触っていた掲示板へと視線を向けた。俺もつられて見ると、そこには真新しい張り紙が二枚。

「……行方不明、ですか？」

まず右側、大きめの紙に小さな写真が一枚、糊で貼り付けられていた。その周囲には数行の文章が書かれている。

写真の主は若い女性。三日前に家を出てから帰ってきていないこと、そのことから村周辺に危険な野獣ないし魔獣がいるかもしれないこと、そのため冒険者組合に依頼を出していること、近く冒

険者が村に来るので相応の対処をして欲しいこと――等々が記されていた。

「ええ、私の娘です。先日、山菜を採りに出たっきり戻ってこないのです……」

老人は沈痛な顔で頷いた。

しかし、三日前か。あの鱗に残っていた気配の残滓からすると、ほぼ計算が合ってしまう。おそらく魔竜はその娘さんを捕食し、さらには近くにあったこの村を認知した。だから鱗を一枚置いていったのだ。

つまり、残念ながらこの老人の娘さんは帰らぬ人となっている――と断言はできないが、その可能性は非常に高い。

とはいえ、それを口に出すわけにもいかず、俺は別の言葉を返した。

「なるほど、それで冒険者組合に依頼を出されたのですね。先程、増援と仰いましたが……もう冒険者の方々はこちらに来ているのですか？」

質問しつつも、既に答えはわかっている。左側の張り紙――今さっき貼ったものだろう――に『冒険者組合から派遣された冒険者が到着したので、見知らぬ人間が村の中を歩いていても気にしないで欲しい』との注意書きがあるのだ。

老人は首肯した。

「ええ、昨日こちらに到着されました。もう日が暮れようとしている時間だったので、空き家の一つに泊まっていただいております」

冒険者について詳しくないので基準はわからないが、なかなか手早い対応だ。

しかし、冒険者がアルファドラグーン側から来たのならいいが、セントミリドガル側からだとしたら少々まずいかもしれない。いや、まずいというか、ちょっと面倒なことになりそうな気がするだけだが。

俺が国外追放されたことは、既に国中に広まっていることだろう。何だったら首に賞金が懸けられているかもしれない。その場合、冒険者が金目当てに俺を狙う可能性は充分にある。冒険者の『冒険』には賞金稼ぎ《バウンティハンター》も含まれるのだ。

とはいえ、だ。

「そうですか、それは一安心ですね」

そう俺は言ったが、これは社交辞令だ。相手が普通の野獣や魔獣なら言葉そのままの意味になるが、これが魔竜、それもあのサイズのものとなると話が変わってくる。

昨日まで俺が戦技指南役として教育していた兵士達であっても、百人単位で戦わなければ返り討ちにあう可能性が高い。それほどの相手だ。

老人は、冒険者達には空き家に泊まってもらった、と言った。つまり、空き家一つに収まる程度の人数しか来ていないということだ。

正直、よほどの実力者でもない限りは荷が重いと言わざるを得ない。相応に強い冒険者が派遣されて来ているといいのだが――と、自分のことを他所に、俺は村の行く末を心配してしまう。

案の定、

「ええ、そうなんですが……」

やはり老人の歯切れが悪い。頼みの冒険者が来たというのに、表情が曇っている。これは悪い予感が当たりそうだ。

そも、俺を見てすぐ『冒険者組合の増援』なんて言葉が出てきたあたり、何となく察するところはあったのだが。

「何か問題でも……？」

そう問い掛けた時だ。俺から見て左手の方角から、複数の人の気配が近付いてきた。

ガシャガシャと鳴るのは、身につけた鎧の部品が擦れ合う音か。足音も重く、結構な重量を身につけているのがわかる。だが響きは粗野そのもの。歩くリズムが無法者のそれだ。

先に俺が、続いて老人が左方向に視線を向けると、やはり木々の間を抜けて五人の冒険者がこの広場に向かって歩いてきていた。

目につくのは、どいつもこいつもケバケバしい髪の色。蛍光ピンクだの蛍光グリーンだの、絶対に生まれつきでないだろう色の髪をド派手にセットしている。あれは冒険者の間で流行っている髪染めだろうか。

「…………」

あー、うん。見ただけでわかる。あいつらザコだ。それもかなりの。少なくとも、俺が鍛えてた奴らよりは弱い。それだけは確実だ。

「ふぁ……ぁ……ん？　おー、オッス村長さぁん！　お早いねぇ！」

各人の目鼻立ちがわかるほど近付いてきた頃、集団の先頭であくびをしながら歩いていた男が、片手を上げてぞんざいな挨拶をした。やはり、この老人は村長だったらしい。我ながらいい勘をしているな、俺。

「これはこれは、デービスさん。おはようございます。皆さんも。昨晩はよくお休みになられましたか？」

ラフというか礼儀のなってない蛍光ピンク頭の冒険者――デービスとやらに対しても、村長は丁重な挨拶を返した。

「おーおー、柔らかいベッドでなかなかいい感じだったぜ！　あーでも、もーちょい部屋が広かったらよかったかなー？」

「それは申し訳ありません、非常事態だったので、あそこしかご用意できず……」

村長が頭を下げると、デービスは適当に掌を振った。

「あー、いいっていいって、別にこんな田舎に豪勢な宿とか期待してなかったし。さくっと依頼をこなしたらすぐ帰っからさ！」

このデービスとやらは、見た感じ二十歳前後か。後ろにくっついている連中も似たような年頃に見える。位置関係的に、どうやらこのデービスとやらがリーダーのようだが……。

「そんで朝飯なんだけど……ん？　そっちは？」

デービスが俺の存在に気付いた。胡乱《うろん》な目をこっちに向けてくる。

「ああ、こちらは――」

と村長が紹介してくれるところを遮《さえぎ》って、俺は自ら名乗った。

「どうも、偶然通りがかった旅の者です。この村の者ではありませんよ」

「ぁあ？　旅人ぉ？」

おっと？　なんだその口の利き方は？　初対面だろ俺達？　村長とは昨日のうちに仲良くなったのかもしれないと思い、舐めた口を利いてるのをスルーしてやったが――それを俺にまで向けてくるとなると話は別だぞ？

というか、俺はちゃんと敬語で話したよな？　敵同士ってわけでもないのに、敬語に対してタメ口で返すのはちょっとどうかと思うんだけどなぁ、俺は。

「んー……そんな軽装で旅人だぁ？　それってよぉ、ちょっと……いや、かなり怪しいんじゃねぇの？」

おいおいなんだなんだ、変な目を向けるなよ。荷物はアイテムボックスに入れてるから手ぶらなんだよ――などと説明したところで、理解してくれそうにもなさそうだな。

「一体何者だ、てめぇ？」

デービスはズカズカと俺に接近し、ジロジロと不躾な視線を投げかけてくる。うん、これは純度百パーセントの喧嘩腰だな。

よし。

「口の利き方には気をつけろよ？」

「ぉがっ⁉」

俺は無造作に、片手でデービスの下顎を掴んだ。頬の中央を左右から指で挟むようにして、ぐっと力を込める。

「が……ぁ……ぁ……⁉」

デービスが口まわりに発生する激痛に目を白黒させた。わりと力を込めているからか、顎骨がメキメキと軋みを上げている。失礼な言葉遣いをするのはこの口か、ええ？

「ちょっ――⁉　おいコラ、なにして」

「黙ってろ、こいつの顎がどうなってもいいのか？」

デービスの後ろにいる連中が色めき立ったので、低い声で牽制《けんせい》した。それから息のかかる距離までデービスに顔を近付け、強い視線を奴の両眼に射込む。

「俺とお前は初対面だ。こっちはちゃんと敬語を使って話しかけてやっただろ。お前も相応の態度を取れ、この礼儀知らずが。知ってるか？　礼儀ってのは弱者が強者と話をするために必要なルールなんだぞ」

「ぎぃ……ぃ……ぁ……⁉」

デービスの両手は自由なので抵抗することも可能なはずだが、奴は激痛に呻くだけで身動《みじろ》ぎひとつしない。そんなことをすれば、本当にこのまま顎を握り潰されることを本能的に察知しているらしい。無駄な抵抗は火に油を注《そそ》ぐだけだと、体で理解しているのだ。

「わかったら、次からは敬語を使え。もちろん、そこの村長さんにもだ。お前がどこの誰様かは知らんが、特定の地域で長を務めている御仁だぞ。お前がどこの誰であろうと、然るべき相手には敬意を示せ」

昨日の国王や王子、将軍に対する自身の態度を思えばブーメランを投げているような気分だが、あれは事情があってのことだ。俺だって昨日までは原則、礼儀作法に則って相対してきたのである。だが、あちらが俺を死刑にするつもりであるのなら、そこに礼儀など必要ない。殺るか殺られるかの関係に落ちたというのに、敬語など使っていられるものか。

「もう一回言うぞ。口の利き方には気をつけろ。次はこんなものじゃ済まさないからな」

もとより下顎を掴まれたデービスには返事のしようもない。力を入れて位置を固定しているので、首を動かすことすら出来ないのだ。よって俺は言うだけ言って、手を放した。

「――っぶっはぁっ⁉」

痛みのあまりブルブルと震えながら涙を流していたデービスが、解放された途端に大きな息を吐く。まるで殴られたかのような勢いで後退《あとじさ》り、俺との距離を開いた。

「お、おい大丈夫か⁉」「怪我は⁉」「リーダー⁉」

デービスの仲間達が寄って集って群がり、奴の心配をする。デービスは両手で口元を押さえて、荒い呼吸を繰り返していた。

そして。

「――て、テンメェエエエエェェッッ‼」

面《おもて》を上げるや否や、怒髪天を衝く勢いで叫ぶ。

「……やれやれ」

そうかい、それがお前の答えかい。まぁ、力には屈さないって気骨はいいと思うよ。反骨精神っていうのかな。そういうのは俺も嫌いじゃない。むしろ共感するまである。

が、それとこれとは話が別だ。

「じゃあ、格付け開始だな」

俺がそう言うのが早いか、既にデービスは地を蹴って俺に殴りかかってきていた。

憤怒の形相。おやおや、ガチギレしてるな。プライドが高いのか、気が短いのか、その両方か。

どっちにせよ周りが見えていないし、彼我の実力差もわかっていない。

馬鹿め。

「オォ――――!」

気合いの声を上げて俺を殴ろうとするデービス。動きが遅過ぎるし、大振りだし、というか攻撃のタイミングを自分から教えるとは何事だ。冒険者になりたての素人か？

俺は右足を蹴り上げ、さくっとカウンターを叩き込んだ。

「――――ルァぶはぁっ⁉」

前蹴り――――いわゆる『ヤクザキック』を土手っ腹に受けたデービスは、それこそサッカーボールみたいな勢いで吹っ飛んだ。

軽いものとは言え鎧を着ていてよかったな。手加減はしたつもりだが、生身で受けていたら内臓が破裂していたかもだぞ？

「ぐおっ⁉　お、ぉぉ…………………⁉」

地面に落下してゴロゴロと転がったデービスは、そのまま腹を抱えて、しばらく無言で体を震わせる。俺のカウンターキックが強すぎて、声も出せないぐらい悶絶しているらしい。

「弱いな、お前。この程度がリーダーなら他の奴らもたかが知れてる。悪いことは言わないからとっとと帰れ。残念ながらこの村の周りに来ている魔物は、お前ら程度の手に負える相手じゃないぞ」

下級の魔獣ぐらいならこいつらでも大丈夫だろうが、魔竜クラスだと絶対に瞬殺されるに違いない。

「……!?」

デービスの仲間達が俺を凝視して、絶句する。まぁ、デービスが蹴り一発でかなりの距離を吹っ飛んでくれたからな。それだけでビビってくれてるのだろう。

正直、こうして直接手を下さず、王城でやったみたいに〝威圧〟すればもっと簡単なのだが――それは出来ない。なにせ、すぐ近くに村長さんがいる。俺に限らず、人間を遙かに超える強さを持つ存在の〝威圧〟は相手を選ばない。敵味方関係なく、周囲一帯全てを圧倒するのだ。

流石に俺だって、何の罪もない善良な一般人から恐怖の目を向けられるのは好むところではない。

敵からなら、喜んで受け入れるが。

「て、てめぇ……よくも、よくもやってくれたなぁ……!」

お、まだ頑張るか。デービスは生まれたての子鹿みたいに全身をガクブルさせながら、どうにか立ち上がった。いいだろう、根性だけは褒めてやる。口には出さんがな。

デービスは満身創痍にしか見えない風体で、大きく息を吸い、

「テメェの面《つら》は覚えたからな！　おぼえ――」

てろよ、とでも言いたかったのだろうが、最後まで言わせるわけもない。

「だから口の利き方には気をつけろっつってんだろ」

俺は瞬間移動みたいな速度で奴の前に立ち、再び片手で下顎を掴んだ。

「おがっ……⁉」

十メルトル以上離れた場所に立っていた俺が目の前にいること、気付けばまた下顎を掴まれていること、その両方にデービスが愕然とする。

「言ったよな？　次はこんなものじゃ済まさない、って」

直後、俺はデービスの顎を握り砕いた。林檎のように、ぐしゃりと。

「アガッ――⁉」

デービスの口から血反吐が飛び出る。が、構いやしない。なにせ冒険者の一味だ。一人ぐらい回復の理術を使える奴がいるだろう。殺さない限り、多少の怪我ならすぐ治る。

だからこそ、これだけで終わるはずもなく。

腹に膝蹴り。ゴン、と軽鎧の腹甲がへこむ。さっきの前蹴りと合わせて二度目の衝撃に、デービスの体がくの字に折れる。呻き声の代わりに、奴の口からは血飛沫が迸った。

「――～ッ……⁉」

ふわ、と羽毛のように軽く宙に浮いたデービスの頭を、血塗れの手で荒々しく掴む。長く伸びた蛍光ピンクの髪。セットするのに時間がかかったであろうそれを、遠慮なく握り潰す。

そのまま、デービスの頭を真下へ向かって投げつけた。

「――ンベッ⁉」

べしゃ、と水っぽい音を立ててデービスが地面とキスをした。少しだが、顔が土に埋まる。それで終わりだった。

もはやピクリともしない。立て続けの衝撃に意識を失ったらしい。

俺は血で汚れた手を適当に振りつつ、呆れ気味の視線をデービスの仲間らに向ける。

「――で？　お前らも？」

言葉少なにそう聞いた。無論、お前らも俺に舐めた口利くつもりか？　という意味である。

四人が同時に、ブンブンブン、と頭を横に振った。蛍光グリーンだのイエローだのといった派手な髪が揃って、何かの玩具《おもちゃ》みたいに揺れる。

「じゃ、何か言うことあるよな？」

そう念押しすると、派手な頭が一斉に深く下げられた。

『すみませんでしたぁ！』

「よろしい」

声を重ねての謝罪に、俺は溜飲を下げる。それから、

「おい、誰かこいつを治療してやれ。回復理術を使える奴ぐらいいるだろ」

「は、はい、ただいまっ！」

冒険者の中でいかにも理術士然とした格好をした男が、慌ててデービスに駆け寄る。

ひとまず、これにて仕置き完了だ。冒険者連中との格付けも終わった。これだけ痛めつけておけば、もう噛み付いてこないだろう。

話を戻そう。

「村長さん」

「……えっ？」

俺が向き直って呼び掛けると、半ば唖然としていた老人はふと我に返った。少々怯えた目で俺を見返す。

まぁ、〝威圧〟するよりマシだとはいえ、目の前で暴力振るえばこんな視線も向けられるわな。致し方ない。

それでもなお、俺は少しでも印象を良くするために意識して笑みを浮かべてみせた。

「先程仰っていた『増援』の意味がよくわかりました。もしよろしければ……この件、私に預けてみませんか？」

「あっ……えっ？　ええ？」

オロオロと狼狽《ろうばい》する村長に、俺はさらに畳み掛ける。

精一杯の笑顔で。

「大丈夫、悪いようにはしませんから」

●4　黒竜退治と〝勇者〟のスタンス

村の名前は『リデルシュバイク』というらしい。

こんなへんぴな場所に隠れ住むようにしているので、まさかとは思っていたが――案の定、大昔に失脚した貴族か豪族かの末裔《まつえい》が住んでいるのだそうだ。

そう思えばリデルシュバイクなどという、山間の小さな村には似合わない物々しい名前にも得心がいく。

村長のジョアン・リデルシュバイク氏と、ついでにデービス以外の冒険者に、俺は昨日発見した魔竜の鱗について話した。

熊か、あるいは同レベルの魔物の仕業と思っているかもしれないが、それは大きな間違いだ――と。

鱗の大きさから察するに、かなりの大物。残っていた魔力の残滓から見ても、下手すれば貴族《アリストクラット》クラス以上のドラゴンである可能性が高い。

どう考えても、そこらの冒険者五人の手に負える相手ではない。

聞けばデービスらの冒険者としての等級は『黒鉄』だという。なんと下から数えて二番目だ。素人とは言わないまでも、まだまだ未熟者であるのは明白。相手のクラスがなんであれ、竜種なんかと相まみえたら、一瞬で食い散らかされてしまうのが目に見えている。

ちなみに、冒険者の等級は以下のような序列になっているらしい。

赤銅《しゃくどう》、黒鉄《くろがね》、白銀《はくぎん》、黄金《おうごん》――それ以上は『宝石』という段位に上がり、紅玉や碧玉、蒼玉などの宝石にちなんだ『二つ名』が与えられるのだそうだ。

例えば『紅玉《ルビー》の剣姫』や『虎目石《タイガーズアイ》の拳王』などが有名どころらしい。

さらに言えば、『宝石』ともなると世界各国にある冒険者組合の支部長を任ぜられることもあるそうで、無法者や無頼漢として名高い冒険者の中でも、かなりの出世なのだそうだ。

ちなみに、既に俺の仲間に〝金剛の闘戦士〟がいるため、金剛石の宝石級冒険者はいないのだとか。ま、似たような異名をもらう奴も、あの怪力無双と比べられてはたまったものではあるまい。

閑話休題。

というわけで、残念ながら話の流れ上、ジョアン村長には娘さんの生存は絶望的であることを伝えざるを得なかった。

「……ええ、もう三日も戻ってきていないのです。覚悟はしておりました。山というのは、出掛けた者が丸一日以上戻ってこない場合、ほぼ間違いなくそういうことになっているものですから……」

沈痛な面持ちに悲壮な声で、しかし気丈にもそう言った。もちろん、俺達が目の前にいるが故の強がりだろう。きっと、後で一人になってから泣くに違いない。男とはそういうものだ。

「しかし、それだけの巨大な竜が、どうしてこんな人界の中まで……」

ジョアン村長の疑問はもっともだ。セントミリドガルとアルファドラグーンの国境にあるここに魔竜が来たということは、少なくともアルファドラグーンの上空を飛んできたことに他ならない。

だが。

「黒竜だからでしょう。陽が落ちれば目立ちません。夜空を背景に飛翔すれば、人の目につかずここまで飛んでくることは可能だと思います」

これが他の竜種であれば話は違ったのだろうが、黒竜の系統は元より隠密行動が得意なタイプだ。人目を避けて人界の奥深くまで侵入してきても不思議ではない。

歴史を紐解けば、魔王が復活していた十年前は例外として、数多の魔物が人界のあちこちに現れた記録が残っている。ゴキブリとシロアリと魔物は、いつの間にかどこからか忍び寄ってくるものなのだ。

なお、魔王が存在していた時期を例外とするのには理由があるのだが、それはまた別の機会に語ろう。

ともあれ、村の近くにマーキングの鱗があったということは、いずれまた魔竜はここにやってきて、人間を捕食するはず。

その時を狙って、俺が魔竜を討つ。

それで村長の娘さんの仇討ちとなり、村周辺にも平和が訪れるであろう。遠くへ逃げていった野生動物も、竜の気配が綺麗に消えれば、いずれ戻ってくるはずだ。

「しかし、竜がいつここへやって来るのかわからないのでは……？」

「ああ、それなら心配ありません。策があります」

ドラゴンの襲来が読めないことを不安がるジョアン村長に、俺は安心するよう余裕の笑みを見せた。

「策、ですか……？」

「ええ、任せてください。すぐに解決しますから」

◆

思えば、いきなり反逆だの処刑だのと言われたのは天啓だったのかもしれない。

人界を旅して巡り、人々を助けよ――という。

かつて、俺達四人が魔王討伐のために呼び出された時と同じく。

「……なんて、んなわけないよな」

ふと脳裏を過《よぎ》った馬鹿な思いつきを、鼻で笑い飛ばす。

しかし、あの国王と王子のトンチキ共があと三日早く俺を追い出していれば、ジョアン村長の娘さんは救えたかもしれない。

詮無きことだが、そう思うと何ともやりきれない気分になってしまう。

「ま、後悔先に立たずってやつだ。むしろ、犠牲が最小限で済むことに感謝するべきだよな」

意識して思考を切り替え、前向きにする。

元とは言え俺は勇者だった男だ。魔王軍の脅威から人々を守護した人間だ。

それがたった一人とはいえ、魔物に命を奪われたと聞いては、黙っているわけにはいかない。

俺は敵に回った相手には容赦しないが、そうでない相手には、出来るだけ平穏に生きていて欲しいと願うタイプなのだ。

故に。

「久々の魔物退治ってわけだ」

俺は目の前に屹立する、壁のような漆黒の鱗に視線を突き刺した。

今、この場には俺しかいない。

ジョアン村長はもちろんのこと、冒険者五人組も置いてきた。

俺が出立する直前、気絶していたデービスが目を覚まして一悶着があったのだが、それは割愛する。

ま、簡単に言えば。

「テメ——あ、いや、おま——でもなくて、あ、あなた様が俺……じゃない、僕達の代わりに依頼を遂行していただける、って……マジですか……？」

「おうよ。つかお前らは足手まといだからついてくんなよ」

「いや、あの、そういうわけには……と、というか、あの……僕、さっきあなた様に『言葉遣いが悪い』ってシメられたじゃないですか？」

「ああ、お前が舐めた口利くからちょい強めにシメたな」

「その、単純な疑問なんですけど、僕達が敬語を使い始めたのに、どうしてあなたは僕達にぞんざいな口調で話しかけるのかな、と……なんというか、言っていることが矛盾しているような……」

「あ？　何言ってんだお前。もう格付けは済んだだろ」

「か、格付け？」

「負けた奴は勝った奴に文句を言えない。それが弱肉強食——お前ら冒険者の世界でも通じる理屈だろうが。お互い最初から敬語使って交流が続くんならともかく、一度は牙を剥いてケンカになったんだ。上下関係が生まれるのは当然だろ？」

「じょ、上下関係……」

「俺が上、お前らが下。さっきの一発でそう格付けされたんだ。よって、俺がお前らに敬語を使う必要はなくなった。逆にお前らは絶対に俺に敬語を使い続けるしかない。というか、お前が自分でチャンスを潰したんだろうが。こうやって格付けされるのが嫌なら、以降は無闇矢鱈《むやみやたら》とケンカを売るのはやめとくんだな」

「ウ、ウィッス……」

みたいなやりとりをした結果、強権的に冒険者五人の同行を禁止したのだ。

今回の件は奴らにとっていい勉強になっただろう。まぁ、たまさかケンカを売った相手が俺だったというのは、なかなかに不運なことだとは思うが。

さて。

「ほっ、と」

俺は無造作に、黒竜の鱗にヤクザキックをぶち込んだ。

轟音を響かせ、巨大な鱗が砕け散る。

ドラゴンの鱗は、体から離れても魔力のパスによって本体と繋がっている。それが故のマーキングだ。逆に言えば、鱗に異変があれば本体にもそれが伝わる。

つまり、こうして鱗をぶち壊せば、本体のドラゴンが何事かと戻ってくるのだ。

「さて、なるべく近くに潜んでりゃいいんだが」

俺は周囲を走査《スキャン》する理術を発動させ、常在させた。こうすることで全方位にセンサーを張り巡らせ、魔竜の接近を即座に感知することが可能となる。

幸いなことに、数分と経たず反応があった。

東。アルファドラグーン方面から巨大な質量が飛翔してくる。かなりの速度だ。こんな辺境で自分の鱗を破壊されたものだから、焦っているのかもしれない。

果たして、頭上から大きな影が差した。巨大な竜影が、ただでさえ薄暗い森の中をさらに暗くする。

視線を上空へ向けると、そこには闇を凝縮したような塊が浮いていた。あれが黒竜だろう。

落ちてくる。

バキバキと木の枝を折りながら、漆黒の巨影が轟音と共に俺の前へと降り立った。

『グゥゥゥゥルルルルルルルァ……！』

体を丸めて森の中へと降下してきた竜は、四本の足を地に着けると、いきおいよく全身を伸ばした。

『ガァアアアアアアアアアアアアァァァッッ!!』

咆哮を上げながら暗黒の翼を広げ、体中から黒い靄《もや》のようなものを噴出する。

爆音。

ドラゴンの全身から放たれた波動が凄まじい衝撃と化し、周囲にあった木々を根こそぎ吹き飛ばした。

一瞬だ。

俺一人を残して、周辺が一気に更地と化してしまった。

「おー、デカいデカい」

俺の貴族《アリストクラット》クラス以上という見立ては間違っていなかった。全長は二十メルトル以上あるだろうか。空飛ぶシロナガスクジラという感じだ。まぁ、この世界にシロナガスクジラに類する生物がいるのかは知らんが。

「——黒瘴竜《ミアズマガルム》か」

鱗だけでは種別まで見分けられなかったが、こうして全容がはっきりすれば簡単に判る。

ミアズマガルム——〝黒瘴竜〟と呼ばれるように、全身からドス黒い瘴気を放つブラックドラゴンの一種だ。

ガルムと名にあるように、巨大な犬に一対の翼をつけたような姿をしている。犬とは言っても、貧相な野良犬などではなく、全身の筋肉がはち切れんほどに膨張した、凶悪な体格だ。あの足の一振りだけで、デービスが十人ぐらいは殺せるだろう。

全身が黒いためよく観察しないとわからないが、額の部分に黒曜石のような美しい結晶が、第三の目のごとく嵌《は》まっている。力持つ竜だけに顕れるという『竜玉』だ。

「よう、そこまでの大きさなら、喋る知能ぐらいあるだろ。グルグル唸ってないで、なんか話してみたらどうだ？」

登場しただけで森の一角を更地にした怪物に、俺はそう話しかけた。

竜は魔物の中でも知能が高い種族だ。魔王軍の上層にも『八大竜公』という奴らがいて、見た目はともかく、中身だけなら魔人と遜色ない知性を有していた。

だが、俺の声が聞こえているのかいないのか。

『ガルルルァアアアアアアアァァァアッッ!!』

ミアズマガルムはゾロリと牙の生え揃った大口を開き、威嚇《いかく》のつもりか、腹の底どころか地を揺らすような重低音をがなり立てる。

ああ、そうか。俺をただの人間だと思って舐めてるんだな。よし。

俺は抑え込んでいた『力』を解放し、ミアズマガルムを〝威圧〟する。

ぐわ、と放射状に俺の『力』が周囲に広がり、大気をビリビリと揺らした。

『――っ⁉　なんだ、貴様は……⁉』

さっきまでの猛獣じみた雄叫びはどこへやら。急にミアズマガルムが人語と思しき不思議な響きを、その大口の奥から漏らした。

いくら竜種が人語を解するとはいえ、体の構造《つくり》からして人間とは違う。いくら何でも竜の声帯で、ちゃんとした人間の言葉を話すのは難しい。

よって、竜に限らず言葉を喋る魔物は『魔力』で声を出す。そのため、人間のそれとはちょっと違う、不思議なイントネーションを帯びるのだ。

「今更この名前で名乗るのもおこがましいが……アルサル。勇者アルサルだ」

『勇者、アルサル――だと……⁉』

ミアズマガルムの赤黒い目が大きく見開かれる。やはり見た目に依らず、相当な知性の持ち主らしい。しかも、俺の名前に聞き覚えがあるときた。

多分、かつての八大竜公に近い地位にある奴なのだろう。

『貴様が魔王様を……！』

「俺一人だけじゃないけどな」

怒りや憎悪というよりは、戦慄の割合が多めの呻きを漏らしたミアズマガルムに、俺はしょうもない補足を付け加えた。

実際、俺一人だけじゃ魔王に近付くことすら出来なかっただろうからな。仲間達がいなければ、今頃はこの世に存在していなかったはずだ。

『な、何故、貴様のような――いや、失礼した……勇者アルサル殿。どうして貴殿が、このような場所に……？』

黒瘴竜の驕《おご》り高ぶった口調が突然、慇懃《いんぎん》なものへと変化した。

おお、デービスとかいうお馬鹿さんとは違って、随分と利口なドラゴンではないか。礼儀を弁《わきま》えている。

それにしてもお互いの立場を認識して、ちゃんと態度を改めるとは。賢いというか、現金というか、掌返しが早いというか。

とはいえ、だ。

「それはこっちのセリフだぜ。ここは人界だ。そっちこそ、どうしてこんな所にいる？　特にお前のような貴族は東の奥地にいるはずだ。場違いなのは俺じゃなくて、お前だぜ」

俺は口調を改めたりなどせず、質問に質問を返した。

『…………』

ミアズマガルムは威嚇のために広げていた翼を縮め、臨戦態勢を解いた。突っ張っていた四肢もたわめ、身を伏せる。いわゆる香箱座りというやつだろうか。頭の位置が下がったので、こっちも首が疲れないで済む。

落ち着いた体勢になったミアズマガルムは、今なおその全身から黒い瘴気を立ち昇らせながら、ほのかに赤黒く発光する瞳を俺に向けた。

『まずは名乗りもせず失礼しました。私は黒《すす》の竜公に――』

「あー、いい、いらん。名前なんて聞きたくない。興味がない」

俺は礼儀正しく自己紹介した竜を、敢えて遮った。

というか、そこまで聞ければ十分だ。

読み通り、八大竜公に連なる貴族《アリストクラット》クラス。

八大竜公は竜種の大貴族だ。それぞれ、焔《ほむら》、流《ながれ》、烈《いさお》、地《つち》、天《あめ》、黒《すす》、鋼《はがね》、月《よる》という門閥があったと記憶している。それぞれが、火、水、風、土、光、闇、石、心の属性を司っており、人間と同じような階級社会を形成していたはずだ。

目の前の黒瘴竜は見た目通り、黒《すす》の竜公の門閥に属する貴族竜だったのだろう。あいつらは大体、体の色合いでどこ所属かわかるからな、判別しやすい。たまに例外もいるが。

「俺が聞きたいのは、どうしてお前がここにいるのか、だ。質問に答えろ」

我ながら居丈高《いたけだか》な態度だなと思わんでもないが、竜の貴族相手にはこれが正解なのだ。こいつら、相手の態度を見て対応を変えるところがあるからな。こっちはお前より上だぞ、と常にマウントを取っておかないと、すぐ舐めた態度を取りやがる。そのあたりはあのデービスとかと一緒だ。

思い出すに、当時の八大竜公も腹立つ奴ばっかだったな……まぁ、全部俺と仲間でぶっ殺してやったけど。今では代替わりして、新しい貴族竜がまたそれぞれの竜公を名乗ってるのだろうか。

『――簡潔に言えば、恥ずかしながら失脚いたしました……』

口で言わずとも俺の態度から手短に話す必要があると判断したのだろう。ミアズマガルムは本当にわかりやすい説明をしてくれた。

失脚――つまり、貴族の地位を失い領地から追い出された、ということだ。

なるほど、実に納得のいく話だ。そういうことであれば『魔の領域』――こちらが人界なので、それに合わせて『魔界』と呼ぶこともある――を離れ、こんなところで餌場にマーキングなんてしているのも理解できる。

当たり前だが、竜の世界にも政治やら相続やらの紛争がある。なにせ貴族がいて、平民のいる階級社会だ。どんな生物であれ、権力のピラミッドからは逃げられない。実際、俺だって世界を救った英雄だってのに、国王の下で戦技指南役なんて地位についていたわけだしな。

そういう意味では、こいつと俺は似たもの同士かもしれない。

「それで、放逐された挙げ句にこっちの世界に迷い込んだってか?」

『ええ、ご存じないと思いますが、我々の世界は〝はぐれもの〟には厳しく……』

巨大で精悍な犬の顔が、切なそうに眉を八の字に下げる。それもそのはず、こいつは権力闘争に負けたのだ。勝った方は後顧《こうこ》の憂《うれ》いを断つため、こいつを殺そうとするだろう。

生き残るため、ミアズマガルムは人界に逃げ込むしかなかった。

「事情はわかった。お前も大変だったんだな」

『いえ、これも我が身の不足が故のこと……いてはならぬ場所にいることは重々承知しております。すぐにでも離れさせていただきましょう。アルサル殿には余計な心労をおかけしたこと、大変申し訳なく』

言うまでもないが、魔王が倒れた現在、人間と魔族は冷戦状態にある。表立って事を起こすことはないが、相互の不可侵が暗黙のルールだ。いくら事情があるとは言え、ドラゴン、しかも貴族《アリストクラット》クラスがこっちのエリアに来るなど、重大な逸脱行為でしかない。

「いや、待て。その前に確認だ」

『何か?』

謝罪し、身を起こして飛び立とうとしたミアズマガルムを制止する。

「最近、この辺りで人を喰ったな?」

虚偽は許さない、と強い視線を黒瘴竜に射込みながら、俺は問うた。ジョアン村長の娘さんを食べたのはお前だな、と半ば決めつける形で。

マーキングの鱗を発見した時点で、既に状況証拠としては充分だ。だが、まだ確定したわけではない。念のため、確認だけはしておかねばならなかった。

ミアズマガルムは目を伏せた。長い睫毛《まつげ》がいかにも貴族らしく見える。

『……大変申し訳ありません。仰る通り、空腹に耐えかね……あなたの同族に手をかけました……』

心の底から申し訳なさそうに、竜は頭を垂れた。額の竜玉がキラリと煌めく。

貴族竜であるこいつが頭を下げることには、とても大きな意味がある。失脚したとは言え、矜持というものはそう簡単には捨てられない。高貴な身分であったこいつが謝罪する行為には、それこそ金に換えられないほどの価値があるのだ。

まぁあくまで、あっちの領域での話、だが。

『知らなかったとはいえ、勇者アルサル殿のお膝元で失礼を致しました。以後は控えさせていただきます。どうかお許しを』

誠心誠意、ミアズマガルムは謝り、これからの捕食は控えると誓う。他でもない貴族の誓いだ。嘘ではないだろうし、これが破られることもないだろう。

だが。

「ダメだ」

俺は、許さなかった。

『……？』

俺が何を言っているのか、心底わからないといった風にミアズマガルムは小首を傾げる。

俺が謝意を拒絶するとは、夢にも思わなかったのだろう。

しかし構うことなく、俺はさらにこう告げた。

「お前はここで死ね」

決然とドラゴンを見据えたまま。

「俺が殺す」

◆

『な……』

ミアズマガルムは絶句した。

さもありなん。奴の感覚からすれば、俺の宣告は理不尽以外の何物でもなかっただろう。

『な、何を仰っているのです、勇者殿……？』

独特なイントネーションでうねる声が、かすかに震えている。ぼんやりと赤黒く光る瞳は、意思疎通のできない蛮族でも見るような視線を向けてきた。

『気でも触れましたか？　その言い様、まるで獣鬼《オーグル》か何かのようではありませんか……！』

それこそ蛮族の代表と言っていい『獣鬼《オーグル》』に例えるとは、なかなかの教養だ。流石は貴族といったところか。

「いいや、俺は正気だ。頭がおかしくなったわけでもなければ、イタズラで脅かしているわけでもない。俺はお前を殺す。これは決定事項だ」

そう、だからこそ俺は態度を変えなかった。ミアズマガルムが礼儀正しく応対しようとも、初対面の時からスタンスを変えなかった。

奴の名乗りを敢えて遮り、名を聞かなかったのも同じ理由だ。

何故なら、徹頭徹尾、俺にとってこいつは『敵』でしかないからだ。

何があろうと、抹殺対象でしかありえないからだ。

まったくもって運の悪い奴である。

『な――なにを馬鹿な……私は追放されたとはいえ、黒《すす》の竜公の眷属ですよ。その私を殺すということがどういうことか……』

「ああ、わかってるさ。十年前に人と魔の戦いは終わった。俺達が魔王を倒した、その瞬間《とき》にな。お前ら魔族や魔物を支配していた力は消えて、魔界全体が理性を取り戻した。ほとんど仮初めだとしても、世界に平和が訪れた」

かつて魔王が生きていた時代、魔人や魔物は例外なく魔王の精神支配を受けていた。最高権力者である魔王に自由意思を奪われ、文字通り奴の手となり足となっていたのだ。

だが、魔王が消えた今、魔人――つまり、かねてからの魔族の権力層に理性が戻った。魔界は時間をかけて、魔王が復活する前の形へと回帰したのである。

俺や仲間達が血みどろになって抗《あらが》った十年前の戦いは、いわば生存戦争だった。

なにせ復活した魔王が、魔界全体を完全支配し、一つの生命体と化して人界に侵略を仕掛けてきたのだ。魔王の目的は、人界を呑み込み、その領土全てを魔界と同じ『魔の領域』へと変貌させること――人類その他を全て滅ぼし、自身と配下の者らが統治する理想郷にすることだった。

だから、あの時の戦いは、魔王を倒すか、人界が滅ぶかのどちらかしかなかった。

だが、現在は違う。

魔界にも人界と同じように、社会が構築されている。『魔の領域』などと呼称されているが、その内実は皆が思う以上に人間のそれと似ているのだ。

よって今の情勢で、失脚したとはいえ魔界の貴族であるミアズマガルムを殺すということは、大きな問題に発展する可能性がある。

無論、この十年もの間、公的には人界と魔界の交流は断絶している。だが、それはあくまで『公的』に過ぎず、当然ながら『非公式』なやりとりはいくらでもあったはずだ。

少なくとも、地理的にアルファドラグーンは魔界と隣接している。一番『魔』に近いあの国が、一切の干渉を断っていると思うのは、穢れを知らない純真な心の持ち主だけだろう。

となれば、あちらの貴族層であるこの黒瘴竜を殺すということは、いわゆる国際問題となる怖れがある。

最悪、戦争が起こるかもしれない。

十年前のような、滅ぶか滅ばないかの生存戦争ではなく、互いを貪り喰いながらやがては心中するような、果てしなく長い戦争が。

無論、こいつとてジョアン村長の娘さんを喰ったのだから、客観的にはフィフティ・フィフティの話になるはずだが、ことはそう単純ではない。

世知辛いことに『とある角度』で世界を俯瞰《ふかん》した時、〝辺境の村娘〟と〝貴族の竜〟とでは命の重さが等価ではないのだ。

『その通り。我々は綱渡りを続けるように、仮初めの平和を維持している状態です。だというのに、勇者である貴殿が私を殺せば、一体どうなるか……少し考えればわかるでしょうに』

ミアズマガルムの声には俺を非難する色が濃い。何故、自ら見えている地雷を踏むのか、とでも言いたげだ。

「知ったことか」

おっと、これは心の声のつもりだったが、つい口に出して言ってしまった。

「お前は人間を喰った。それが、お前を殺す理由だ。それだけが、お前が死ななければならない原因だ」

断固として告げると、ミアズマガルムは漆黒の犬顔を苦々しく歪ませた。

『その件については謝罪いたしましたが』

「謝って済む問題じゃない」

『この私が頭を下げたというのに？』

「ちょっとデカいだけの犬っコロが頭を下げたからって、それが何だってんだ？」

『な――!?』

貴族の心からの謝罪を無下に一蹴した俺に、黒瘴竜は愕然とした。

『ふ――ふざけないでいただきたい！　他の人間ならいざ知らず、アルサル殿、あなたは勇者だ。我らの流儀については詳しいはず！　それを……！』

もはや激情を隠さず、ミアズマガルムが吼える。自分の謝罪には確かな価値がある——そう主張するために。

そして、気が逸ったのだろう、奴は言ってはいけない言葉を吐いた。

『そもそも我らが人を喰うのは当然のこと！　あなた方が牛や豚を喰うように、そのような食物連鎖の関係にあるのです！　たかが一人ですよ！　たったそれだけのことで私を殺すなど、理不尽ではありませんか！』

「——」

よく言った。おかげで、ほんの少しだけ残っていた迷いも綺麗さっぱり吹き飛んでくれた。

いっそ礼を言いたい気分である。完全に覚悟が決まってしまったのだから。

「——ああ、そうだな。お前の言っていること、理解はできるよ。俺だって牛や豚、鶏——家畜を食べる。そのことで家畜から糾弾されて、死刑にされるっていうのは確かに勘弁だな。その時は、俺も理不尽だって思うかもしれない」

『ならば——』

共感を示す俺の言葉に、ドラゴンが少しだけ安堵の表情を見せる。

しかし。

「だが、ここは人間の世界だ」

俺は言った。

「お前は、人間の世界で、人間を喰ったんだ」

それがどういうことかと言えば。

「もし俺が、牛や豚といった家畜の世界に行って奴らを喰ったのなら、当然あちらの連中は怒り狂って俺を殺すだろう。当たり前だよな？　お前もそう思わないか？　郷に入っては郷に従え――ってのはちょっと違うか。何であれ相手の領域で、その同族を殺して喰うんだ。自分だって同じことをやり返される覚悟を決める――ってのは、当然の筋だとは思わないか？」

これは厳密には理屈ではない。

そう――感情の話なのだ。

「俺は勇者だ。魔王を倒した者だ。つまり――人類の守護者だ。お前ら魔に対する、人界の代表なんだよ」

『――』

ミアズマガルムが凍り付く。見開いた目で俺を凝視して、身じろぎもしない。

「だから、俺はお前を許すわけにはいかない。お前は人間の世界で、人間を喰った。それがたった一人だったとしても。数なんて関係ない。お前は人間を喰ったんだ――それだけで、俺がお前を殺す理由にはお釣りがくる」

『馬鹿な……』

搾り出すように魔竜が呟いた。俺の考えがまったく理解できないという風に、大きな頭をゆっくり左右に振る。

「――でもまぁ、さっきも言った通り、お前の気持ちはわからないでもない。だから、黙って殺されろだなんて酷いことは言わない。お前も抵抗していいし、何だったら逃げようとしてもいい」

言いながら、これはこれで余計に酷かもしれない、と思う。何故なら、

「ただ、俺は全力でお前を殺すし、何があろうと絶対に逃がしゃしないけどな」

俺がそう決めている時点で、よほどのことがない限り未来は確定しているのである。

だから言ったのだ。運の悪い奴である——と。

こんなところで、こんなタイミングで、こんな状況で、俺と出会ったのが運の尽きなのだ。

恨むなら、このタイミングで俺を処刑——いや、国外追放にしたセントミリドガル王家を恨むといい。

グルル、と魔竜の喉が鳴った。

『——下手に出ていれば、どこまで増長するつもりだ、この人間風情が……！』

突然、ミアズマガルムの纏う雰囲気、および口調が激変した。やにわに全身から立ち上っていた黒い瘴気が勢いを増し、巨体が臨戦態勢に入る。

『図に乗るなよ勇者アルサル！　本来ならば貴様は魔王様を討った咎人なのだ！　だというのに、この私がここまで礼を尽くしてやった意味が理解できぬとは……この愚か者め！』

黒瘴竜の全身から重圧が迸った。俺の〝威圧〟と同じで、この近くに他の生物がいれば、大抵はこれだけでコロリと逝くだろう。

『所詮、人間など我らにとって食料以外の何物でもない！　それがたまさか力を持ち、魔王様を倒したからといって、どこまで調子に乗るつもりだ！　分を弁えろ、下等生物が！』

人――ではなく竜か。竜が変わったかのようにミアズマガルムは語気を荒げ、これまでの建前を全て踏みにじるようなことを言った。

というか、ぶっこきやがった。

やっぱり、それがお前の本音だよな。

俺は思わず笑ってしまう。

「――ありがとよ。おかげで気持ちよく、お前が殺せそうだ」

既に迷いはなかったが、あまりの言い種に俺の怒りが一気に膨れ上がった。天井知らずに膨張していく激情は、まるで風船のようで。こいつを破裂させたらどんなに気持ちいいだろう――なんて思いが頭の片隅を過る。

『ガァアアアアアアアアアアアアァァァ――――ッッッ!!』

ミアズマガルムが大咆哮を放った。

掛け値なしの、殺意の雄叫びだ。

最初の倍以上の声量で放たれた轟声がビリビリと大気を震わせ、衝撃波《ソニックブーム》すら生む。

既に周辺の木々は吹き飛ばされ、一帯は禿《は》げた土地になっていたが、強烈な波動がその外縁部をさらに広げた。根こそぎ吹き飛ばされる木々が追加され、ドーナツの穴のように空いた空間が更に広がった。

『――死ぬのは貴様だ、勇者アルサル……！』

全長二十メルトル以上の巨躯が四肢を踏ん張る。赤黒い光を輝かせる双眸《そうぼう》が、遙かな高みから俺を睥睨《へいげい》した。額にある漆黒の竜玉が、内側から朧気《おぼろげ》に赤黒い光を発する。

今、俺とミアズマガルムは、円形の更地で対峙している。

奇しくも、奴の魔力の詰まった咆哮によって吹き飛ばされた木々が小山のごとく積み重なり、俺達を取り囲む壁と化している。端から眺めれば、まるで俺達は闘技場《コロッセオ》の中央で向かい合う剣闘士《グラディエーター》のようにも見えただろう。

ミアズマガルムの全身から噴き上がる瘴気がさらに勢いを増し、濃密な漆黒の霧が天を突いた。

同時、巨大な犬の喉奥にもドス黒い瘴気が集中し、圧縮されていく。

ドラゴン得意の攻撃——息吹《ブレス》だ。

黒竜は総魔力をブレスへと注《つ》ぎ込み、全力全開の一撃で俺を滅殺せんとしている。

流石に〝銀穹の勇者〟と呼ばれた俺も、貴族《アリストクラット》クラス以上のドラゴンを指先一つで倒すのは難しい。

でかいだけの王城なら指一本分の〝銀剣〟で真っ二つにできるが、竜種というのはとにもかくにもしぶとい。硬く、丈夫で、頑丈で、体力も生命力も底知らずで、タフネスの化身という他ない。

「は、言ってろ」

俺は右手の人差し指と中指を立て、いわゆる『刀印』を結んだ。

ミアズマガルムが頭を大きく振りかぶり、頭突きでも喰らわせるような勢いで振り下ろす。刹那、大きな口をワニか何かのように開き、喉を晒す。

息吹《ブレス》の仕組みを考えれば、ドラゴンの肉体は粒子加速器に例えられる。奴らは魔力を体の内側で循環、加速させて高エネルギー状態へと励起させ、最終的には喉を通して口から吐き出す。

それぞれの竜が持つ固有属性の魔力を破壊力の怒濤《どとう》に変えて発射するのが、ドラゴンのブレスなのだ。

『■■■■■■■■■■■■■■■■■■■■■■■■――――！！！』

もはやミアズマガルムの叫びは言葉にならない、ただの轟音だった。同時、魔竜の大口から凝縮された魔力が解放され、撃ち出される。

お前も抵抗していい――そう言ったのは他でもない俺だ。故に、初手は許そう。手も足も出せずに死ぬというのは、流石に無慈悲が過ぎる。

真っ黒なエネルギーの波濤が俺めがけて叩き付けられた。

爆音。

膨大な破壊力の嵐が吹き荒れ、俺と黒竜の周囲の地面を抉《えぐ》り、土砂を巻き上げる。俺に直撃したブレスはなおも暴れ回り、四方八方へと駆け抜けていく。地面を裂き、大気を破り、空《くう》を貫く。

黒瘴竜の放つ瘴気とは、即ち毒だ。大気を汚し、大地を蝕《むしば》む。

こいつをぶっ殺した後、あまり得意ではないが周囲一帯を浄化しておかないとな――と頭の片隅で考えつつ、

「もういいか？」

俺は瘴気のブレスを一身に浴びながら、そう言った。

『――!?』

ミアズマガルムの愕然とする気配が、ブレス越しに伝わった。無理もない。必殺を期したドラゴ

ンブレスだ。その直撃を受けながら平然と声を出されるなど、夢にも思わなかったのだろう。

ブレスが不意に途切れた。

ホースから出る水と同じで、供給を断たれたエネルギーの奔流は徐々に弱まって、やがて掻き消える。

『……そんな……馬鹿な……』

ブレスの発射態勢のまま、赤黒く輝く両眼を見開き、魔竜が呆然と呟く。

言うまでもなく、俺は無傷だった。

別に何をしたというわけでもない。単に、奴のブレスが俺に効かなかった――ただそれだけの話だ。

「アホか。お前の敬愛する魔王の息でも死ななかったのに、お前程度の息でダメージを喰らうわけないだろ」

魔王はその呼吸だけで、周囲の何もかもを死滅させる死神だった。

そう、息を吐くだけで死の風となる、規格外の化物だったのだ。

そんな化物を打ち破ったオレに、たかだか少し大きいだけの竜のブレスが効くはずもない。

「じゃあ、今度は俺の番だ」

凝然と俺を見つめるドラゴンの視線には構わず、俺は刀印を結んだ指先に銀光を灯した。

先述の通り、流石の俺も指一本でこいつを殺すのは難しい。

だが、二本もあれば充分おつりがくる。

「馬鹿はお前だよ」

人差し指と中指の先端に灯った銀光が伸び上がり、〝銀剣〟と化す。

先述の通り、俺の銀光は〝切断〟の概念そのもの。だがドラゴンほどの魔物ともなると、概念防御力もそこそこ高い。よって、セントミリドガル城をぶった切った時のような、糸みたいな細さでは話にならない。

なので指二本分の幅を持つ〝銀剣〟を形成した俺は、右手をゆっくりと振りかぶりながら、ミアズマガルムの視線と目を合わせる。

告げた。

「勇者を舐めんな」

斬った。

右上から左下へ。

飛燕のように刀を返し、今度は左上へはね上げる。

いわば『V』の字の軌跡を描き、銀の剣光が駆け抜けた。

瞬殺。

『ガ――』

二度に渡る剣閃によって右側、真ん中、左側と三分割されたミアズマガルムの巨躯は、次の瞬間には壊れた玩具みたいに崩れ落ちた。青黒い血液と共に体内を循環していた魔力と瘴気が、傷口か

ら一気に溢れ出す。

もはや最期の言葉を残す余裕もなく、赤黒い瞳から光が消えた。ややあって、全身から立ち上っていた漆黒の瘴気も薄まって消失していく。

「……自分で言うのもなんだが、お前が俺に勝てるわけないだろうに。まったく……お前の方こそ魔王様を何だと思ってるんだっつー話だよ」

敬愛する魔王様を倒した俺に、どうして配下のお前が勝てる道理があるのかね——と言ったところで、もう黒瘴竜は死んでいる。聞こえるはずもなく、意味のない言葉だが、どうしても言わずにはいられなかった。

「貴族《アリストクラット》のドラゴンでも、俺の強さは理解できなかったってか。まぁでも、こいつ小さめだったしな……」

そう、流石にそこまで言うのは酷《こく》すぎるかと思って言わなかったが、このミアズマガルムのサイズは貴族《アリストクラット》クラスの中でも下位に入る。

やたらと黒の竜公《すす》との関係をアピールしていたが、その竜公などは山と見紛おう大きさだったのだ。たかだか全長二十メルトル程度など、それに比べたらミノムシみたいなものだ。

でもって、俺や仲間はそんな竜公すらも楽勝で葬れる。

「——ああ、そうか。わかるはずもないか」

不意に納得した。

普通の生き物は目の前にある山を見れば、その大きさが何となくわかる。だが——その山が立っている大陸の大きさは、わかりようがない。

つまりはそういうことだったのだ。

そう考えれば、こいつが俺を侮って逆ギレをかまし、突っかかってきたのも納得だ。

天啓のように降ってきた解答に、うんうん、と一人で頷いていると、

「――って、あれ？　俺、世界を救った勇者なのに、ちょっと侮られすぎじゃないか……？」

気付いてしまった。

これはちょっとおかしいぞ――と。

◆

派手にやらかしてしまった――というか、やらかされた？　――ので、後片付けはちょっと面倒だった。

ひとまず、ミアズマガルムによって根こそぎ吹き飛ばされてしまった木々を動かし、整理して一箇所にまとめる。

次いで、奴の瘴気に汚染されてしまった一帯を銀光で浄化。こういうのは一緒に魔王討伐の旅をした〝白聖の姫巫女〟ことニーヴが得意だったんだが、この場にいない人間を頼るわけにもいかない。

それから、三枚に下ろしたミアズマガルムの死体。先程も言ったように、こいつの放つ瘴気は人間に限らず生き物全体にとって猛毒だ。無論、俺にはまったく効かないが。

このまま死体を持ち帰っても肉は食えないし、汚染が広がるだけ。なら、この場で解体して相応

の処理をするしかない。

というわけで、俺は銀光と理術を駆使してミアズマガルムの死体を骨だけ残して処分した。竜の肉は多少の癖はあれど美味いから、十年前だったら仲間達と一緒に焼いて食っていたかもしれないが——今はそんな気分ではなかった。

こいつはジョアン村長の娘さんを食った。そんなこいつを食べると、間接的に娘さんまで食った気分になりそうだ——というのがその理由だ。

肉を削ぎ落とし、焼却し、瞬く間に巨大な竜——と言っても俺の知っている中では相対的には小さめ、と表現するのは何だかややこしいな——を骨だけにした俺は、全部まとめて理術で宙に浮かばせた。重力を遮断し、浮遊させた物体を遠隔操作する理術である。

竜の骨は頑丈で、素材として色々なものに活用できる。さらに一応こいつも貴族《アリストクラット》なのだから、その品質はお墨付きだ。

最後に一通り周囲を浄化した俺は、悠然とリデルシュバイク村へと凱旋したのだった。


リデルシュバイク村へ帰ると、いきなり村人総出で迎えられた。

もう充分に陽も高く昇っている。俺が早朝に訪れた時には眠っていた村人も、目を覚ましてジョアン村長に話を聞いたのだろう。不安そうに寄り集まっていた人々が、俺の接近に気付くなり、大きな歓声を上げた。

まぁ、歓声といっても、結構な比率で悲鳴が混じっていたのだが。

さもありなん。近付いてくる男のすぐ頭上に、巨大なドラゴンの骨が浮いているのだ。驚くなと言う方が無茶である。

「た、旅の方……！」

わっと沸く村人達の中から、ジョアン村長が進み出てきた。俺のすぐ近くに浮かぶミアズマガルムの骨格に恐れ戦きつつ、喜色を浮かべた顔で頭を下げる。

俺は頷きを返し、

「これが、話していたドラゴンです。毒を持つ個体でしたので、肉や内臓はその場で処分してきました。浄化もしておきましたので、地質汚染などはありません。安心してください」

「こ、これが……」

翼持つ、巨大な犬の骨組み。わかりやすく見えるよう、標本のごとく元の形状に近い状態で浮遊させているので、見上げたジョアン村長が、ごくり、と生唾を嚥下《えんげ》した。

一般人でなくとも、たとえ俺が教育していたセントミリドガルの兵士であっても、貴族竜の大きさには面食らうことだろう。通常、これぐらいのサイズの魔物は『魔の領域』に足を踏み入れなければまず目にすることはないのだから。

だが、村長の視線には別の感情も乗っていた。

「これが、あの子を……」

そう、ジョアン村長にとってこの骨格標本は娘さんの仇だ。一片の怒りや憎悪が視線に宿り、物言わぬ竜の骨に突き刺さる。

だが、すぐ俺の方へと振り返り、

「ありがとうございます……！」

改めて、深々と頭を下げた。

「いえ、大したことではありませんので」

実際、赤子の手をひねるようなものだったので、嘘ではない。客観的には結構なことだと理解はしているが。

「この骨はこちらに置いていきます。そのまま加工してもよし、都市部から商人を呼んで売却してもよし、亡くなられた方の存在ほどではありませんが、多少の補填にはなるでしょう」

そう言って、俺は村内の空いた土地にミアズマガルムの骨を下ろした。理術を解いた途端、骨組みはガラガラと崩れて雑多な山と化す。

なにせ貴族竜の骨だ。こっちでは相当珍しい素材だし、それも一頭まるごと全部である。売ればかなりの額になるだろう。社交辞令として『亡くなられた方の存在ほどではない』と言ったが、ぶっちゃけ普通の人間一人が生涯で稼ぐ金の数十倍から数百倍以上の値がつくんじゃないだろうか。

「そ、そんな……いいのですか？　し、しかしそれでは、旅の方、あなたの報酬が……あの、せめてこちらを……」

デービスら冒険者に支払う予定だった報酬を渡そうとしてくるジョアン村長に、俺は丁重に謝絶の意を示した。

「いえいえ、結構ですよ。どうかそちらは、お嬢さんのお葬式に……」

「おお、そんなお気遣いまで……！」

俺に渡すより、どうか娘さんとのお別れに使って欲しい――そう言うと、村長は感涙に咽《むせ》んだ。

「それに、僭越ながら報酬なら既にいただいております」

「え……？　と、言いますと？」

俺はアイテムボックスから、一抱えもある漆黒の水晶を取り出した。

「ドラゴンの額にあった竜玉です。こちらは扱いが難しいので、私が持ち帰りますね。ここに置いていって魔力が暴発すれば、この山そのものが消えてなくなりかねませんので」

「お、おお……」

俺の説明に、村長を筆頭に村人全員が恐懼《きょうく》した。

竜玉は強い個体や、あるいは長い時を生きたドラゴンが持つ特殊な器官だ。体内を循環する魔力のおこぼれが体表で結晶化した、いわば魔力の塊といっても過言ではない天然の宝石である。

これが大きくなってくると、生来の魔力の生成器官である心臓や炉臓《ろぞう》――魔物特有の臓器――に代わる、第三の器官にもなる。魔力が凝り固まって生まれた結晶が、今度は単体で魔力を生成するようになるのだ。

よって、これを放置したり、下手に破壊するのは悪手となる。内部に貯蔵された魔力が暴発し、何が起こるか予想もつかないのだ。

まぁ、十年前の戦いでは、わざと竜玉を破壊して持ち主のドラゴンを自爆させる――なんてことをよくやっていた俺なのだが。

それだけに竜玉が持つ破壊力は、文字通り身を以て知っている。

「い、いいのですか、旅の方？　そのような危険なものが報酬など……」

「ええ、もちろんです。私の知り合いにこの手のものが大好きな人間がいますので、ちょうどいい土産になりますよ」

心配するジョアン村長に、俺は笑顔でそう返した。

この程度の竜玉など見飽きているだろうが、人界《こっちがわ》で手に入れる機会は少ないはず。これから会う予定のエムリスなら、きっと喜んでくれるはずだ。

ちなみに、既に察しているかもしれないがミアズマガルムをVの字に斬ったのは、竜玉を無傷のまま確保するためである。真っ二つにしてはせっかくの魔力生成機能がなくなってしまうからな。

「ま、マジか……マジであん――いや、あなた様が、こ、こいつを……？」

村人らとは少し離れた場所に固まっていたデービス達が近付いてきて、呆然と俺に話しかけてきた。竜玉を指差す手がブルブルと震えている。

「ああ、だから言っただろ？　お前らが行ってたら瞬殺されてたぞ」

「…………」

かつてミアズマガルムだった骨の山を眺めて、冒険者五人組は肩を落として立ち尽くす。九死に一生を得た、とでも思っているのかもしれない。本来、俺が偶然ここに立ち寄らねば、黒瘴竜と対峙していたのはこいつらだったのだ。

五人全員の顔が青ざめているので、もしもの未来を想像しているに違いなかった。

「旅の方、よろしければ……お名前を聞かせてもらえないでしょうか？　あなたはこのリデルシュバイク村の恩人です。もしあなたがここへ来られなければ、私の娘だけでなく、村そのものが全滅していたかもしれないのですから」

それはそうかもしれない。黒瘴竜のマーキングがあったのだから、遠からずこの村は奴によって食い散らかされていただろう。とはいえ、

「いえいえ、名乗るほどの者ではありません」

幸いデービス達は俺のことを知らないようだが、やはり都心部の方では今頃、俺はお尋ね者になっているはずだ。別に追っ手が怖いというわけでもないが、リデルシュバイク村の人々に迷惑がかかるのは避けたいところである。

だが。

「……もし人違いでしたら申し訳ありません。あなたは──いえ、あなた様は、魔王を倒した、あの〝勇者アルサル様〟なのでは……？」

なんと、ジョアン村長は既に俺の正体を看破していたらしい。見事に言い当てられてしまった。

「…………」

不意を打たれて俺は沈黙した。名乗るほどの者ではない、と言った端から正体がばれてしまったのだ。ちょっと恥ずかしいどころではなかった。

俺の無言を、ジョアン村長は肯定と受け取ったらしい。

「おお、やはり……！　勇者アルサル様なのですね！　昔に見たお顔の面影があったものですから

……！」

十年前に見た俺の顔を覚えていたとは、大した記憶力である。

この時、俺の内心は『あーバレちまったかー恥ずかしいなー』という気持ちと、それと相反する『えっへっへーそうです私が勇者です世界を救いましたえっへん』的な気持ちがあって、どっちが優勢とも言い難い絶妙な状態にあった。

なので俺はてっきり、

「えっ⁉　あなたが勇者様⁉」「おお、あの魔王討伐の英雄！」「銀穹の勇者！」「なんと光栄な！」「ありがとうございます！」

とか、あるいはデービス達による、

「ええええええ⁉　勇者⁉　マジですか⁉」「先程は失礼な態度を取ってしまい申し訳ありませんでしたぁ！」「どうかお許しをー！」

みたいな反応を心のどこかで期待していたのだが――

実際に起こったのは、

「……勇者？」「勇者アルサル様って……？」「え、知ってる……？」「いや……」「そんな人いたっけ……？」「ど、どうしよう……聞いたことない……」

という、ある意味ドラゴンブレスよりも破壊力のある村人達の冷めた反応だった。

変に耳がいいと、こういうのが聞こえてしまうのだから本当に困る。

どうも皆して俺のことをちゃんと村の恩人だとは思ってくれているようで、それなのに聞き覚えがない名前なので反応に困っているというか、むしろ知らなくて申し訳なさげな雰囲気が漂っていて、何と言うか——

そう、いたたまれない。

針のむしろに座っているような気分だった。

「勇者って……え、誰だっけ？　宝石級？」「そんな感じの異名の宝石級がいたような、いなかったような……」「でも宝石級ならあの強さも納得だけど……」「でもさっき村長が、マオウを倒したって……」「マオウって何だ……？」「魔物の言い間違いか……？」

デービスら冒険者まで、頭を寄せ集めてヒソヒソと囁《ささや》き合っている始末である。

おいおい。

おいおいおいおいおいおいおいおい。

マジか。

マジなのか。

俺や仲間達の名前だけじゃなく、魔王の扱いまでそうなのか？　そうなっちゃってるのか？

もしかして十年の歳月が流れる間に、魔王が復活して人界を滅ぼそうとしていたことも、俺達が戦って世界を救ったことも、世間様にはまとめて忘れ去られてしまっているってか？

「あ……いえ、その、ゆ、勇者様……？　こ、これはですね……」

この妙に白けた空気を作り出してしまった元凶のジョアン村長が、ひどく申し訳なさそうに俺を見つめ、どうにか慰《なぐさ》めの言葉を探そうとしている。

やめてくれ。そういう感じのが一番心にくる。

つらい。

「いやマジか」

思わず口に出た。

まさか、全くと言っていいほど名前が広まっていなかったとは。ずっとセントミリドガル城の敷地内に引きこもっていたから知らなかった。

「ほんとマジか」

いやでも、これはおかしい。十年前は国を挙げて——いや、それこそ世界を挙げて俺達は祝福されたはずだ。世界を救った英雄として、人界全土にその名を知らしめたはずだ。

なのに。

「たった十年で、ここまで知名度って低くなるもんか……？」

そうか。たかが十年、されど十年。俺も少年から青年になった。子供が大人になるほどの月日が流れているのだ。

思えば俺自身、有名子役アイドルが十年後に目の前に現れたとして、その顔や名前を覚えているかどうかは、はなはだ怪しいものだ。

そう思えば、村長以外の人間が俺のことを知らなくても無理はない。むしろ、些細な面影から俺がかつての勇者であると気付いたジョアン村長こそがすごいのだ。

つまり——今の俺は、〝銀穹の勇者アルサル〟は、言うなれば『あの人は今』状態だったのである。

まさに『過去の栄光』ってやつだ。

それなのに、さっきまで『自分の正体がばれちゃったらまずいなー騒がれちゃうなー』なんて勘違いをしていたのである。

こんなに恥ずかしいことはない。

「ア、アルサル様、あのですね、何と言いますか、この村はへんぴな場所にありますので、それで……」

「いや、いいんです。気にしないでください……」

一生懸命どうにかこうにか、俺を慰める言い訳を考えてくれる村長に、俺は首を横に振った。

へんぴな村だから？　関係ない。どっちの国かは知らないが、都市部から来たデービスら冒険者も知らなかったのだ。後は推して知るべしである。

オグカーバ国王の言っていた『穀潰し』の意味が、今更ながらに痛感できる。

詰まる所、俺は魔王討伐以降、民衆の耳に届くような功績を立ててこなかったのだ。人々に忘れ去られるのも道理であれば、役立たずと言われるのもまた道理だったというわけである。

「それでは、私は先を急ぎますので、これで……」

「あ、ああ、勇者様……！」

俺は居心地の悪さに耐えられなくなり、そそくさとその場を後にした。ジョアン村長の伸ばしてくれた手が、虚しく空を切る。

よろめく足取りで村を出ると、たまらず溜息が漏れた。

「はぁ……」

なかなかにショッキングな事実だったが、おかげで現在における自分の立ち位置ってものがよくわかった。

魔王討伐の功績など、とっくの昔に色褪せるどころか錆《さ》び付いてしまっていたのだ。

「やー……時の流れってはやいわー……マジ怖いわー……」

魔王の恐怖まで風化していたことには少々思うところがないわけでもないが、これも時代の変化というものか。怒り狂ったところで老害になるのがオチだ。まぁ俺はまだまだ若いが、いわゆる老害化というものに年齢は関係ないそうだからな。

「なるほどなー……侮られるわけだわー……」

思い返すに、俺を処刑しようとした国王や王子。そして先程ぶっ殺したミアズマガルム。

どちらも俺のことを知りながら、しかしその実力については完全に見誤っていた。

そんなつもりはなかったのだが、どうやら周囲に影響を及ばさないよう力を抑えて過ごしていたことが、奴らを勘違いさせることになった原因かもしれない。

俺があまりに力を誇示しないものだから、勝手に弱いと思い込んでしまったのだろう。

「やれやれ……」

別にチヤホヤされたいわけではないが、かといって馬鹿にされるのは腹が立つ。

一体どうしたものか。

「これ、あいつらも知ってんのかな……?」

これから会いに行く予定の仲間三人の顔を思い浮かべながら、俺はアルファドラグーン方面へと足を向ける。

「会ったら念のため、教えといてやるか……」

おい、俺達の功績すっかり忘れ去られてるぞ——と。うむ、なかなかにしんどいお知らせである。

「十で神童、十五で才子、二十過ぎればただの人——ってか」

言い得て妙である。少なくとも世間での扱いは、そういう風に変化してしまったのだろう。

ただ俺達に限っては、いくつになろうが『ただの人』には戻れない運命にあるのだが。

「ただの人間に戻れるものなら、戻りたいよなぁ……」

溜息しか出ない。

そんなわけで、竜玉以外にも気の重くなる土産話を肩に担いだ俺は一路、エムリスのいる魔術国家アルファドラグーンへ向かったのだった。

●5　魔術は爆発だ

国境を越えてアルファドラグーンに入ってからは早かった。

ジオコーザが喚いていた国外追放の件については、外交ルートを通さないといけないのもあってか対応が遅れているらしい。

人のいる場所に出ても奇異な視線を向けられることはなかったし、新聞を購入して目を通しても、俺のことは一行も書かれていなかった。

おかげで移動もスムーズに済んだ。

俺はアルファドラグーンの西方に位置する小さな街に訪れ、そこで飛獣をレンタルした。

飛獣というのはその名の通り、空を飛ぶ獣だ。

まぁ、正確に言えば獣と言うよりは――『魔獣』である。

驚くことなかれ。ここは魔術国家と名高いアルファドラグーンである。魔術――つまり『魔』に関する研究が盛んなお国柄で、魔界から迷い込んできた魔獣をとっ捕まえて調教するなど日常茶飯事なのだ。

他の国では倫理的に認められないようなことでも、ごくごく当たり前のこととして生活の中に浸透している――それが『魔の領域』と隣接する、このアルファドラグーンの特色だった。

言うまでもなく飛獣による空の旅は、馬車で行く陸路よりも遥かに速く、快適だった。

とはいえ、エムリスがいるはずの中央の王都は流石に遠く、飛獣――俺が借りたのはいわゆる『グリフォン』と呼ばれる魔獣――の翼をもってしても丸一日以上かかってしまった。

「はー、やっとの到着だぞ、っと」

途中、飛獣を休ませるため小さな街で一泊した俺は、どうにか昼前にはアルファドラグーンの王都まで辿り着くことができた。

ここまで通常の交通手段でやって来た俺だが、気疲れするぐらいなら素直に転移しておけばよかったかもしれない――などといった思考が頭の片隅を過る。

いやいや、旅は道程を楽しむものだ。そこを省略してしまっては『旅』ではなく、ただの『移動』になるではないか。

ここまで来るのに使った時間と労力にはちゃんと意味があったのだ――と、半ば自分に言い聞かせるようにして理論武装しつつ、俺は都の中心に建つ王城へと向かった。

正しくは、城の敷地内にあるエムリスの工房に、だが。

意外に思うかもしれないが、城というものは思った以上に人の出入りが激しい。なので、門番は警備のために立ってはいても、敷地内に訪れる人間を一人ずつチェックしたりなどしない。

もちろん、王族がいて、国家運営の中枢機関となる王城自体はガチガチに固められているが、逆に言えばそれ以外の場所はそこそこ緩い。セントミリドガル城で言えば、俺が住んでいた兵舎エリアなんかが例としてはわかりやすいだろう。

というわけで、城の敷地内に入ることは容易く、さらに言えば、その城内の片隅にあるエムリスの工房には、他の部署と違って警備の兵士など一人も配備されていなかった。

ま、ここにおわすのは、かの英雄〝蒼闇の魔道士〟である。警護する必要なんて微塵もない、って感じだろうか。

あるいは、俺のように『役立たず』『穀潰し』の烙印を押されて、放置されているだけかもしれないが。

「というか、俺みたいに追い出されてなきゃいいんだけどな」

結局、俺が送ったメッセージに対する返事はなかった。だが既読反応はあったので、読んではいるはずだ。多分、あいつの中にある〝怠惰〟の影響で、返信するのが億劫《おっくう》になってしまったのだろう。「遊びに行くぞとまで言ったのに既読スルーするとか、かなり影響されてるんじゃないのか、あいつ……」

軽く心配しながら、工房の扉をノックする。

どんなメッセージを送っても返事がないので最近の状況はわからないが、最後に交わした会話では、エムリスはこのアルファドラグーン城に専用の工房を設置してもらい、そこで魔術の研究を続けているとのことだった。

あれから早数年。もしかするとここを出て別の場所に行っているかもしれないが、まぁ、メッセージの応答がないのと同様、あいつの中の〝怠惰〟が相応に働いているのなら、ここで根を生やしている可能性はそれなりに高かろう。

「……返事がないな。よし、勝手に入るぞ」

中にいるのがエムリス一人なら、反応がないだろうことは織り込み済みである。

重厚な金属製の扉の取っ手に指をかけ、力を入れる。

「ほっ、と」

幸い鍵はかかっておらず、重たい引き戸型の扉が左右に開かれていった。

魔道士の工房と言っても、見た目はレンガ造りの四角い建物だ。前に聞いた話だと地上二階、地下一階の作りになっていて、言っちゃ何だが第一印象は『倉庫』以外の何物でもない。

エムリスの場合、勇者である俺が普通の兵舎を割り当てられたのと違って、自ら望んでこの工房を建ててもらったそうなので、アルファドラグーンの遇《ぐう》し方がひどいというわけでもないのだが——

「いや、好きこのんでコレに住むってのもどうなんだ？」

前からそうだが、魔道士の考えることはよくわからない。

人一人分が通れる隙間だけ開けると、俺は中に足を踏み入れた。

途端、得も言えぬ空間が俺を出迎える。

「……なんだこりゃ？」

奇想天外な光景が広がっていた。

倉庫という印象に間違いはなく、一階は仕切りなしのフロア丸ごとを使った広大な間取り。

だがそこには、所狭しと机が並び、ゴチャゴチャした実験道具らしきものが山積みになっていた。

しかも——動いている。

誰もいないにも拘わらず、実験道具がひとりでに動いているのだ。

ビーカーやらフラスコやらが宙に浮き、スポイトやらメスシリンダーやらが舞い踊る。

部屋の隅には水か薬液かが入っていると思《おぼ》しき大きなタンクがあったり、反対側にはゴゥンゴゥンと唸りを上げる四角い金属の箱などが置かれている。

様子から察するに、何かを精製しているようだ。机の上の器具を一周すれば一丁上がり的な。ベルトコンベアみたいな感じの。

作っているのは、薬だろうか？　それとも毒か？　あるいは——爆弾？

どれもありそうだから困る。特に毒と爆弾。

ともあれ、勝手に動いている実験器具からほのかに魔力を感じるので、魔術によって組み上げられたシステムなのは確かだ。

よもや、魔力を応用して工房を自動工場化《オートメーション》しているとは。

「よほど研究が進んだのか、それとも〝怠惰〟の影響によるものか――ま、どっちもって可能性が一番高いか……」

素直に感嘆しつつ、俺は改めて辺りを見回す。

この工房の主人らしき姿は見えない。

「エムリス……？」

それにしたって殺風景な場所である。机と実験器具――いや、実験ではないな。得体の知れない精製ラインの他には、生活臭のあるものなど一つもない。

一階にいないとすれば、二階か、それとも地下か。

俺から見て右手の壁際には二階へと続く階段があり、反対方向の壁際には地下へと続く階段が見える。

多分、地下だな――俺はそう当たりをつけ、左の階段を下りた。

かつん、かつん、と音を立てて石の階段を下っていくと、そこは薄暗い空間。そこそこ広い地下空間のはずだが、壁が見えない。

それもそのはず、そこは本棚の巣窟だった。

床から天上まで届く本棚が隙間なく並んでいるせいで、壁が完全に隠されてしまっているのだ。

一階に引き続き、生活臭のせの字もない空間である。

「——お、いたいた。よう、久しぶり」

目的の人物は、思いの外あっさりと見つかった。

「……ん……？　誰だい……？」

声をかけると、この部屋の〝ヌシ〟は億劫そうにこちらを振り返った。

「…………………ああ、なんだい、アルサルか」

「なんだとは随分なご挨拶だな、エムリス。十年ぶりだぞ？　もう少し嬉しそうにしろよ」

俺は苦笑しながら、この工房の主——エムリスへと歩み寄った。

するとエムリスは華奢《きゃしゃ》な肩をすくめ、

「いやはや、嬉しいとも。実を言うと、メッセージを受け取ってから君に会えるのをとても楽しみにしていたんだ。やぁ久しぶり、元気そうで何よりだね」

「なら返事ぐらい寄越せよな。何回メッセージを送ったと思ってんだ」

「ああ、ごめんよ。なんだか面倒臭くてね。でもほら、ボクの中には〝怠惰〟がいるから。わかるだろ？」

「……ま、な。正直そんなことだろうとは思ってたさ」

「そうかい？　理解があって助かるよ、親友」

ふふふ、とエムリスは微笑む。

何だろうか、このむずがゆい感覚は。

こうしてこいつと、こんな軽口を叩き合うのは本当に久しぶりだ。何だか十年前に戻ったような気分になる。

「……しかし、すごい状態だな、それ」

「ああ……」

俺が指差して指摘すると、エムリスは曖昧に頷いた。

すごい状態、と言ったのはエムリスの体勢のことである。

懐かしさが先に立ち、すっかり言い遅れてしまったが、この地下空間におけるエムリスの姿を解説しよう。

まず目を惹くのは、圧倒的に長い髪だ。こんな薄暗い場所では俺と同じ黒髪に見えるが、陽の下に出ると少し違うことがわかる。青みがかった黒、とでも言おうか。こいつの異名である〝蒼闇〟を表すような、蒼い闇の色をしているのだ。

「魔力は肉体に貯蔵できるからね。髪の毛も体の一部と考えれば、髪を伸ばせば伸ばすほど魔力の貯蔵量が増えるって寸法さ」

そう語ったエムリスは、まさにその長く伸ばした髪の上に寝そべっていた。

そう、自分の髪で作ったソファベッドの上に、ゆったりと横たわっているのだ。

しかし、だからと言って床の上にいるわけでもない。

宙に浮いている。

この地下空間の隅々にまで届きそうな長さの髪――それだけでも尋常ではないが――が、別種の生き物か、はたまた触手のように、エムリス自身の体を持ち上げて宙に浮かせているのだ。

多分、俺以外の人間がこいつを見たら蜘蛛《くも》か何かの怪物だと思うに違いない。

「いや、そういう話じゃなくてだな。っていうか、お前それダラダラし過ぎだろ……」

エムリスの魔力を帯びた髪が持ち上げているのは、奴の肉体だけではない。幾本もの髪の束が腕のようになって、何冊もの本を開いて持ち上げているのだ。

エムリスはそれらを、自らの髪に寝そべりながら悠然と閲覧していたのである。

「そんなズボラなことばっかしてるから、体が全然成長してないんじゃないか……って、お？　あれ？　いや待て、お前マジで成長してなくないか……？　おいおい、なんだそれ？　お前、見た目がほとんどあの時のままじゃないか……!?」

揶揄するつもりで言い始めた言葉が、あまりにも的確すぎてむしろ自分で驚いた。

エムリスは俺と同い年。つまり、今年で二十四になるはずだ。

なのに顔立ちといい体付きといい、十年前と比べて、まったくと言っていいほど変わっていない。

道理で一目見た瞬間からエムリスだとわかったわけである。

この十年で変化したところがないのだから、良くも悪くも驚きがまったくなかったのだ。

「む……」

俺の指摘に、それまで倦怠感を丸出しにしていたエムリスが眉を寄せ、不快さを示した。

「なんだいなんだい、失敬なやつだな、君は。確かにアルサル、そういう君はこの十年で随分と成長し――」

　怒り口調で文句をつけようとしたエムリスだったが、こちらを見るだに舌を止め、しばし凝然と俺を見つめる。

「……うわ、本当に成長してるじゃないか。ものすごく成長している。一瞬誰かと思った。いま改めて見てびっくりしたよ。声の感じからしてアルサルだと確信していたけど、かなり見た目が変化しているじゃないか。うわぁ……すごいな、あのアルサルが大人になっているなんて……」

　バケツで水をぶっかけたみたいに鎮火したかと思うと、俺の成長に素直に驚きつつ、さりげなく失礼なことを宣いやがる。

「おい、俺に文句が言いたかったんじゃないのかお前は。っていうか何だ、どういう意味だ、その・・・すごいってのは。俺が成長してるのがそんなにおかしいか」

「おっと、そうだった。いや、君の成長した姿が思いのほか……いや、それはそれとして、文句を言わせてもらおうか」

「いやいや。気になるところで切るなよ。思いのほか……何だよ？」

「言いたくない」

　ずばっ、とエムリスはぶった切った。くす、と笑って、

「言ったらなんだか、アルサルが調子に乗りそうだからね」

「お？　なんだなんだ？　……はっはーん、その言い方からすると、俺が思ったより格好いい大人になってて驚いたってか？　いやぁ、お褒めにあずかり光栄だね」

俺が調子に乗ってそう返すと、エムリスは露骨に顔をしかめた。

「うっわぁ……君も〝傲慢〟と〝強欲〟の影響かな？　随分と性格がねじ曲がってきているじゃあないか」

グサリ、と痛いところを突かれる。

「うっ……」

自分が成長するにつれてひねくれてしまったことに、俺は自覚的だ。内心、我ながら薄汚れてしまったなぁ、と思っている。

とはいえ。

「……いやでも、そういうお前も、かなり〝怠惰〟に引っ張られてるだろ？　エムリス」

「ああ、そうさ。そのあたりはお互い様だね。で、話を戻すけども――アルサル、君は実に失礼な男だよ。妙齢の女性を捕まえて、ガキっぽいだの胸がペッタンコだのしょんべん臭そうだの、口が悪いにも程があるんじゃないかい？」

「俺そこまで酷いこと言ってねぇんだけど!?」

思いもしなかった罵詈雑言《ばりぞうごん》がエムリスの小さな唇《くちびる》から紡がれて、むしろ俺の方が度肝を抜かれてしまった。

「そうだったかな？　まぁ君のさっきの言い種じゃ、そう言ったも同然さ。まったく、十年ぶりに会った女の子に対して『綺麗になったな』とか『いい女になったな』ぐらい言えないのかい？　相変わらずデリカシーのない男だよ、アルサルは」

「いや……というか、うら若き乙女を自称するつもりならその口の悪さはどうなんだって話なんだけどな……あ、さてはお前、〝残虐〟にも大分染まってきているだろ？」

「さて、どうだろうね」

白々しくとぼけたエムリスは、自身の髪を操作して、その細っこい体を俺の前にまで移動させてきた。体ごとこちらに顔を向き直り、俺と相対する。

こうして近くで眺めてみても、やはり髪の長さ以外は何も変わっていないように見える。

魔王討伐した勇者一行の一人――〝蒼闇の魔道士〟エムリス。

旅立った当時――十三歳だったあの頃と同じ顔立ち、背丈、体付き……まったくと言っていいほど肉体が成長していない。

今年で御年二十四歳のはずだが、どこからどう見ても少女の姿をしている。

そうそう、言い遅れてしまった。

エムリスなんて男っぽい名前だから勘違いしたかもしれないが、エムリスは〝女〟である。

名前といい、はすっぱな口調といい、一人称の〝ボク〟といい、見た目以外は全て男っぽい奴なのだが、これでも生物学的には一応、女に分類される。

青みがかった黒髪に、薄暗い部屋の中でほのかに青白く輝く瞳――黙っていれば美少女と言っても過言ではない容貌。

まぁ、俺がこいつを〝女〟として意識したことは一度もなかったが――

まさか、あれからまったく成長していないとは。

悪い意味での、これは驚きである。

「魔力の影響さ。どうも魔力を体に溜め込みすぎると、肉体の成長が著しく阻害されるらしい。そうでなくても魔王討伐の際に取り込んだ〝因子〟のおかげで、ボク達はある一定のところまで成長したらもう老化することはないのだけど……まさか、こんなことで肉体の成長が鈍化するなんてね。正直、思いもしなかったよ」

俺が凝視していたせいだろう。聞いてもないのに、エムリスは自身の肉体の成長が止まっている理由を話してくれた。

「ふーん……そいつは大変なのか？」

聞いた瞬間は大変そうだなとも思ったが、よく考えれば大変かどうかを決めるのはエムリス自身だ。よって、俺はそのように尋ねてみる。

「いいや、別に？」

エムリスの返答は簡潔だった。当たり前のように首を横に振り、なんてことのない顔をする。

「あくまで成長が阻害されているだけだからね。ゆっくりとではあるが、ボクの肉体は着実に成長しているよ。だから時間はかかろうとも、いずれはアルサル、君と同じぐらいの肉体年齢にまで到達するはずさ」

単に成長が遅いだけ、とエムリスは割り切っているようだった。

「ほー、そんなもんか。――ああ、そういえば魔族や魔物ってやたらと寿命が長いよな？　それってやっぱり魔力の影響なのか？」

そもそも体のつくりからして違うのだろうが、かつて戦った魔王軍幹部なんぞは数百年生きているのがザラだった。

中には数千年クラスもいたと記憶している。何度も何度も魔王が復活する度に仕えては、俺達のような勇者パーティーに野望を打ち砕かれてきたのだ——などと恨み節をぶつけられたこともあったっけな。もう二度と同じ思いをしないように、俺達の代でしっかりあの世に送ってやったが。我ながら慈悲深いことをしてやったと自負している。

「それもあるだろうね。魔力は理力の反対——即ち『世界の法則に抗う力』だ。時間の流れに叛していたっておかしくはないさ」

「へー、そいつは大したもんだ」

我ながら他人事みたいに感嘆してしまった。俺も魔術が使えないわけではないが、便利なものとして利用しているだけで、そこまで深く考察したことはなかった。

はー、とエムリスが大きな溜息を吐いた。やれやれ、と肩をすくめて、

「まったく……今更になってそんな質問をするんだね、君ってやつは。このボクと十年以上も付き合っているというのに」

「まぁまぁ、そう言うなって」

ぶっちゃけ魔王軍と戦っていた時はそんなことを気にする余裕なんてなかったのだ。

魔の力は敵の力。

相手がそれを使ってどのような攻撃をしてくるのか。そして俺達はどうすればそれに対抗できる

のか。それだけしか考えてなかった。

だってそうだろう？　魔王軍の奴らが長生きな理由を知ったところで、俺や仲間の寿命が延びるわけでもなかったのだから。

「他人事のように言っているけれどね、君だってそろそろ成長が止まるはずだよ？　いや、もう既にかな？　それも、ボクとは違って完全なる停止だ」

エムリスの長い髪を束ねて作った手の一つが、人差し指をピンと立てて俺を指差す。

「え、俺も？」

思わず自分で自分を指差すと、うん、とエムリスは頷き、

「だからさっきも言ったろう？　ボク達は魔王を討伐するために例の〝因子〟を取り込んだんだ。ボクは〝怠惰〟と〝残虐〟、君は〝傲慢〟と〝強欲〟。これらには宿主の肉体を最盛期のまま維持する副作用がある。ボクは成長が遅延しているからまだまだ先になるけれど、君やニニーヴ、シュラトはそろそろいい頃合いだ。残念ながら、君達が老人になることは永遠にないよ。本当におめでとう」

口では言祝《ことほ》ぎながらも、しかしエムリスはニヒルな笑みを浮かべていた。

本当におめでとう、という言葉が地下空間に虚しく響く。

嫌味のつもりか？　まったく、いい性格になりやがって。

「……別にめでたくはないだろ。ま、覚悟ならとっくに決めてたしな。それこそ魔王とやり合う前から。別に何とも思わんよ。てか、それはお前もだろ」

俺はわざとらしく両肩を竦《すく》めて、半ばおどけるようにして返した。

そう、すっかり忘れていたが、全ては十年前から決まっていたことだ。

いや——俺達四人で決めたことだ。

だから後悔もなければ、文句もない。

というか、たとえ悔やんで泣き喚いたところで、あの頃に戻れるわけでもなし。

そう答えると、エムリスは何故か満足そうに頷き、

「結構、それでこそ勇者アルサルだね。ところで……」

んん、と咳払いを一つ。喉の調子を整え、自らの髪で形作ったソファに腰掛ける魔女は、少女の見た目でありながらもどこか蠱惑的《こわくてき》な笑みを浮かべ、

「……この十年間ろくに連絡もとっていなかったのに、急に会いにくるなんて一体全体どうしたんだい？　珍しいじゃあないか、君があの国から出てくるなんて。いや、もしかしなくとも初めてなんじゃあないかい？」

「あー……」

そういえば、メッセージには『近々そっちに行くぞ』ぐらいしか書いておらず、詳しい事情は説明していなかった。

何と言えばよいものか——と思案していると、何を勘違いしたのかエムリスはどこか嬉しそうに、

「……もしかして十年も経って、ようやく寂しくなったのかい？　それでボクに会いに来たというのなら、君も随分といじらしい——」

「あ、いや、違うぞ？」

なんか勘違いしているようだったので、俺は片手を振って否定した。

ピタ、と凍り付いたようにエムリスの動きが止まる。

「――違う？　それは、どういう意味だい？」

かと思えば、先程とは打って変わって遠雷のような声で問い返された。気のせいか、目付きまで変わっている気がする。

「あー……話せば長くなる……いや、別に長くはないのか？」

改めてどう説明したものか頭の中を整理していると、

「どうでもいいさ、早く説明しておくれよ」

不機嫌なのが露わな口調でエムリスが言う。心なしか、唇が尖《とんが》っているような。

「……？　なに怒ってるんだよ、エムリス？」

「怒ってない。説明。ほら。早く」

いや、怒ってるよな？　機嫌が悪くなると言葉遣いがぶっきらぼうになるのは昔のままだ。どういう原理か、何もない空中に頬杖をつき、目線をあらぬ方向へと逸らしている。

どう見たって怒っているようにしか見えないんだが――まぁいいか。

「ま、簡単に言うとだな、いきなり死刑にされそうになったから退職してきた」

「……なるほど。そういうことか」

めちゃくちゃ端折って説明したのに、意外にもエムリスはすんなり呑み込んでくれた。

「いや、そんな簡単に納得するなし。俺的には大事件だし。少しぐらいは驚けし」

思わず変な口調で突っ込みを入れると、

「いや、驚いているさ。こう見えてね。君のいた国……セントミリドガル王国だったかな？　その首脳陣の愚劣っぷりには、特にね」

んー、と髪の毛ソファの上で伸びをしながら、エムリスは恬淡《てんたん》とセントミリドガル王家を批判した。

それから、はっ、と吐き捨てるように笑う。

「勇者である君を死刑に？　そいつは面白い冗談だ。そんなことが可能なら、ボク達がいなくても魔王なんて簡単に倒せただろうに。まったく、そんな単純な計算もできないようになったのかい、あのバカ愚王は？」

仮にも一国の主を指してえらい言い種である。まぁ、俺も他人のことは言えないが。

「けれどまぁ、気持ちはわからないでもないね。君もそうだが、ボク達はもうすっかり化物だ。人類が畏れるのも無理はない。彼らが脅威を排除しようとするのは、ある意味では本能のようなものだよ。かつて魔王を排除しようとした時と同じようにね」

驚いているというよりは、呆れ果てていると言った方が妥当なエムリスは、自身の髪の毛を操作して体を移動させた。長い髪の束が、端から見ていると便利で快適なソファベッドにしか見えない。

しかし、すごいはすごいが、同時にグータラしすぎなのでは？　と思わないでもなかった。

もうすっかり興味も失せたのか、部屋の本棚の前に移動したエムリスは、

「それで？　城でも壊して逃げ出してきたのかい？　それとも国外追放されたのかな？」

一応聞くだけは聞いておくけど、みたいな質問を繰り出してきた。しかし、

「――なんでわかるんだ？」

正確ではないにせよ大体のことを言い当てたエムリスに、俺は少し驚く。

「簡単な推理さ、アルサルくん」

髪の毛で作った何本もの手で本を物色しながら、かつて〝蒼闇の魔道士〟と呼ばれた少女は微笑する。こちらに振り向きもせず。

「かつての君であればそこまで暴力的な行為に、そう簡単には及ばなかったんだろうけどね。でも今では体内に〝傲慢〟と〝強欲〟を飼っている状態だ。〝強欲〟は欲望を刺激される場面でもなければ問題ないだろうが、厄介なのは〝傲慢〟だよ。これが君の精神に作用すると、容易に攻撃性を高めてしまう」

「む……」

まるっきり図星であった。死刑を宣告された俺は体内に秘めた〝傲慢〟がざわつき、まさしく驕り高ぶってしまったのだ。

「とはいえ、君にならある程度は制御できると踏んで選んだのが〝傲慢〟と〝強欲〟だ。だから〝傲慢〟に唆されるまま人々を虐殺したり、国そのものを滅ぼしたりまではしないだろう。多分、おそらく」

髪の手が何冊かの本を取り出し、エムリスに見えるよう開示する。彼女はそれに視線を注《そそ》ぎながら、まるで思考を分割しているかのごとく、本を読みながら俺の話題を続けた。

「が、しかし。先程はこのボクでも少々苛ついたほど、君を処刑するという王国の判断は、あまりにも愚劣に過ぎる。君だって多少なりとも腹が立つのは当然だろう。よって、君は何かしらの報復を考える可能性が高い。その場合、君が取るであろう行為は、威圧ないしは威嚇である可能性が高いから――まぁ両方だろうね」

「むむ……」

またしても的中している。こいつの読みが鋭いのか、俺の行動がわかりやすいのか。これも両方かもしれないが。

「なんといっても、かつて勇者と呼ばれた君だ。まさか人間に対して暴力を振るうとは思えない。おそらく威嚇する際には近くにあった物を壊したはずだ。でも、そんじょそこらの物を壊したところで、君を処刑しようなんて考える輩が怯えるはずもない。となると、君だったらきっと建物を壊す。そう、王国の象徴である王城なんかをね……そう推察するのが妥当ってものだろう？」

「むむむ……」

多少の違いはあれど、結論だけを見れば正解である。なんで十年間も会ってなかったのに、ここまで正確に俺の行動をトレースできるんだ、こいつは。

「結果として、王国側は君の処刑を諦める。かといって、このまま国に置いておくわけにもいかない。色々と示しがつかないからね。面子《めんつ》もあるだろうし。となれば、取れる道は限られている。国外追放だ。アルサル、君を犯罪者として放逐する。これが出来て精々のことだろう。しかし皮肉なことに、これが君には効果覿面《てきめん》なわけだ。なにせ元勇者のアルサル君《くん》だ。嫌われて汚名を着せられて追い出されるなんて、恥ずかしいにも程がある。だから、そのことを誰にも話したくない。でもボクやニニーヴ、シュラトに会ったら事情を説明しなければならない。じゃあどうするか？　簡単さ、こう言えばいい。〝退職してきた〟――ってね」

「おいおいおいおいおい、待て待て待て待て」

気付けば変な方向に舵を取り始めた話に、慌てて待ったをかける。

「途中までは大体あってたけどな、最後らへんは流石に違うぞ。国外追放されたのは間違いないが、俺は別にそれを恥ずかしく思ってないし、ちゃんと国王に言って退職してきたのは本当だっつうの」

「おや、そうなのかい？　じゃあ、退職金はもらえたのかな？」

揶揄するような問いに、俺は堂々と頷いた。

「もちろんだ。理不尽な雇用側の都合による退職だからな、本来の四倍の退職金をぶんどってきてやったぞ。あと宝物庫にあった金目の物もな」

どうだ、と半ば自慢げに言ったところ、エムリスが意外そうにこちらを振り返った。

「え、本当に？　あのアルサルが？　あの真面目で無欲で時々熱血でバカだったアルサルが、そこまでがめついことをして国を出てきたのかい？　こいつは驚いた」

「おいおい突っ込みどころ満載だな。どこから突っ込めばいい？」

真面目で無欲で時々熱血だったのは否定しないが、バカとはなんだ、バカとは。

「おっと失礼、つい本音がね。いや、しかし、そうか。それも〝強欲〟の影響か。これはボクも自分をよく省みないといけないようだね。自分ではわからないうちに、性格が大きく変貌している可能性がある。取り込んだ因子の影響は、予想以上に強かったのかもしれないね」

「安心しろー、俺が来てからお前一歩も動いてないし〝怠惰〟からはかなり影響を受けてるぞ。あと口も明らかに悪くなってるから〝残虐〟の影響もバッチリだ。というかお前の場合、俺が何度か送ったメッセージを既読スルーしてるんだから一目瞭然だろうが」

俺は真面目で無欲だったから、〝傲慢〟と〝強欲〟を。

エムリスは努力家で情の深い人間だったので、〝怠惰〟と〝残虐〟を。

相反するものをぶつければ因子からの影響も少なくなるだろうと考えて、それぞれ違うものを取り込んだのだが――どうやら想定が甘かったらしい。

俺はいつのまにか、傲慢で強欲な人間に。

エムリスも自覚がないまま、怠惰で残虐な人間へと変化しているようだ。

こうなると〝嫉妬〟と〝憤怒〟を取り込んだニニーヴ、〝暴食〟と〝色欲〟を受け取ったシュラトも、昔とは違う性格になっている可能性が高い。

残る二人にも会いに行く予定なのだが、再会するのが少し怖くなってきた。

「そいつは心外だね、メッセージを受け取った時はちゃんと返事しようと思っていたさ。ただ暇になったら返信しようと思って後回しにしていたら、そのまま忘れてしまっただけで」

「最悪じゃねぇか」

言い訳にならない理由をさも当然のごとく並べ立てるエムリスに、俺は容赦なく突っ込みをいれた。

何も言わずに謝った方がはるかにマシだぞ、それは。

が、エムリスが謝罪の言葉など吐くはずもなく。ふん、と鼻を鳴らし、

「ボクの既読スルーが無礼だというのなら、お土産の一つも持参せずにやって来たアルサルも相当なものだよ。君にだけは礼儀をどうこう言われたくないね」

「わざわざやって来た客人に対して茶も出さない奴がよく言う……って、そうだったそうだった、忘れるところだった」

お土産というワードで思い出した。そういえば道中のリデルシュバイク村でエムリス用の土産を入手していたのだ。

俺はストレージの魔術を発動させ、亜空間から竜玉を取り出した。

「おや、それはなんだい？」

俺の掌に出現した、人間の頭よりもなお大きい漆黒の結晶にエムリスが食い付く。案の上だ。

魔術の研究をするため、アルファドラグーンを拠点に選んだエムリスである。魔力の生成器官である竜玉を前にして、興味を引かれないわけがなかった。

「ミアズマガルムの竜玉だ。こっちに来る途中でちょっとあってな。ちょうどいいからお前への土産にと思って、持ってきた」

ほれ、と片手で持った竜玉——密度がものすごいので、本来なら人の腕では持ち上がらない重量である——を差し出すと、

「ほほうほうほう」

エムリスはフクロウみたいな声を出しつつ、長い髪の毛を操作して自身の体を近付けてきた。

よく考えたらこのえらく長い髪の毛、いくら何でも十年でここまで伸びたりしないよな？　この地下空間全域に髪の毛が張り巡らされてるようだし。昔もそれなりにロングヘアだったが、きっと魔術によって強制的に成長を促進したに違いない。

腕を組み、片手で顎を摘まんだエムリスは竜玉をしげしげと眺め、

「……うん、いいね。これはいいものだ。ありがとう、アルサル。素直にお礼を言うよ。とても嬉しい」

喜色に満ちた声で言って、キラキラと輝く青白い瞳を向けてくる。これは社交辞令ではなく、本当に心の底から喜んでいるな。嬉しそうな笑顔が昔のままだ。

エムリスの髪が寄り集まり、俺の手から竜玉を受け取る。

「本当にありがとう。これはいい研究素材になりそうだ。黒瘴竜《ミアズマガルム》と言っていたね？　こんなもの一体どこで見つけたんだい？　単独だった？　それとも群れ？　群れだったのなら場所を教えておくれ。貴族《アリストクラット》クラスを乱獲できるチャンスだ」

水を得た魚でもここまで活き活きとはすまい。そう思うほどエムリスは饒舌になり、情熱的な視線を竜玉に注《そそ》いでいる。

名にし負う魔術国家アルファドラグーンでさえ、貴族竜を捕獲する機会はそうそうないらしい。

まぁ、当然か。下等な魔物ならともかく、知性を有する上位の魔族や魔物をしょっちゅう狩猟していたら、えらい騒ぎになるだろうしな。

だというのに、貴族竜を乱獲するチャンスだ、などと平然と宣うエムリスに、俺は首を横に振った。

「残念ながら単独だったよ。どうも魔界で失脚してこっそり亡命してきたらしい。国境付近の村で人間を喰いやがったから討伐してきた。そいつはそん時に剥《は》ぎ取ったもんだ」

俺の説明に、エムリスは熱心に頷きを繰り返す。

「へぇ、へぇ、へぇ……！　そんなことがあるのか！　ああまったくもう、どうせ逃げるのならボクのところへ来ればよかったものを。アルサルと違って優しく殺してあげたのになぁ……」

空恐ろしいことをしれっと言う奴である。というか、俺が残酷みたいな言い方はよしてくれ。少なくとも〝残虐〟を宿しているお前ほどじゃないと思うぞ。

「まぁいいや、しばらくはこの一つだけでも充分さ。竜玉は竜の体内や、大気中の成分を吸収して魔力を生成するんだけれど、一体何をどう変化させて魔力にしているのか、それが謎なんだ。それさえ解き明かせば、魔界に近いアルファドラグーン以外でも半永久的に魔力の供給を受けることが出来て、つまり世界のどこにいたって常に大きな魔術を行使することが――」

「あー落ち着け落ち着け、めちゃ早口になってるぞ」

興奮したエムリスが研究オタクとして暴走し始めたところで、俺はすかさず待ったをかける。機先を制された魔道士は、ピタリ、と口を閉ざしたかと思うと、そのままリスみたいに頬を膨らませた。

「なんだよ少しぐらい聞いてくれたっていいじゃないか。ボクは他人と話すのがものすごく久しぶりなんだぞ？　それに君ぐらいのレベルじゃないとボクの話にはついてこれないんだから、気持ちよく喋らせてくれたっていいじゃないか。それに自分で言うのも何だがボクは〝蒼闇の魔道士〟と呼ばれたほどのすごい魔道士なんだぞ？　ありがたく傾聴するのが筋ってものじゃないかと思うんだけどね。ねっ。ねっ！」

「落ち着けって。拗《す》ねるなよ、子供か」

「ふんだ。そりゃ子供さ、見ての通りにね」

つーん、とそっぽを向くエムリス。

確かにエムリスの姿は十年前からまるで変わっていない。当時は俺と同い年だったはずなので、容姿だけなら十四歳のままということになる。言われてみると、駄々をこねる姿があまりにも自然で違和感がまったくない。中身は二十四歳だというのに。

「おいおい……」

表層的な性格は〝怠惰〟や〝残虐〟の影響でそれなりに変わっているように見えるが、こういうところは昔と変わらない。流石に人格の中核を担う本質的な部分までは変えられないってことか。

――ということは、俺もそうなのかね？

「わかったわかった、俺が悪かったよ。ちゃんと話を聞いてやるから、そんなに臍《へそ》を曲げるなって。土産を持ってきたのも、お前に喜んでもらいたいからだったんだぞ？」

やれやれ、とぼやきたいのを我慢しつつ、大人の対応として俺から頭を下げた。実際、端から見れば俺の方が年上に見えるわけだしな。ここには俺とエムリスしかいないが、こういうのは普段からの心掛けが大事なのだ。

「……まったく。ああまったく、君って奴は。本当にアルサルはアルサルだね、相変わらずだ」

エムリスが顔を背けたまま、はぁぁぁ、と憤懣《ふんまん》やるかたない様子で溜息を吐く。

おやおや、こいつは完全に機嫌を損ねてしまったか――と思いきや。

「――いいだろう、そこまで言うなら許してあげようじゃあないか。そうだね、ボクも貰う物を貰ってておきながら怒るというのは、ちょっと褒められたことではないからね」

おっと？　どうやらご立腹なのはポーズだけで、もうお許しはいただいているようだ。

打って変わって、ふふーん、とドヤ顔で振り返ったエムリスは、俺を見てニヤリと笑い、

「じゃあアルサル、お詫びと言ってはなんだけど、ちょっと付き合ってもらおうかな」

「ん？　ああ、いいぞ」

意味ありげな視線を向けてくる旧友に、俺は何の衒《てら》いもなく首肯した。

せっかくの十年ぶりの再会だ。つまらない諍いで台無しにするのはもったいない。ちょっと小難しい話を聞くだけでエムリスの機嫌がよくなるのなら、ドンと来いである。

「よろしい、じゃあ外に行こうか」

そう言ったエムリスは、満面の笑みを浮かべたまま、パチン、と指を鳴らした。

途端、目の前が暗転する。

◆

転移。

一瞬にして薄暗い地下室から明るい地上へと連れ出された俺は、急激な視界の変化にやや顔をしかめた。

まぁこの程度の眩《まぶ》しさで目をやられるような柔な鍛え方はしていないんだが——

「……おい、いきなりすぎるだろ。空間転移するならするって言えよ」

「ははは、すまないね。ボクとしたことが久々の再会に心躍っているようだ。つい気が急いてしまったよ」

エムリスは笑って謝罪の言葉を口にするが、言うほど罪悪感を覚えているようには見えない。

「で、どこだここ？　っていうかお前、その髪……」

真っ先に気になった転移座標について質問しようとしたが、エムリスの髪の変化に驚いて思わず指差してしまう。

工房地下室の至る所に張り巡らされるほど伸びていた髪が、常識的な長さになっているのだ。

「ああ、短くしたよ。外では不便だからね。汚れるのも嫌だし」

何てことないみたいに言いやがる。というか、やっぱり魔術か何かで伸ばしていたんだな、あれ。いや、それもそうか。普通、髪の毛ってのはあんな自在に動かせたりしないもんな。

「心配しなくとも、ここは城の敷地内だよ。ボクの工房からさほど離れていない。いきなり別の国の領地まで飛んできたわけじゃあないから、そこは安心しておくれ」

クスクスと笑いながら、さらりと常識離れしたことを口にするエムリスの体は、今度は自身の髪の毛によらずに宙に浮いていた。よく見ると、尻の下に大判の本がある。

「それ、本に乗って浮いてるのか？」

「ああ、これかい？　そうだよ。歩くのは面倒だからね」

「怠惰だな……っていうか本を尻に敷くなんて作者に失礼だとは思わないのか？」

「その点なら大丈夫さ。なにせこの本の作者はボクだ。自分の執筆した本をどうしようが、ボクの勝手だろう？」

そういうものだろうか？　いまいち納得はしかねるが、まぁ他人の著作でないのならよしとするか。一生懸命に書いたものなら、それはそれで大事にしろよとは言いたいが。

「そういえば、こうして陽の光の下に出るのも久しぶりだなぁ。太陽ってこんな色をしていたっけ？　何だか新鮮だよ」

ぷかぷかと宙に浮くエムリス――本のサイズが画板と見紛おうほどなので、ほとんど椅子の座面だ――が、雲一つない大空に輝く太陽に手をかざし、眩しげに目を細める。

陽の光を浴びるのが久しぶりだという言葉通り、こうして明るいところに出ると、こいつの肌の白さがよくわかる。誇張抜きで陽の色を忘れるほど長い間、外出していなかったのだろう。

そんなエムリスが身に纏っているのは、深い藍色の上下だ。ダボっとしたオーバーサイズのスタンドカラーシャツに、これまた大きめのワイドパンツ。どっちもゆとりがありすぎて、ひとつなぎのワンピーススカートに見えなくもない。

そこに先述した通りの青みがかった黒髪が相まって――うん、実に地味だ。

昔、魔王討伐の旅をしていた際は全身黒尽くめ、かつブカブカのローブと帽子だったのだが、あの頃と比べてもあまり印象は変わらない。帽子がなくなって顔が見えている分、多少の開放感というか、垢抜け感はあるが。

「……なんだい、マジマジと人のことを見つめて。ボクにどこかおかしいところでもあるのかい？」

俺の視線に気付いたエムリスが、怪訝《けげん》そうに顔をしかめる。

「いや？　マジで昔とあんま変わんないなと思ってな。服のセンスも相変わらずだし」

そう答えると、いかにも心外そうにエムリスは目を見開いた。

「な……こ、これでも少しは垢抜けたはずだぞ？　この服だってトレンドを意識して選んだんだ。もう大分前になるけど……」

「あー、十年一昔って言うしな……」

いつ購入した服かは知らないが、今時の流行は細身というかタイトというか、そんな感じだった気がする。ここ数日、実際に街中を歩いてみての感想だ。

「まぁいいんじゃないか？　似合っていると思うし。お前らしいよ、そういう格好の方が」

少女体型なのも隠せるだろうしな、とは敢えて口にはしない。

「……アルサル、君、ほんとそういうところだぞ……」

「ん？」

何だか恨みがましげな視線が向けられるが、何故そんな目で見られるのかがさっぱりわからない。もしかして心の声が漏れていたか？　いや、まさかな。

「んで、こんなところに来て何するつもりだ？」

今更ながら周囲の状況を説明しよう。

だだっ広い平原だ。足元は芝に埋め尽くされていて、緑の匂いが充満している。

先程エムリスが説明した通り、視線を上げると遠くにアルファドラグーンの王城が見える。城の敷地内とは言っていたが、かなり端っこの方だろう。兵士達の訓練場かとも思ったが、それにしては芝生が綺麗だ。余っている土地なのか、王族や貴族が運動する場所なのか。どっちにせよ贅沢な空間である。

「実験さ」

エムリスの説明は一言だった。

言うが早いか、俺が土産で持ってきた竜玉を魔力によって宙に浮かべ、ゆるゆると頭よりも高い位置へと上昇させる。

「実験？」

「ああ、魔力生成実験だよ。この竜玉を使って、実際に魔力を生み出すんだ」

「こんな何もないところでか？」

「何もないところだからこそさ。知っているとは思うけれど、竜玉は魔物の心臓や炉臓に次ぐ第三の魔力生成器官だ。しかし、前者二つとは明確に違うところが二つある。それは、心臓と炉臓が体内にあるのに対し、竜玉は体外にあるところ。そして、心臓と炉臓が先天的なものに対し、竜玉は後天的なものだというところだ」

エムリスの説明――というか講義は、あっさりと俺の腑に落ちた。なるほど、言われてみれば確かにそうだ。

「魔力を生成する心臓と炉臓は魔界――『魔の領域』に生まれたものなら誰しもが有しているもの

だ。けれど一部のドラゴン、つまり竜種はそれらに加えて竜玉を持つパターンがある。一般的には強靱な個体竜が竜玉を有するのは当たり前のように思われているけれど、これは実に特異なことなんだ。だって魔力生成器官だよ？　それを体外に新たな器官として後天的に会得するんだよ？　めちゃくちゃすごいことじゃあないか」

エムリスの声調に抑揚が満ちてきた。喋っているうちに興奮の度合いが上がってきたらしい。さっきは制止をかけたら睨まれてしまったので、同じ愚を犯さぬよう黙っておく。

「また、竜玉が心臓や炉臓と比べて決定的に違うのが、やはり無機物だという点だね。心臓や炉臓はその個体が死ぬともう魔力を生み出さなくなる。なにせ有機物だからね、そのまま放っておくと肉と同じで腐っていくし、だからといってミイラ化させて形を残しても、結局はただの干物に過ぎない。魔力を生成する機能は失われてしまう。それじゃあ意味がない」

意味がないのは研究者視点であって、エムリスは別に生命を軽視しているわけではない、とは一応、俺の方から補足《フォロー》を入れておこう。話を聞いているとそうとしか思えないかもしれないが。

「けれど竜玉は違う。たとえ個体が死んでも形が残るし、機能も失われない。その代わりと言ってはなんだが、竜玉が本領を発揮するためにはあるトリガーが必要となる。それは……まず最初に、ある程度の魔力を注入しないといけない――ということだ」

エムリスが頭上に浮かせた漆黒の竜玉に掌をかざし、魔力を放射した。魔力の波を受けた竜玉が、やにわに赤黒い光を内側に灯す。

「ほらね？　魔力を受けた途端、竜玉が活性化した。このまま続けると、やがて大気の成分を取り込んで魔力を生成するようになる」

その言葉通り、数秒ほど灯り続けた赤黒い光が、やがて左右に揺らめき、脈動を始めた。

じんわり、火に炙られた石が熱を放つように竜玉から魔力が生まれ始める。ほんのわずかだが、俺にも竜玉が魔力を生み出しているのがわかった。

しかし。

「……なんか順序がおかしくないか？　竜玉は魔力の生成器官なんだろ？　なのに始動に魔力が必要なのは矛盾してるんじゃないのか？」

「そう、いい質問だねアルサルくん」

もうすっかり講師気取りのエムリスは、偉そうに俺を指差してドヤ顔をした。こいつ、他人と話すのが久々だからと言っていたが、単に知識を披露してドヤりたいだけなのではなかろうか。

「それもまた竜玉の特異な点さ。しかし、考えてみると理由は単純なんだ。先程も言ったように竜玉は後天的に体外に生み出される無機物だ。つまり、その存在には必ず竜の心臓と炉臓が前提にある。だからなんだ」

ぐっ、と両の拳を握り締めて、エムリスは力説する。陽の光の下でもなお青白く光って見える瞳を大きく開いて、キラキラと星屑みたいに輝かせながら。

「あくまで竜玉は第三の魔力生成器官なんだよ。だからまず魔力の供給が必要になる。だが逆に言えば、魔力の供給さえあれば持ち主の個体が死んでも稼働し続けるんだ。つまり最初の魔力さえあれば、どこでも誰でも魔力の恩恵に与かれるようになるのさ。素晴らしいだろう？」

それは疑問形に見せかけた反語だった。君も素晴らしいと思うだろう、いや思うはずだ――と、もうエムリスの表情がそう言っている。

「始動にこそ一定の魔力が必要だが、一度動き出してしまえば竜玉は半永久に魔力を生成する。壊れるまでずっと魔力を作り続ける永久機関になるのさ。これがどういうことかわかるかい？」

なんとなく想像はつくが、エムリスの求める答えではなかろう。なので、

「どうなるんだ？」

敢えてわからない振りをして質問に質問を返した。

すると、魔の道を追究する少女はさらに興奮のボルテージを上げ、

「いずれは世界中に魔力が満ちるんだよ！　今は魔界やその周辺であるこのアルファドラグーンでしか摂取し得ない魔力が、たとえ遠く離れた『ヴァナルライガー』でも吸収し、魔術に用いることができるんだ。そうなると、どうなると思う？　そう！　世界中で魔術の研究が盛んになるんだよ！」

もはや俺の答えを聞くまでもなく、エムリスは持論を展開していく。昔からこの手の話となると暑苦しくてうるさい奴だったが、そこは相変わらずだ。

「そもそも！　どうして魔力が魔界でしか生まれないのか知っているかい？　どうして魔族や魔物があんなにも濃厚な魔力の中で生きていけるのか、不思議に思ったことはないかい？」

またぞろ質問を繰り出してくるが、俺の答えを求めていないのは明白だ。俺は、うんうん、と適当な相槌を打つ。

余談だが、高密度の魔力は人間にとって毒だ。しっかり予防策をとらないと中毒死する。

「逆なんだよ！　魔界に魔力があって魔族や魔物が生まれるんじゃあないんだ。魔族や魔物の肉体が魔力を生成するからこそ、魔界には魔力が満ち満ちているんだ。だからあそこは『魔の領域』たりえるのさ！」

世紀の大発見みたいな勢いでエムリスは断言する。その拍子に魔力の制御が疎《おろそ》かになったのか、竜玉に向けて放射する量がどっと増えた。

ぐぉん、と竜玉が不吉な唸りを上げる。

「お、おい……？」

俺は思わず声を上げた。明らかに竜玉から生成される魔力量が加速度的に増加している。

だがエムリスは耳を貸さない。

「わかるかい？　あの土地だから魔族が生まれるんじゃあないんだ。あの土地に魔族や魔物がいるから魔力が生まれ、その結果として魔王も復活する。そう、魔王とはどこにでも遍在するんだ。もし魔族や魔物が他の土地へと大移動したら、きっと魔王もそこで復活するだろうね。魔王は魔族や魔物のいる場所に復活するんじゃない。大量かつ濃厚な魔力のあるところにこそ復活するんだ。これを活用すれば、いつか来《きた》る次代の魔王復活の際には、もしかしたら人類にとって都合のいい場所で――」

ぐぉん、ぐぉぉぉぉん、と竜玉が赤黒い明滅を繰り返し、唸りながら、それこそエムリスの言う大量かつ濃厚な魔力を生成している。言っちゃあなんだが、既に普通の人間なら致死量だ。見ろ、足元の芝生がどんどん枯れていっているぞ。

「おいおい、おいおいおいおいおい、ちょっと待て……！」

流石に不吉な予感しかしないので俺は声を高めた。このままじゃまずい。絶対にろくなことにならない。

「待てないよ！　いいかいアルサル、竜玉の研究は最終的には人類の進化へと繋がるんだ。いつかは人類も心臓から魔力を生成するようになる。炉臓だって持つようになるかもしれない。もしかしたら竜玉ならぬ人玉——うぅん語呂が悪いなこれは。まぁいい、とにかく第二第三の魔力生成器官を持つことだって夢じゃないんだ。つまり魔族とは魔人、言うなれば彼らは既にボク達人類の新たな進化形として」

「あー本気で待て。ガチでやばいから」

どうしようもなくなってきた俺は、いっそ落ち着いてエムリスの講義を打ち切った。肩をいからせて弁舌を振るうエムリスに歩み寄り、その頭に掌をのせる。

「——え？」

そうすることによってようやく、エムリスがはたと我に返った。

ほのかに青白く光る瞳が、自らの魔力によって唸りを上げる魔力生成器官——竜玉へと視線を向ける。

「……あ、しまった」

ぽつり、とエムリスが呟いた瞬間だった。

竜玉が派手に爆発した。

●6　指先一つで山を穿つ

「魔力とは〝魔の力〟、即ち世界の理《ことわり》に反する力。そして、理力とは文字通り〝理《ことわり》の力〟、即ち世界を構成する原理に沿った力だ。だがここに、第三の力として『聖力』というものがある」

不毛の荒野に、エムリスの声が朗々と響き渡る。

「アルサルも知っての通り、かつてのボク達の仲間であるニーヴが使っていた力だね。その名の通り、聖神を由来とする〝聖なる力〟だ。ま、聖なるって何だろうね？　って話になると〝魔に抗する力〟と言う他ない。魔力が〝理に反する力〟なら聖力は〝理に従わせる力〟だ。これらは相反していて、知っての通り原初の時から反発し合っている」

風が吹く。うららかな午後とは思えぬ、冷たく乾いた風だ。濃厚な魔力による〝汚染〟は大気すら退廃させる。

「これが故、ニーヴは〝白聖の姫巫女〟として魔王討伐のメンバーに選ばれたわけだね。彼女の力は魔を中和する。つまり魔族や魔物、ひいては魔王そのものを弱体化させることが出来るのだからね。実に得がたい才能だった。ボクは彼女と共に旅が出来たことを今でも誇りに思っているよ」

「なぁ、エムリス」

「なんだいアルサル？　まだボクの講義は続いているのだけど」

辛抱しきれず声をかけてしまった俺に、間髪《かんはつ》入れずエムリスが言い返す。まるでバリアでも張るかのように。

「いやはや、そう考えるとこの場にニニーヴがいなかったのが本当に悔やまれるね。彼女の聖力があればこんな結果にはならなかったかもしれない。竜玉が超過稼働《オーバーロード》して砕け散ることもなかっただろう。せっかくアルサルが持ってきてくれたお土産だったのだけどね。いや本当に残念だよ。これは心からそう思っているよ。嘘じゃない」

ペラペラペラペラと調子よく喋り続けてきたエムリスが、ここでようやく一拍以上の間を置いた。

ここが好機と見た俺は、はぁぁぁ、とこれみよがしに深い溜息を吐いてみせる。

「――――」

またぞろ何か喋って誤魔化そうとしていたエムリスが、石像になったかのごとく静止した。

俺は極力感情を交えず、淡々と、必要なことだけを言った。

「……他に、何か言うべきことが、あるよな?」

かつては緑輝く平原だった、今は草一本生えない不毛の大地。

その上にプカプカと浮いている魔道士は、

「………………………………ごめんなさい……」

蚊の鳴くような小さな声で謝罪したのだった。

◆

幸いなことに竜玉の爆発による被害は、エムリスが実験場に選んだ広大な平原だけで済んだ。

まぁこれだけの領域を『だけで済んだ』と言うのは少々おかしいが、とにもかくにも人的被害はなし、アルファドラグーンの王城まで魔力の汚染が届かなかったのは不幸中の幸いと言う他ない。

「実験に失敗はつきものだよ、アルサル。失敗は成功の母だ。どんな成功も数え切れないほどの失敗の屍《しかばね》の上に立っている。だからこれも偉大なる一歩に違いはないのさ」

いったんは謝罪したが、エムリスは懲りずにまだ言い訳じみたことを宣う。そんな彼女は、あれだけの爆発だったというのに、無傷どころか何事もなかったかのごとく綺麗なままだ。まぁ、それは俺も同様なのだが。

前にも言ったかもしれないが、魔王の息吹、ドラゴンの全力ブレスでも傷一つ負わないのが俺達である。それが、魔王を倒した勇者と魔道士という存在《もの》なのだ。

「たったの一歩にしては、被害が甚大すぎると思うけどな、俺は」

数千から一万ほどの兵士を集めて訓練できそうな広さの平原だ。それが竜玉の爆発によって一気に荒廃し、高濃度の魔力によって汚染されてしまった。一般人はしばらく、この土地を使うことはできまい。

「大丈夫さ、元から人界は魔力の薄い土地だ。なにせ魔族や魔物がほとんどいないからね。そう長い時間をかけずに大気中に霧散して、すぐ無害化されるさ。まぁ、植物たちには悪いことをしたけれども」

人間に対しては情が薄いくせに、植物に対しては謝罪めいた言葉を口にするエムリス。そういえば、こいつは昔から少々人間嫌いの気があったっけな。

「でもおかげで色々とわかったことがある。改めて竜玉は危険な代物だと判明した。特にボクぐらいの魔力をあてるとすぐに暴走してしまう。けれど、自分で言うのもなんだがボクほどの魔力の持ち主なんてはそうはいない。つまり、一般的な量の魔力をあてればそうそう爆発することはない、ということになる。これは重大な知見だよ。つまり、その……君のお土産の爆発には確かな価値があったんだ。わかるかい？」

「はいはい、別に無理してフォローしようとしなくてもいいぜ。最初からお前にやるつもりで持ってきたんだし、爆発させたのはちょっとばかし予想外だったが……ま、壊されたりする程度のことなら想定してたしな」

もとより実験道具にされるだろうと思って持参したミアズマガルムの竜玉だ。まさかこんな派手な使われ方をされるとは思わなかったが、消耗品になるだろうことは予想していた。

「なんだい、その言い種は。まるでボクが他人からのプレゼントをどんどん使い捨てていくのが当たり前な薄情者みたいじゃないか。これでもいただいた物は大切にするタイプなんだぞ、ボクは」

遠慮なんてしなくていい、という意味で言ったのだが、エムリスは侮辱として受け取ったらしい。頬を膨らませて腕を組み、ふーんだ、とふてくされる。

まったく、相も変わらず扱いにくい奴だ。

「知ってるよ、わかってるって。別にお前が俺のプレゼントをないがしろにしたとは思ってないって」

「本当にぃ？　なんだかその適当な言い方が、いやに疑わしいんだけどなぁ……」

表現が悪かったのか、エムリスは胡乱げな視線を向けてくる。これはよくない流れだ。

「あー……それはともかく、あまり強い魔力をあてると竜玉は暴走しちまうことがわかったよな。じゃあ、次はどう改善していけばいいんだ？」

俺は話題を逸らすため、実験に関する話を振った。

すると。

「改善？　そうだねぇ……」

思考の材料を与えられたエムリスは、即座に視線を宙に泳がせて思索の海へと没入した。俺が言うのもなんだが、えらくチョロい奴である。

「……基本、魔力は一般的な人間にとっては毒になる。この国でも魔術を扱えるのは訓練を積んだ人間だけだからね。現在《いま》はどうしようもないけれど、将来的には〝生身で魔力を扱うのはよくない〟という傾向になっていくものと、ボクは予想している。ということは、だ。魔力を扱うのは魔術師ではなく、道具になっていくというのが自然な流れだ」

実験の改善点を聞いたつもりだったが、エムリスの思考はその前提から始まった。どうも以前から、かなり壮大な計画を練っていたらしい。

「つまり〝魔術道具〟だね。実際に開発された後は〝魔具〟とか〝魔術具〟とかそういった呼び方になるだろうけれど。その手の物が作られていくのは目に見えている。なにせ魔力を扱えない、魔術の知識も持たない人々にも使えるのだからね。瞬く間に流行して、量産に次ぐ量産で、すぐ世界の隅々にまで行き渡ることになるだろう」

どこかで似たような話を聞いたことがあるような気もするが、多分、失われた記憶の一部だろう。

文明の発展、技術の進化というのは、市井の人々の手に渡って初めて成し遂げたと言えるものだ。

その原則を、エムリスも肌で理解しているのだろう。

「魔力と魔術には、理力と理術にない利点がある。理《ことわり》――つまり世界のルールを無視できることだ。理術は手続きが面倒だからね。同じ現象を起こすにしても、魔術の方が手間がなくて便利だ。つまり、魔術道具というのは作成する際の工程が少ないものとなる。設計する上でも量産する上でも、これはかなりの強みだ」

不意にエムリスが本に座ったまま、両腕を緩く広げた。淡い魔力が小柄で華奢な体から放たれ、平原全体へと広がっていく。

「もちろん小型化だって出来る。いや、魔術道具の小型化は必須だね。そうでないと出回らない。だから――」

エムリスが両の掌を上に向けて、くい、と動かした。途端、草一本なく荒れ果てた大地から、無数に浮き上がるものがある。

「……なんだこれ？」

俺のすぐ近くからもいくつか浮き上がってきたので、思わず声に出た。

黒い小石――いや、違う。石というには少しばかり透き通っていて、綺麗だ。

まさか――これは砕けた竜玉か？

「……もしかして、さっきの破片か？」

「その通り。爆発させてしまったのは想定外だったけれど、これはこれで好都合さ。細かく砕けた竜玉は、それでもなお魔力を生成できるのか？　出来ない場合、どうにか出来るように加工できないか？　これは大切な命題だ。上手くいけば魔術道具の開発が一気に現実のものとなる」

したり顔で頷くエムリス。なるほど、転んでもただでは起きないってか。まさに研究者の鑑《かがみ》ってやつだな。

宙に浮いた竜玉の欠片達が、吸い込まれるようにエムリスの周囲へと集まっていく。そのまま、まるで惑星を取り囲む〝輪っか〟のようになって、エムリスの周囲をグルグルと回り出した。

「というわけで、君のくれたお土産はまだまだ有効活用させてもらうよ。けっして無駄にはしない。それだけは覚えておいてくれたまえ」

びしっ、と人差し指を突きつけて、エムリスは誇らしげに宣言する。

「はいはい」

やれやれ、どうにかいい感じのところに着地できたな。話を逸らしたつもりが、一周回って戻ってきたのには少々驚いたが。

「ちなみに、さっきは理力と理術を下げるような話をしてしまったけれど、こっちにも利点がある。というか、魔力も理力も聖力もそれぞれ一長一短があるからね」

適当な相槌を打ったのにエムリスの話が続いてしまった。こいつ、本当に会話に飢えていたんだな。よく喋る。

「理術は魔術と違って世界の理《ことわり》を無視できない。ちゃんと理《ことわり》に沿って術式を構築しなければ発動しないんだ。しかし逆に考えれば、それだけ強度があるとも言える。一度完成した術式はそうそう破綻しないし、安定度がとても高い。これは魔術にはない強みだね」

「——ということは、魔術は術式強度が弱くて、破綻しやすいってことか？」

俺の反問に、然り、とエムリスは頷く。

「そう。だから魔術道具に込められるのは簡単な術式に限られるね。破綻しようもない、短くて単純な魔術だけに。それでも世界の理《ルール》を無視できる分、簡単ながらもそれなりの効果が見込めるはずさ。理力で動く同じような物も作れるだろうけど、手間がかかるから量産速度においては引けを取るだろうね」

このあたりの話においては、エムリスは魔術や理術の研究者というより、職人や商人のような側面を見せる。まぁ、両方の分野に関して造詣が深いのだろう。研究一辺倒の人格破綻者でないところが、こいつの美点だと俺は思う。

「さらに強度を上げて安全性を高めるなら、その時は聖力の出番さ。まぁ、ボクには扱えないからニニーヴや聖神にまつろう人々の協力が必要となるけどね。しかし、そこまでやるとコストがかかりすぎるだろうから、流石に量産には向いていないね。もっとお金がかけられて、大掛かりで、用途が限られたものを開発するのなら、そういった手法の方がいいのだろうけれど」

ここまで来ると、もはや経営者か社長かという視点の話である。

と、そんな風にエムリス先生によるありがたい講義を拝聴していると、

「……ん？　なんか……焦げ臭くないか？」

俺はふと鼻に違和感を覚え、くんかくんかと空気を嗅ぎながらそう言った。

「え？　さっきの竜玉の爆発には火の気はなかったはずだけど……」

エムリスはわずかな異臭に気付かないのか、キョトンと小首を傾げた。

が、俺の研ぎ澄まされた五感は確かなセンサーだ。焦げ臭いと感じたのなら、どこからか臭《にお》いが流れてきているのは間違いない。

俺はゆっくり周囲を見回し、

「――お？　あれじゃないのか、臭《にお》いの元は」

「え？」

俺が指差す先にあるのは、天へと昇っていく一条の煙だ。青空を背景に、白煙がもくもくと伸び上がり、まるで雲のようになっている。

「あの方角は……」

ぽつり、とエムリスが呟いた。

次の瞬間、はっ、と息を呑む音。

「――ボクの工房じゃないのか⁉」

目を剥いて叫ぶや否や、片手を振り上げ、パチン、と指を鳴らす。

またしても、俺の目の前が暗転した。

本来なら長大な術式を構築しないと出来ない空間転移を、指パッチン一つで済ますのは大変な所業だと思うのだが、そこはそれ、世界に一人しかいない〝魔道士〟たる由縁というやつであろう。

ともあれ、エムリスによって再び強制転移させられたのは、先程訪れたばかりの工房の前だった。

元いた地下室ではなく、敢えて工房の外に転移したのは、エムリスにも予感があったからだろう。

空に立ち昇る煙に、焦げ臭い臭《にお》い——これだけ揃っていれば、何が起こっているかなど自明だ。

火事。

レンガ造りの工房が、しかし派手に燃え上がっていた。

「————」

宙に浮く本に座ったままのエムリスは、おそらくは魔術による火炎——レンガ造りの建物が燃えているのだから、つまりそういうことだ——によって燃え盛る工房を見上げ、しかし無言。

てっきり『ボ、ボクの工房がぁあぁあぁ————————ッッッ！！！』とか叫ぶと思っていただけに、少し意外だった。

「……なぁ、エムリス、これ消さなくても——」

いいのか、と流石に見かねて聞こうとしたところ、

「——ま、魔女だ！　魔女が現れたぞ！」

という声が聞こえてきた。

振り向くと、そこには兵士らしき人間がゾロゾロと。そのうちの何人かがこっちを指差して、口々に叫んでいる。

魔女だ、魔道士だ、やつが現れたぞ——と、まるで魔物が出現したかのような勢いで。

「ぁあ？」

俺を指差しているわけでもないのに、無性に腹が立った。というか何だその語調は。いかにも怪物が出てきたみたいな言い方しやがって。

ここにいるのは、俺と一緒に世界を救った〝蒼闇の魔道士〟だぞ?

「おい、お前ら——」

「いい、待ってくれアルサル」

腹が立った俺が文句をつけてやろうとした瞬間、すかさずエムリスが制止した。さっと手を出し、ここは任せてくれと言わんばかりに前へ出る。

「……でも、状況的にお前の工房に火を点けたの、あいつらだぞ?」

軍服の色合いからしてアルファドラグーン軍の奴らだ。というか、王城の敷地内にそれ以外の兵士がいるはずもなく。そして奴らのおかしな態度から、火事を発見して駆けつけたという可能性はまずない。

工房を燃やすのは魔術による炎——間違いない、これはアルファドラグーン軍による放火だ。

「わかってる。だから、ボクに任せて」

魔力や魔術について語っている時の楽しそうな口調からは打って変わって、どこか凍り付いた湖の軋みを連想させるような、エムリスの声音だった。

ああ、こいつは——相当キレてるな。

「……わかった。一応言っておくが、やりすぎるなよ?」

「それもわかってる」

エムリスが変わらず、石膏《せっこう》みたいに硬くて乾いた声で答える。とてもわかっているとは思えず、安心できない。が、俺は一歩下がった。

これ以上はもう、なるようにしかなるまいて。

「君達」

エムリスの腰掛けている大判の本が、宙を滑るように進む。ピンと背筋を伸ばした魔道士は、意外にも威風堂々と声をかけた。

途端、

「――くるぞっ！」「構えぇぇっ！」「魔術詠唱はじめッ!!」「武器に魔力を流せ！」「迎撃しろッ！」

群れをなしたアルファドラグーン兵らは色めき立ち、警戒態勢から完全に戦闘状態モードへと移行した。

歩兵は武器を構え、魔術兵は魔力を発して術式を構築する。

まさしく問答無用だ。

一人、彼らに呼びかけたエムリスが間抜けにも見えた。

しかし。

「　何をやったか　わかっているんだろうね？　」

突然、エムリスの声が波動となって迸った。

音の響き方が、先日のミアズマガルムのそれに似ている。

声に強い魔力を込めて放ったのだ。

「――がっ……⁉」「ぐぁ……⁉」「うあっ……⁉」「な、なんだ……⁉」

魔の力を帯びた音波を浴びた兵士たちが、次々に武器を取りこぼし、糸の切れた操り人形のごとく崩れ落ちていく。詠唱を始めていた魔術師も、腰が抜けたようにへたり込んでいった。

おそらくは俺の〝威圧〟に似たようなことをしたのだろう。俺は何ともないが、エムリスの体から凄まじい魔力の〝圧〟を感じる。

魔力を無造作に放つのではなく、体内で圧縮することで、逆にその膨大さを伝えているのだ。

「ひ、ひぃ……⁉」「あ、ありえ、ない……」「こ、こんな……」「う、嘘だ……」

兵士らはこぞって身を震わせている。

原初の恐怖だ。自分より遥かに強い個体と出会い、死を予感した瞬間、生物の本能はとある二択を迫られる。

即ち――戦うか、服従するか。

兵士たちの生存本能は、理性を無視して服従を選択していた。それが故、体に力が入らず頽《くずお》れたのだ。当人達にとっては、まるで理解のおよばぬ現象だっただろうが。

「まったく、やらかしてくれたものだね」

そんなアルファドラグーン兵らの様子をよそに、エムリスは今なお燃え盛る工房を見上げる。もう必要ないと判断したのか、その声に魔力は籠められていなかった。

「ここでは君達に卸す傷薬や、魔力や理力を補充するためのポーションを生成していたのだけどね。まさか君達自身の手で破棄されるとは思いもしなかったよ。何より、地下にはボクの愛蔵書がたくさんあったのだけどね。今ではそうそう手に入らない貴重な本のオリジナルが、それはもうたくさん」

赤く揺らめく魔術の火炎を見つめながら、淡々とエムリスは呟く。慌てふためくこともなければ、憤怒に滾《たぎ》ることもない。

エムリスは本に座って宙の一点に佇《たたず》んだまま、感情を凍らせたかのごとく静かに言葉を紡ぐ。

「もう、本のほとんどは燃えてしまっているだろうね。でもいいさ、内容は全て頭の中に入っているから。問題はない。支障はない。ただ、どれも本当に貴重な本だったんだ。大昔の研究者が、自身の研鑽を未来に残すために書をしたためたんだよ？　それがどれほど高潔で、誠実で——切実な想いだったと思う？　よりよい未来が訪れるよう、彼らは願いを込めて本を作ったんだ。自分達の研究成果が途中で消えないよう、途絶えないよう、未来へ希望を送り出すために書き上げたんだよ。わかるかい？」

その姿はどこか、星空を見上げ、遠い遥かな天体について語る儚《はかな》げな少女のようにも見えた。

「でも、そんな願いを、希望を、君達は燃やしてしまった」

エムリスの視線が地上に降りる。音もなく魔道士を乗せた本が上昇し、青白い瞳が地面に伏したアルファドラグーン兵を見下ろした。

「万死に値するよ」

氷で作った鈴を鳴らせば、こんな音になるだろうか。そう思わせるほど、エムリスの声音は凍えていた。

もはや兵士達は言葉もない。恐怖に息を呑み、呼吸を止めてエムリスを見上げている。

「――とはいえ、君達を殺したところで詮無い話だ。燃えて灰になった本が元に戻るわけもないのだからね。だからボクはこう問おう」

エムリスの長い髪が、ざわりと蠢《うごめ》いた。次の瞬間、工房の地下室でそうだったように髪がうねりながら伸長する。どこまでも、どこまでも、際限なく。

「どうしてこんなことをしたのか、なんて野暮なことは聞かない」

ほのかに青白い光を宿していた瞳が、さらに強く輝く。

「これは誰の差し金だ？　君達にこんなことをしろと命令を出したのは、一体どこのどいつだ？　それだけを答えろ」

青みがかった黒髪が一気に伸び上がり、まるで怪鳥《けちょう》の翼のごとく広がっていく。そこに青白く輝く両眼があわさり、この時のエムリスは〝魔道士〟というより〝魔人〟のように見えた。

少なくとも、兵士達にとっては死神以外の何物でもなかっただろう。

誰もが顔面を蒼白にして、生まれたての子鹿のように震えていた。

次の瞬間、初めてエムリスの声に感情が籠められた。

「答えないなら全員くびり殺すよ？」

◆

当たり前だが、仮にも国に仕える兵士がおいそれと口を開くはずもなく、エムリスの問いに答える者はいなかった。

しかし、そうとわかるや否や、エムリスは兵士の一人を選び、魔力によって宙に浮かせ──拷問を始めた。

今更だが、エムリスは〝魔道士〟だ。

魔術師でもなく、魔法使いでもなく、魔道士。

もちろん〝蒼闇の魔道士〟というのは古い言い伝えから与えられた称号ではあるが──しかし。

魔の道を往く者。その自負をもって、昔からエムリスは〝魔道士〟を名乗っている。確固たる覚悟と共に。

そんな彼女であればこそ、攻撃魔術だろうが回復魔術だろうが区別なく、どれも息をするように行使することが出来る。

即ち──殺しながら蘇生させることもまた可能だということだ。

宙に浮かせた相手の四肢を魔力による念動力でねじり、雑巾のように絞って肉と骨を破砕。もちろん血飛沫が迸って悲鳴も上がるが、完全に無視。両腕と両足をグチャグチャにした後《のち》に、今度は回復魔術を付与。時の流れを逆転させたかのように手足が元の形に戻っていき、完全に再生する。

これを、エムリスは何度も繰り返した。

どんな重傷であれ一瞬で治癒される。よって、拷問を受けている相手が死ぬことはない。ただ、寄せては返す波のごとく、地獄のような激痛が与えられるだけ。

言わずもがな、効果は絶大だった。

いくら肉体が再生するとはいえ、強烈な痛みは神経に多大な負担をかける。また、手足が千切れる寸前までねじられるというのは、ひどくスプラッタな光景だ。近くで見ている他の兵士たちへの脅しという意味でも、実に効果的だったろう。

ほどなく、部隊長と思しき兵士が首謀者の名前を白状した。あまりの惨状に耐えきれなくなったのだ。

それはもう、言葉を失うほど残虐な光景であったのだから無理もない。

部隊長が口にしたのは、この国の王妃の名前だった。

「ふぅん……モルガナ妃か。彼女の命令で、君達はボクの工房を燃やしたというわけだね?」

「そ、そうだ……」

エムリスの冷たい目に見下ろされながら、四つん這いになった部隊長は頷いた。

「ここに、反逆の魔女がいると……」

「反逆の魔女……?」

思わぬ名称に、静かに怒り狂っていたはずのエムリスの目が点になる。長く伸びていた髪が、すん、と元の長さに戻った。

「ボクが、反逆の魔女? そう言ったのかい?」

「ああ、そうだ……先程の城内での爆発……あれが魔女の仕業だと……」

「…………」

反逆うんぬんはともかく、爆発については事実である。それだけに、エムリスは何も言い返さなかった。表情に変化はないが、若干気まずい思いをしているだろうことが俺にはわかる。

「……それにしたって判断が早すぎる。爆発が起こってから幾許《いくばく》もないじゃないか。いきなりボクの工房に攻め込んでくるだなんて、一体全体どういうつもりなんだ」

エムリスはそう言うが、爆発の後もそこそこの時間を使って講義をしていたように思う。もし王妃が前々からエムリスを『反逆の徒』と認識しており、竜玉の爆発を察知したのならば、工房が攻撃されるには充分な間が空いていた。

——ん？　そういえば、この展開ってどこかで見たような気がするぞ？

「まぁいいさ、本人に聞けばすぐわかることだ」

問答は終わった、とばかりにエムリスは俺を振り返り、

「アルサル、行くよ」

王妃のところへ、という意味だろう。

だが俺が頷きを返すよりも早く、

「ア、アルサル……⁉　〝銀穹の勇者〟アルサルか……⁉」

部隊長が俺に顔を向けて、愕然とした。

いや、さっきからずっとここにいたんですけど。何だと思っていたのかな、今の今まで？

「そうだが？」

と思いつつも、どうせそうやって問い詰めてもろくな結果にならないことはわかりきっているの

で、普通に返した。すると、部隊長はさらに目を剥き、

「お、王妃の言っていたことはやはり本当だったのか……！　勇者がかつての仲間を集め、世界征服を目論んでいるというのは……!!」

「はぁ？」

なんだそれは？　何の話だ？　世界征服？　いやいや、今日日《きょうび》なかなか聞かないぞ、その四文字熟語。

「何の話だい、アルサル？」

「いや知らん。俺とは無関係だ。何かの誤解だ。有り得ないだろ、普通に考えて」

どういうことだ、お前もグルなのか的な目を向けてくるエムリスに、俺は片手を振ってはっきりと否定した。

おそらくだが、ジオコーザあたりが吹いたホラだと思われる。あいつめ、俺を国外追放にした言い訳が思い付かないからって適当ぶっこきやがって。今からでもセントミリドガルに戻ってもう一回シメてやろうか。

俺は、はぁぁぁ、と深い溜息を吐き、

「……なんか、俺もそのモルガナ王妃とやらに会わなきゃいけない理由ができたみたいだな」

ジオコーザもジオコーザだが、アルファドラグーンの王妃も王妃だ。どんな思考回路をしていれば、俺が昔の仲間と一緒に世界征服をするなどという、荒唐無稽な話を信じる気になるのか。

ちょっと頭を冷やしていただかねばなるまいて。

「――っていうか、もしかしなくてもこれ、俺の時と同じ展開になるような気もするんだが……」

「何をブツブツと言っているんだい？　さっさと行くよ」

逸るエムリスが俺を急かせる。既に空飛ぶ本に乗ったエムリスは王城の方角へと移動を始めていた。

「ま、待て……！　そうとわかったからには、城へ向かわせるわけにはいかない……！　立て、皆の者……！」

これまでの話で気合いを一新したのか、エムリスの魔力の圧にあてられていた部隊長が、震える体に鞭《むち》打って立ち上がろうとする。呼び掛けられた兵士達もまた、悲壮な決意を固めたような顔をして、部隊長に追従した。

しかし。

「君達は来なくていい」

一言だった。

再び魔力の籠もったエムリスの言葉だけで、再び兵士達が崩れ落ちる。今度はあまり手加減しなかったのだろう。ドミノ倒しのように、バタバタと倒れ伏していった。

だが、

「く、ぐぉぉぉぉ……!?　か、かくなる上はっ……！」

部下がことごとく意識を失っていく中、部隊長だけは気丈にも持ちこたえていた。今にも崩落しそうな肉体を精神力だけで持ちこたえさせ、手を懐に忍ばせる。

はっきり言っておこう。この時の俺とエムリスは完全に油断していた。だから、部隊長の行動を許してしまった。

彼が取り出したのは、信号弾だった。

簡単な理術で動く道具だ。頭より高い位置に掲げると、理力を注入して火を点ける。

ポン、と軽い音を立てて信号弾が飛び上がった。赤い煙を噴きながら大空へ上昇した信号弾は、頂点に達した途端に爆発。真っ赤な雲かと思うほどの爆煙と、太陽の下にあってなお眩しい閃光を発した。

「おー……」

我ながら少々間抜けな感嘆の声を漏らしてしまう。

セントミリドガルとアルファドラグーンとでは信号弾の意味も多少違うだろうが、この状況で真っ赤なものを上げたとなれば、大体は察しがつく。

「む、無念……」

そう言い残して、今度こそ部隊長も失神した。顔から地面に落ちる。

次の瞬間、どこからか耳を劈く警報が鳴り響いた。城下町にまで轟《とどろ》くほどの大音量だ。

まるで獣がリズミカルに唸っているような音が、長く尾を引いて大空へと吸い込まれていく。

「……こりゃ厳戒態勢って感じだな。どうする?」

いまやアルファドラグーン城内は上へ下への大騒ぎだろう。ひりつくような緊張感が、そこかしこから噴き上がっているようだ。

「どうするって?」

エムリスが小首を傾げた。少女の姿をしているからだろうか。今しがた、手も使わず大の大人を何十人も失神させた魔道士とは、とても思えない。

「いやだから、この様子だと、王妃のところまでガチガチだぞ？」

「それが？」

「それが、って……」

キョトンとした顔で、何てことないように聞き返してくるエムリスに、俺は二の句が継げない。

するとあくまでも普通の表情のまま、エムリスは言った。

「別にボク達がすることに変わりはないだろう？」

「…………」

思い出した。

そういえば、こいつはこういう奴だった。

そう——かつて魔王討伐の旅において、俺達が絶対に魔王に勝てないとわかった時も、エムリスはこう言ったのだ。

『だから何？　ボク達のやることに変わりはないだろう？　魔王を倒すんだ。前に進むしかない。それだけだよ』

と、ちょうど今と同じような顔付きで。

「……そうだったな。確かに、ここで逃げるのはなしだわ。問答無用で、そのモルガナ妃とやらのところに行くだけだよな」

俺が半笑いでそう言うと、エムリスは、あは、と軽やかに笑った。

「そうだよ。変なアルサルだなぁ」

それはつい先刻、一人の人間を雑巾絞りの刑に処していたとは思えないほど、爽やかな笑みだった。

◆

どれだけ厳戒態勢を取ったところで、結局のところ意味などなかった。

魔王を倒し、世界を救った勇者と魔道士の二人である。

一体どこの誰がその歩みを止められようか。

と言っても、俺はエムリスの後ろにくっついているだけで、特に何もしていなかったのだが。

空飛ぶ本に腰掛けたエムリスは当たり前のように王城へ向かい、出入り口を塞いでいた警備兵の群れをやはり直接手を下すことなく無力化。俺の〝威圧〟にも似た魔力の圧――〝魔圧〟とでも呼ぶべきものでことごとく意識を奪うと、悠然と城内を進んでいく。

「まったく理解できないね。彼らはどうしてボク達の前に立ちはだかるんだろう？　無駄なのがわからないのかな？」

ロビーを抜けながら、心の底から理解できないという風にエムリスが首を傾げる。

俺も以前《まえ》に似たような疑問を持ったので気持ちはわかるが、今となってはその答えも知っているので複雑な気分だ。

「わからないというか、知らないんだろうな、俺達――というかお前のこと。だから無謀にも突っかかってくるんだよ」

「知らない？　ボクを？」

何を馬鹿なことを、とエムリスは笑い飛ばす。

「そんなはずないじゃないか。ボクは魔王を倒した一人だよ？　伝説の〝蒼闇の魔道士〟だよ？

百年前のことならともかく、たった十年しか経っていないんだから、そんなことは有り得ないよ」

「…………」

だろう？　だろう？　お前もそう思うよな？　やっぱそう思うよな？　と言いたいところを我慢した俺、えらいと思う。誰か褒めてくれ。

これればかりは自分で経験して思い知るしかない。

自分がすっかり過去の人となり、現在では『あの人は今』な状態になっていることを。

「で、どこに向かってるんだ？」

「もちろん王妃──というか、王様のいるところさ。執務室か謁見の間とかにいるのだろうけど、城内がこの様子じゃもっと奥の安全な場所だろうね」

セントミリドガル城もそうだったが、このご時世において城は要塞の側面も持ち合わせる。つまり『最後の砦』というやつだ。

また、王や王妃といった王族もいつも謁見の間で玉座に座っているわけではない。彼らの仕事はケツで椅子を磨くことではなく、あくまで政《まつりごと》を執《と》るのが主たる責務だ。

よって、基本は執務室が王族の居場所となる。

だが、今は外敵が城内に侵入してきた緊急事態。安全を期すため、城の奥深くにあるだろう堅牢な避難場所――シェルターにいるという読みは、決して的外れではなかろう。

まぁ、国によっては国王が軍の最高指揮官という場合もあるので、その場合は司令部にいるだろうが。俺の知る限り、アルファドラグーン王国はそっちのタイプではなかったはずだ。

「場所はわかってるのか？」

迷いのない様子で城内を進んでいくので。てっきり知っているものかと思ったが、

「いいや？」

エムリスは首を横に振った。

「でも、場所なら彼らが教えてくれるよ。守りが厳重なところばかり進んでいけば、いずれはドレイク王やモルガナ妃のいる所に辿り着くはずさ」

なるほど、それは道理だ。準備万端ならいざ知らず、今回は不意打ちみたいなものだからな。どうしたって兵士たちは直感的に動くだろうし、その結果として、大切な王族のいる場所の守りは自然と厚くなる。

分厚いところをぶち抜いていけば、いずれは目的の相手のいる場所へと辿り着くという寸法だ。

「ってことは……あっちか」

俺は理術を発動させ、人の気配が多い方に顔を向ける。無論、エムリスも似たような術で感知していたのだろう。空飛ぶ本に乗って、滑るように先導する。

その後も何度か兵士の壁が現れたが、そのことごとくがエムリスの〝魔圧〟によって紙のごとく

破られていった。

「——おや？　この方向は、もしかして……？」

アルファドラグーン兵のいっそ健気に思えてくるほど不毛な抵抗を打破していくうち、エムリスがやや意外そうに目をぱちくりとさせた。

「どうした？」

「いや、少々驚いた。どうも王や妃は謁見の間にいるらしい」

俺が聞くと、エムリスは微笑を浮かべて答えた。

「彼らもなかなか、いい度胸をしているじゃないか」

その柔らかな微笑みが、嗜虐的なものに見えるのは俺の目の錯覚だろうか。

錯覚であって欲しいな、と元勇者は思うのであった。

果たしてエムリスの言った通り、アルファドラグーン国王ドレイクと、その王妃モルガナは謁見の間にいた。

「やぁ、ご機嫌麗しゅう存じますよ、国王陛下に王妃殿下」

触れられてもいないのにバタバタと倒れ伏していく兵士達の上を、空飛ぶ本に乗って悠然と通り過ぎてきたエムリスが、部屋に入るなり明るい声で挨拶をした。

途端、謁見の間に詰めていた近衛兵らが騒然となる。誰もがぎょっとした目でエムリスを見つめ、愕然としていた。

当たり前だ。ここに来るまでろくな戦闘もなかった。戦闘がなかったということは、物音が立たないということだ。

戦闘音がなかった為、謁見の間の近衛兵らは俺達が近付いてくる気配をまったく感じられなかったのである。

とはいえ。

「――お待ちしておりました、魔道士殿」

おっと？　ドレイク国王と思しき精悍な男性――年の頃は四十代半ばといったところか――が、しかし玉座には腰を下ろしておらず、しゃんと背筋を伸ばして立っていた。どうやら起立した状態で、俺達がここに到着するのを待っていたらしい。

一方、その隣にいる王妃と言えば。

「――～ッ……！」

国王の玉座のすぐ側に置かれた豪奢な椅子に深く腰掛けた状態で、物凄い勢いでエムリスを睨んでいる。手元にハンカチでもあれば、歯で噛み千切らんばかりの形相だ。憎悪の一言しかない。

「へぇ？　お待ちしておりました？　ボクが来ることがわかっていたんだね、あなたは」

くす、と笑いつつも、目が一切笑っていないエムリスが慇懃無礼に言葉を返す。

一応は敬語の形を保っているが、それでも王族に向かって使う類の言葉遣いではなかった。

だがドレイク国王は怒り狂うどころか、苦渋に満ちた表情で目を伏せ、

「……事情は聞いております。まずはお詫びを申し上げたい」

片手を胸に当て、軽く会釈した。

おっと、こいつは驚きの展開だ。

仮にも一国の王が、会釈レベルとはいえ食客扱いであろうエムリスに頭を下げるとは。

俺の時とはパターンが違う。

だが。

「――何をしているのですか陛下！　このような下賤の者に謝罪など……！　有り得ないことですよ！」

モルガナ王妃が絶叫じみた声で怒鳴った。目を大きく見開き、唇の端が引き裂けんほどに大口を開けて。

「黙りなさい、モルガナ。私が話しているのだ」

ドレイク国王は厳然と王妃をたしなめた。そりゃそうだ、国の主たる人間が喋っているのに横から口を挟むなど、公式の場ではたとえ王妃であろうと許される行為ではない。

「いいえ、いいえ！」

しかしモルガナ王妃は耳を貸さない。大きく頭《かぶり》を振って国王の言葉をはね除けると、絹の手袋に包まれた指でエムリスを差し、

「そこにいるのは〝反逆の魔女〟なのです！　この国を転覆せんと企む悪魔の手先！　即刻排除しなければならない存在です！」

そう言っているモルガナ王妃の方が、よっぽど悪魔みたいな表情を浮かべているように見えるけどな――と思うが、もちろん口には出さない。というか話題の主がエムリスなので、お呼びでない

俺が口を挟む場面ではなかった。

しかしアレだな、このあたりは俺が死刑だと言われたり国外追放になった時と本当によく似ている。

今回も同じような結果になりそうな予感がするが――

「そう、それだ、モルガナ王妃。ボクの工房を燃やしに来た連中からも聞いたのだけどね、その〝反逆の魔女〟というのは一体全体どういう意味なんだい？　幸か不幸か、ボクにはまったく心当たりがないのだけど」

「口を慎みなさい魔女ッ！　誰に向かって口を利いているのですか！　呪いの言葉を吐くその薄汚い口を閉じなさいッッ!!」

エムリスの質問に、耳にざらつくヒステリックな叫びが返った。口角泡を飛ばす勢いでモルガナ王妃は怒鳴り散らし、しかし質問には一切答えない。

激情の発露による勢い任せで煙《けむ》に巻こうとする――いやはや、先日のオグカーバやジオコーザとよく似た態度じゃないか。

「……んん？」

そう思って王妃の顔を見やっていると、ふと覚える違和感。

あの右耳のピアス――なんだか見覚えがあるな。

おお、そうだ。確かジオコーザがあんなデザインのピアスをつけていた気がするぞ。

いや、ジオコーザだけじゃない。ヴァルトル将軍も、似たような片耳ピアスをつけていたのを覚えている。

偶然？　いや、こんな偶然ってあるか？

「下がりなさい、王妃。何度も言わせるな、私がエムリス殿と話しているのだ」

大声で喚いたため、ふー、ふー、と荒い息を繰り返す王妃に、あくまでも静かな口調でドレイク国王が告げる。その目付きは鋭く、言外に『これ以上発言するのなら実力行使も辞さない』と言っているかのようだ。

が、今の王妃にそんなことがわかるはずもなく。

「ですが陛下――」

と反駁《はんばく》しようとした瞬間、王の怒声が爆発した。

「黙れと言っている!!」

一喝。

流石は国王と言ったところか。本気を出した際の迫力は並ではない。謁見の間の空気がビリビリと震え、モルガナ王妃は頬を張られたように表情を変えた。

「――～ッ……！」

一瞬の空白の後、王妃は壮絶な形相を浮かべ、発作的に右手の親指の爪を噛み始めた。親の仇でも見るような目付きでエムリスを睨みつけながら。

「本当に申し訳ありません、魔道士殿。この通り、全ては我が妃の独断専行によるものです。なんとお詫びすればよいものか……」

憂いを帯びた顔で、まずは自らが関与したことではないと説明するドレイク国王。うん、そのあたりは見ていれば何となくわかる。

「ふぅん……」

興味なさそうなエムリスの相槌。目を細め、検分するかのように国王と王妃を交互に眺めた後、

「それで？　そう言われて、はいそうですか、とボクが引き下がるとは、まさか思っていないよね？」

もはや敬語を使うことすら放棄して、横柄な態度を取り出した。

「――ッ!?」

当然、モルガナ王妃が激発寸前の反応を見せる。すごいぞ、人間の青筋って本当にあんなくっきり浮かぶものなんだな。放っておけば、そのまま憤死してしまいそうな勢いだ。

「……ッ……ッ……！」

が、ついさっき国王にどやされたばかりだからか、ガチガチに身を固めたまま動こうとはしない。ブチブチと音を立てて親指の爪が噛み千切られていくし、椅子の手すりを砕かんばかりに握り締めているが、この場にいる全員が空気を読んで触れようとはしなかった。

「もちろんです。責任はもって、国王であるこの私にあります。王妃の言いがかりによって生じた被害については、すべてこちらで補償させていただきます」

エムリスが礼儀作法を完全に無視しているというのに、それでもドレイク国王は丁寧な対応を見せた。精神的によほど大人なのか、あるいは、それほど〝蒼闇の魔道士〟と呼ばれたエムリスの実力を恐れているのか――まぁ、頼みの軍がなす術もなく突破されている現状に鑑《かんが》みると、後者で間違いないだろう。

「すべて、ねぇ？」

エムリスがやや首を傾けて、意味ありげにドレイク国王の言葉をオウム返しした。取り返しなどつくはずがない、どれだけ貴重な本が燃えてしまったと思っているんだ——とでも言うかのごとく。

揶揄するようなエムリスの言葉には答えず、ドレイク国王はこう続けた。

「——ですが、大変申し訳ないことに、まずは言っておかねばならないことがあります」

「何だい、それは？」

事ここに至って妙な前置きをしてきた国王に、エムリスは退屈げな様子で先を促《うなが》した。まるで、何を言われようとも自分のやるべきことは既に決まっている、と態度で示すかのように。

しかし、次なるドレイク国王の言葉には、後ろに控えている俺ですら多少の意表を突かれた。

「私には出来ることと、出来ないことがあります」

「……は？」

突然の珍妙な発言に、当たり前だがエムリスが眉をひそめた。露骨なほど不快感を表して、お前は何を言っているんだ的な声を出す。

「そして、言えることと、言えないことがあります」

エムリスの反応に構うことなく、ドレイク国王はそう続けた。

いや、意味がわからない。

言っちゃあ何だが、国王が言っているのはごく当たり前のことだ。

人間、出来ることと出来ないことがあるのは当然である。であれば、言えることと、言えないことがあるのもまた然り。

だが、それをこのタイミングで敢えて口にしたのは――一体どういう意味があるのか？

「それだけは、まずご理解ください。その上で、お話を続けさせていただきたく思います。蒼闇の魔道士エムリス殿」

ドレイク国王の目付きは真剣そのもので、こちらをからかう意図があるようには思えない。いや、あの目はむしろ――何かを訴えかけている？

「……ふぅん？　まぁいいけど、それで？　結局のところ、ボクの工房に奇襲をかけて燃やした理由については説明してもらえるのかな？」

エムリスもドレイク国王の態度には思うところがあるようだが、ひとまず話を前に進める気になったらしい。単刀直入に核心に触れた。

ドレイク国王は頷きを一つ。

「――今朝方、そこにおわす〝銀穹の勇者〟アルサル殿が、セントミリドガル王国から反逆罪によって追放されたという情報が入ってまいりました。外交ルートを通じた、正式な通達です」

俺？　と思わず自分の顔を指で差してしまう。というか、何も言わずとも俺が勇者であることに気付いていたんだな。まぁ、俺の顔なら各国の軍が集まる合同演習とかで見る機会もあっただろうし、特に不思議なことでもないが。

それに、魔界と隣り合わせで常に危険に晒されている国の王様なんだ。伊達や酔狂では務まるまい。

「その際、セントミリドガル王国からはこのような警告も受けました。曰く『国家転覆を目論んだアルサルを匿う行為は、我が国への宣戦布告とみなす』と」

おいおい。とんでもない警告をするな。それは十中八九ジオコーザあたりが言い出したことに違いあるまい。

しかし過激に過ぎる。『宣戦布告とみなす』という恫喝《どうかつ》そのものが、既に宣戦布告に等しい。

アルファドラグーンだけでなく、他の大国にも同じメッセージを送っているのだとしたら、下手すりゃ世界大戦が勃発するぞ。

「これを受け、私共はどう対処するか会議を開いていたのですが、その間に事態を憂慮《ゆうりょ》した我が妃が兵を動員し、先刻の離れでの爆発を機として、かかる事態を引き起こした次第であります」

そう言って、ドレイク国王はモルガナ王妃に一瞥《いちべつ》を送る。視線に気付いた王妃は、然り然り、と言うように何度も頭を縦に振った。

「……なるほど。業腹だけれど、どうやらきっかけはボク自身が作ってしまったらしいね。確かに、さっきの爆発はボクの失態だ。実験を失敗させてしまったのだからね。そのことに対する叱責に関しては甘んじて受けよう。それが大切な工房を焼失するほどの間違いかと言われれば、大いに疑問が残るけれどね」

竜玉の爆発についてはごまかしが利かないと判断したのか、エムリスはあっさり自らの非を認めた。

謝罪しているようにはとても見えない態度ではあったが。

少女の姿をした魔道士は、ふぅ、と吐息を一つ。

「……で、つまりこういうことかな？　モルガナ王妃は勇者アルサルの古い友人であるボクが、彼を工房に匿っているのではないか――そう思って、襲撃をかけてきたわけだね？」

エムリスのまとめに、ドレイク国王は頷く。

「アルサル殿らしき人物が城内に入り、魔道士殿の工房の方角へと歩き去って行った――という情報もありました。身内を庇《かば》うわけではありませんが、警戒するには充分な状況であったと考えます」

まぁ、いきなり襲撃するのは拙速だったにせよ、この状況でその情報を無視するのは、確かに無能のすることだ。そういう意味ではモルガナ王妃はやって当然の行動を取ったと言っても過言ではない。

やり過ぎはやり過ぎではあるが。

「そうかい、それでボクを〝反逆の魔女〟呼ばわりかい。なるほど、随分と頭の回転が速いことだ。確認もせずにそうと断定するとは――ね？　いや、確かにアルサルはボクの所にいたし、歓待もしていたからね。あながち間違ってはいないのかな？」

歓待？　茶の一つも出さず、せっかくの土産を爆発させておいて？　とは思うが、表情筋を固めて俺はおくびにも出さない。

と、ここで一瞬だけ、エムリスの纏う雰囲気が一変した。

「――でも、ボクを〝魔女〟と呼んだ件については、必ず落とし前をつけさせてもらうよ。どんな事情があろうとも、ね」

ぞっ、と部屋の気温が一気に五度も下がったようだった。

俺は敢えてエムリスの表情を見なかった。どんな顔付きをしているのか、見ずともわかったからである。

ドレイク国王も、近衛兵らも、そしてモルガナ王妃ですら――恐ろしいものを見たかのように顔を引き攣らせ、蒼白にし、大きく息を呑んでいた。

そうさせるだけの表情を、エムリスはしていたのである。

南無三――と、そんな言葉が俺の脳裏に浮かぶ。意味は忘れてしまったが。

んん、とドレイク国王が咳払いをした。それだけでエムリスが凍らせた空気が動き出し、場が仕切り直される。

次いで、国王はエムリスに送っていた視線の矛先を、俺に向けた。

「……それ故、アルサル殿には特に確認したい。かの国が言う『かつての勇者アルサルは新しき魔王となり、世界征服を目論んでいる』というのは、真実か否か」

言っていることは馬鹿馬鹿しいの一言に尽きるのだが、ドレイク国王の顔付きを見るに、冗談ごとでは済ませられない雰囲気である。

俺が新しい魔王？　噴飯ものの話だが、ここは真面目に答えなければ後々まずいことになるかもしれない。

さて、どう答えたものか――と考えているうちに、ドレイク国王が言葉を続けた。

「此度《こたび》の一件、確かに我が妃の短慮軽率ではありますが、それが真実だとすれば決して軽挙妄動などではなく、結果として熟慮断行であったと評することもできましょう」

国王だからなのか、それとも彼の性格なのか。やたらと小難しい言い回しを並べ立てているが、要は『世界征服の件が本当なら下げる頭はないぞ』と言っているらしい。

「真相はいかがか、アルサル殿」

剃刀《カミソリ》のごとき視線が、俺の顔に突き刺さる。いやはや、国の頂点に立つ人間という奴はどうしてこう眼光だけはやたらと鋭いのだろうか。どいつもこいつも精神力だけならば魔族の幹部級と同等なのではなかろうか、などと頭の片隅で思う。

だが、やはり答えは決まっていた。

「いいえ、国王陛下。私にそのような意志はありません」

俺は礼儀正しく、背筋を伸ばし、片手を胸に当て、首を横に振った。

「セントミリドガルからの通告は誤解によるものです。今日の私は、古い友人と懐かしい再会を果たすためにここへ参りました。誓って、新しき魔王となって世界征服を目論むためではありません」

十年にも渡る社会人生活——戦技指南役としての経験で、営業スマイルというものがすっかり身についてしまった。

きっとキラキラと輝いて見えるであろう、我ながら完璧に過ぎる笑顔で対応したところ、

「——嘘をおっしゃい！」

モルガナ王妃が激発した。椅子を蹴って立ち上がり、

「あなたが人界を崩壊させようとしていることはわかっているのよ！　その手でセントミリドガル城を破壊したことをもう忘れたの⁉」

喉から血が出るかと思うほどの金切り声で叫び、ぶるぶると震える人差し指を俺に向ける。

あー、確かにそこは言い訳できんわ。腹立ち紛れに城を真っ二つにしたのも、濠にかかった石造りの橋梁をぶっ壊したのも、誤魔化しようのない事実だからな。

「王妃！　黙っていなさい！」

すかさずドレイク国王が制止の声を飛ばしてくれる。これで矛先がズレるかと思いきや、

「いいえ陛下！　今度という今度は黙りません！　そこなる〝反逆者〟アルサルは実際にセントミリドガル王国に多大な損害を与えたのですよ！　そんな男が魔女に会いに来たのです！　今度は我が国に魔の手を――」

「――また〝魔女〟と言ったね？」

勢いよくまくし立てていた王妃の舌を、エムリスの魔力を帯びた声が凍らせた。

謁見の間の空気そのものが固まったかのごとく、唐突に静寂が訪れた。

やがて響くは、氷塊を擦り合わせるようなエムリスの声。

「何なのかな？　わかってやってるのかな？　ボクのような魔術や魔道にたずさわる人間、特に女に対して〝魔女〟と呼ぶことが、どれほどの侮辱になるのか……知らないとは言わせないよ？」

先程一瞬だけ見せた鬼気とは違い、もはやエムリスは加減をしていなかった。

空気が凍えていく――というのは修辞表現ではなく、実際の出来事だ。エムリスの体から漏れ出る魔力が冷気となり、実際に謁見の間の気温をどんどん下げていく。

「それにいま、アルサルは誤解だと言ったよね？　ボクの仲間が、ちゃんと質問に答えたよね？　違うって。誓ってそんなつもりはないって」

この場にいる全員の吐く息が、白く染まっていく。唯一の例外は、濃密な魔力を垂れ流しているエムリス本人だけだ。

青みを帯びた黒髪がザワザワと蠢き、伸長していく。その様子はまるで生きた蛇の群れがごとくだ。今、エムリスと目を合わせた人間は石化するかもしれない――そう思わせるような動きだった。

「なのにまったく耳を貸さないってどういうことなのかな？　話をするつもりが本当にあるのかな？　こっちは本音で話しているつもりなんだけど、まさかそっちにはその気がないのかな？　建前だけ並べて結論が決まり切っているのなら、もう話し合いなんて無駄なんじゃないかな？　要は真実がどうあれボク達を攻撃したいだけなんじゃないかな？　だとすればもう話はしなくてもいいんじゃないかな？　潔く真っ向からやりあった方が早いんじゃないかな？　ねぇ？」

冷気の放出は止《とど》まるところを知らない。今や謁見の間は極寒の空間と化した。空気中の水分が氷結していく。国王や王妃、近衛兵らの身につけているものに霜が降りていく。

「ま、魔道士殿！　どうか落ち着いてください！　誤解は解けました！　謝罪いたします！　この通り！」

エムリスの導火線に火が点いたことを察したのだろう。ドレイク国王は両腕を振って必死な声を上げると、その場で大きく頭を下げた。深く腰を折って、王冠が床に落ちるほどの勢いで。

「申し訳ありません！　度重なる無礼をお詫び申し上げます！　どうか、どうかご寛恕《かんじょ》を……！」

それは、国王ならば決してしてはいけない行為だった。隣に王妃がいて、近衛兵までいる。そんな中、国の頂点である王がこうまで頭を垂れるというのは、前代未聞にも程があった。

逆に言えば、今がそれほどの緊急事態であるとドレイク国王が判断したということでもある。

実際、エムリスがその気になればアルファドラグーン城を丸ごと凍結させたり、逆に火の海にすることだって可能なのだから。

「すべて、すべて我らが不徳の致すところ！　魔道士殿に過失は一切ありません！　そう理解いたしました！　ですからどうか！　どうかお怒りをお鎮めください……！」

さらに深くドレイク国王の頭が下がり、決着の言葉が紡がれた。すべてにおいてアルファドラグーン側が悪く、エムリスには一切の非がないことが宣言された。

事実上の、全面降伏だった。

「……おい、エムリス。そろそろ落ち着けよ」

流石に見かねて、俺は小声で話しかけた。

「王様もああ言ってるんだし、もうこのぐらいでいいだろ？　許してやろうぜ」

そろそろ手打ちにしようぜ、という俺の提案に、

「落ち着く？　いいや、ボクは落ち着いているさ。でも、まだだね。まだ全然足りない。あいつらはボクを虚仮《こけ》にした。ボクの大事なものを燃やした。ボクの仲間の名前に泥を塗った。そこまでされたっていうのに、ただ頭を下げた程度で許せというのかい？」

「いやいやいやいやいや、全然落ち着いてへんやんけ」

あまりの言動不一致ぶりに、思わず変な言葉使いで突っ込んでしまった。

エムリスの声はいまだ強張ったままだし、表情にも余裕があるようには見えない。明らかに鶏冠《とさか》にきたままだ。

ピキピキパキパキと音を立てて、部屋の各所が凍り付いていく。このまま放っておけば、遠からずここにいる全員が氷漬けだ。

はぁぁ、と俺は深い溜息を吐いた。

そして意を決し、

「おい、エムリス」

「なんだいアルサル、見ての通りボクは今とても忙し――」

「呑まれてないよな？　それだけは確認しておくぞ」

「――――」

反射的に言い返そうとしていたエムリスが、ピタリ、と動きを止めた。

しばしの間。

「……………………ごめん、ありがとう……」

長い沈黙の果て、エムリスはそう呟くと、肩から力を抜いた。すうっ、と長く伸びていた髪も短くなっていく。

小さな唇が、ふぅ、と小さな息を吐いた。

途端、おどろおどろしく溢れ出ていた魔力がぱったりと止み、謁見の間を冷やしに冷やしていた凍気が嘘のように消えていく。

　俺は半ば呆れて、

「やっぱり、か。今の、全然お前らしくなかったもんな。かなり〝残虐〟に引っ張られてただろ？　まったく危ねぇなぁ」

　結構な勢いで自分を見失い、衝動のまま行動していただろうエムリスに、俺はチクチクと針を刺す。

「うっ……だ、だから謝ってお礼も言ったじゃないか……」

　唇を尖《とが》らすエムリスだが、俺は舌鋒を緩めたりなどしない。

「俺には偉そうなことを言ってたくせに、お前も感情が高ぶっただけで因子にあっさり取り込まれかけてるじゃねぇか。まったく」

「ううっ……もう、根に持つ奴だなぁ……君、そんなにねちっこい性格してたっけ？」

「はん、お前と違って十年間ずっと引きこもっていたわけじゃないからな。社会の中で揉まれるとこうなっちまうもんなんだよ」

「ええ……？　かつては勇者だった男の言葉とは思えないよ、それ……」

　ぐぬっ。なかなかに痛いところを突いて来やがる。確かに、我ながら勇者には相応しくない言動だったかもだ。

「――お許しいただき、ありがとうございます。心より感謝いたします、魔道士殿……」

　少しずつ部屋の気温が元に戻っていくことに気付いたのか、一度面を上げた国王が再び頭を下げた。

「いや、いいさ。どうか顔を上げて欲しい、陛下。ボクも少し熱くなりすぎてしまったようだ。こちらこそ、申し訳ないことをしてしまったね」

ようやく思考がまともになったらしい。エムリスが詫びの言葉を口にした。相変わらず、上から目線なのは変わらないが。

「一国の主がそこまで頭を下げたんだ。流石のボクも、これ以上はどうこう言わないさ。いいだろう、その謝罪をもって手打ちとしよう。本当に貴重なものが失われてしまったけれど、たとえいくらお金を積んでも二度と手に入らないものが燃えて灰になってしまったけれど——いいさ、あなたの顔に免じて許してあげるよ、ドレイク陛下」

工房の地下にあった本がよほど惜しかったのか、何とも恩着せがましい言い方をエムリスはする。こいつ、仲間の俺がどうこう言いつつ、結局は本を燃やされたことを一番に怒っていたんじゃなかろうか。

「ボクの反逆どうこうについては誤解だった。モルガナ王妃はおっちょこちょいにも先走ってボクの工房を燃やしてしまった。その被害については国王が責任を持って青天井で補償する——そういうことでいいね？」

ドレイク国王は厳しい顔付きを変えないまま、しかし目を伏せ、安堵の息を吐く。冷たい汗が一筋、その頬を流れ落ちた。

「……はい、誠にありがとうございます。お詫びと言っては何ですが、前よりも立派な工房を建て直させていただきます。魔道士殿におかれましては、引き続き我が国で魔術研究を続けていただき、これからも傷薬やポーションを製作していただければ、と……」

ドレイク国王の申し出に、うんうん、とエムリスは大儀そうに頷く。

「いいね、殊勝な心掛けだ。実を言うと少し狭くなってきたと思っていたんだ。単に暮らすだけなら充分なのだけどね、君達に渡す薬の製造ラインをもっと拡張したいと――」

調子に乗ったエムリスがまたぞろペラペラと喋りだした時だ。

「――あり得ない！　あり得ませんわ！」

またしてもモルガナ王妃が絶叫した。絹を裂くような叫びなので、少し耳が痛い。

「どうして！　どうしてですか⁉　どうして陛下が〝反逆の魔女〟に頭を下げ、慰留しているのですか⁉」

何と言うか、学習しないのだろうか、この御仁は。〝反逆〟はともかく〝魔女〟がエムリスの地雷だということはわかっているだろうに。

それとも――やはりそうなるよう仕向けられているのか？

ドレイク国王が肩を怒らせて「いい加減にしなさい、黙れと言っているだろう」と王妃に怒鳴っているのを他所に、俺はコソコソとエムリスに話しかける。

「なぁ、エムリス」

「……なんだいアルサル、今ボクは堪忍袋の緒が切れないように必死に冷静さを装っているのだけど余計なことを言うとまたはち切れそうだから出来れば刺激的なことは言って欲しくないのだけどそれでもボクに何か言いたいことがあるのかな？」

「落ち着けって。さっきの爆発を思い出せよ。興奮してもいいことないだろ？」

微かに震える声かつ早口で応えるエムリスに、どうどう、と俺は制動をかける。エムリスは、ふー、と溜息を吐き、

「……ご忠告痛みいるね。で、何だい？」

「俺が思うにだな、あれって操られてるんじゃないか？」

「操られている？　誰が？」

「王妃さんが、だ。実を言うとな、俺が国外追放された時も今と似たような展開でな……」

俺は手短に、オグカーバとジオコーザの妄言と、その態度について説明した。特にジオコーザの怒り狂う様は、今のモルガナ王妃の様子と驚くほど酷似している。こちらの話にまったく耳を貸さないのも同様だ。

かてて加えて、気になるのは片耳につけたピアスだ。ジオコーザ王子、ヴァルトル将軍、モルガナ王妃と、性別も年齢も出自さえも違う三人が、あの独特なデザインのピアスを揃って身につけているのは、どう考えてもおかしい。

あのピアスに何かある――そう考えるのは当然の帰結だった。

「へぇ……あのピアスがね。特に魔力や理力は感じられないけれど、そういうことなら確かに納得はいくかな」

エムリスほどの奴が『魔力も理力も感じない』と言うのであれば、それは事実なのだろう。だが、あのピアス以外にそれらしき原因は見当たらない。何か他に、俺達の知らないカラクリがあるのかもしれないが。

「――ねぇ、勢いづいているところ申し訳ないのだけど、モルガナ王妃。あなた、なかなか素敵なピアスをしているね？」

いきなり、エムリスが単刀直入に切り込んだ。

ドレイク国王と喚き合っていたモルガナ王妃が動きを止め、振り返る。同時、何故かドレイク国王もぎょっとした顔を見せた。

エムリスは、にやり、と笑みを浮かべ、片手を差し出す。

「それ、ボクに譲ってくれないか？　今回の騒動のお詫びとして」

直で要求しやがった。何の工夫もなく。

「ちょ――」

思わず声が出そうになった。せっかくコソコソと小声で伝えたのにまったく意味がない、と。

しかし。

「――なりません！」

意外なことに、そう声を上げたのはモルガナ王妃ではなく――ドレイク国王だった。

「……へぇ？　どうしてだい？　ピアスの一つや二つ、大したものじゃあないと思うのだけど」

「いいえ、なりません。これはお渡しできません」

なんと、ドレイク国王は玉座の前から動くと王妃の前に立ち、両腕を広げて自らを守護の壁とするではないか。

そんな必死な行動を見せる国王に、エムリスはどこかからかうような口調で、

「このボクが要求しているのに？　断るというのなら……そうだねぇ、この城を燃やすと言えば、どうだい？」

右手を軽く掲げ、緩く広げた五指の先端に五つの火が灯る。一つ一つは蝋燭《ろうそく》の火のように小さなものだが、歴とした魔術の火炎だ。エムリスの工房がレンガ造りでも容易く燃え上がったように、その小さな火種は、燃え移ればいずれは巨大な王城をも包み込む大火となる。

そのことは、この場にいる全員が理解してることだろう。なにせここは、魔術国家アルファドラグーンなのだから。

「それでも、ピアスを渡す気にはならないのかな？」

これみよがしに五本指の炎をちらつかせながら、重ねてエムリスは問う。

ドレイク国王は苦渋に顔を歪ませながら、

「……なりません」

それでもなお、申し出を断った。

ピアスを渡すぐらいなら城が燃えてもかまわない――と。

「……なるほど、よくわかったよ。それじゃピアスは諦めよう」

意外にもすんなり、エムリスは引き下がった。その上で、

「陛下、最初に言っていたのはこのことだったんだね。出来ることと出来ないことがある、そして言えることと言えないことがあるというのは」

「…………」

ドレイク国王は無言。真っ直ぐエムリスの青白い瞳を見つめ返してはいるが、その唇は動かない。

ただ、膨大な感情の奔流を押し殺しているような、得も言えない表情をしていた。

「おっと、これも言えないことだったかな？　失礼したね。どうやらそのピアスに関することは何にも言えないようだ。ああ、これにも答えなくていいよ。ほとんど独り言のようなものだからね」

「…………」

国王は無言のまま。だが、この場合の沈黙は肯定の意に他ならない。

なるほど、俺も得心がいった。当初はおかしなことを言うものだと思っていたが、そういうことだったのか。

おそらく――国王は脅されている。

多分、モルガナ王妃を人質に取られているのだ。

ということは、あのピアスを外すと爆発したり、あるいは何かしらのギミックで王妃に危険が及ぶ可能性が高い。

だから国王は最初に宣言したのだ。自分には出来ないこと、言えないことがある――と。

実際、ピアスの話題になった途端、国王は「なりません」しか言ってないしな。詳しい説明をすることが許されていないのだろう。

「よし、じゃあ宣言通りここを燃やそうか」

あは、とエムリスが笑った。

直後、謁見の間にこれまでにない緊張が走る。

しかし。

「――なんてね。今のは冗談さ。流石のボクも、大切な本が燃やされた上に何度も何度も何度も何度も何度も何度も〝魔女〟と呼ばれたからって、命までは取らないよ」

いやメチャクチャ気にしてるだろ。かなりご立腹だろ。とんでもなく恨めしい声をしているぞ。無理に浮かべている笑顔が凄まじく怖いぞ。

「でも、それ以外なら遠慮はしない」

エムリスが指先に灯した火を消し、そのまま右手を拳銃の形にして、真横に向けた。

今更だが、謁見の間の右側の壁は大きな嵌め殺しの窓になっている。透き通ったクリスタルガラスで、外に広がる絶景がよく見えるよう意図したデザインだ。

この部屋、俺達から見た右方向とは即ち『東』――他ならぬ『魔の領域』こと魔界のある方角だ。が、当然ながら魔界の様子が見えるはずもない。

何故なら、人界と魔界の境には『果ての山脈』が立ち塞がっているからだ。

人の住む世界と、魔人や魔物の棲息する領域を分かつ巨大な山の連なり。

アルファドラグーン城の謁見の間から見えるのは、そんな壮大な山々の姿である。

「確か、この王都は魔術だけでなく観光地としても有名だったね。あの『果ての山脈』の壮大な景色は、世界中どこを探しても比べようもないほどの絶景だ。ボクも久々に見たけど、実に素晴らしい風景だね。心が洗われるようだ」

などと感動的な言葉を吐きつつ、明らかにエムリスの右手の人差し指は『果ての山脈』を照準している。

かつて小耳に挟んだ話によると、あの『果ての山脈』は、何代か前の勇者一行が倒した八大竜公の遺骸が変化したものだという。

確かに俺達が戦った八大竜公も山みたいにデカい奴らだったが、流石に無理のある伝説だと俺は思う。いや、有り得るか有り得ないかで言えば、一応アリ寄りのナシって感じなのだが。

とはいえ、あのクソでかい山脈が魔界で生じる濃密な魔力を堰《せ》き止め、結果として人界を守護しているのは紛れもない事実だ。多少は何らかの力が作用しているというのも、ありそうな話ではある。

エムリスが何かしでかしそうな気配を察してか、再び王妃が喚き始めた。

「な、何をするつもりですの⁉　そ、そうね、そうなのね⁉　やはりそうですのね！　〝反逆の魔女〟が本性を現したのよ！　あの者を引っ捕らえなさい！　いいえ、いいえ！　殺しなさい！　今すぐ！　抹殺するのよ！　早くっ‼」

もはや狂乱していると言っても過言ではない言い種だった。謎のピアスに洗脳されているであろうモルガナ王妃は、エムリスを指差して早口で捲《まく》し立てる。事ここに至っては、本来なら美しいはずであろう面貌も、ひたすら醜《みにく》く見える始末だった。

「　もう黙れよお前　」

ダメ押しの〝魔女〟呼びにとうとうエムリスが本格的にキレた。遠慮なしに魔力を注《つ》ぎ込んだ言葉で、モルガナ王妃一人を狙い撃ちにする。

「あ、がっ……⁉」

「モ、モルガナ……⁉」

突如、見えない手に首を掴まれたように喘ぐ王妃に、その前に立ちはだかっていたドレイク国王が愕然とする。当たり前だがエムリスの力ある声は障害物など関係なく、狙った相手に届けることが出来るのだ。

不意にエムリスの顔や手、露出している部分にダークブルーに輝く幾何学模様が浮かび上がった。

輝紋――魔力ないし理力を出力高めに使おうとすると、皮膚上に浮かび上がる経絡の一種である。

〝銀穹の勇者〟である俺の色は銀だが、〝蒼闇の魔道士〟であるエムリスのそれはダークブルー――即ち、どこか青紫のようにも見える夜空の色。

これが光り輝くということは――

「何があなたをそうさせているのかはわからないし、誰かに言わされている言葉かもしれないけど、それでもボクを〝魔女〟と呼んだことに関してだけは、たった一度でも万死に値するよ。でも、今のあなたを殺すのはお門違いだと思うから、せめて背後にいるだろう奴らに対して見せしめをさせてもらおうかな。ほぼ八つ当たりで申し訳ないけれど、一応はボクの力を誇示しておかないといけないからね」

そう言い置くと、エムリスは青白い瞳を『果ての山脈』に向けた。

誰もが内心で『一体何をするつもりなのか』と疑問に思いつつ、しかし同時に『よくわからないが凄まじいことをしそうだ』と予感していたことだろう。

魔王を倒した四英雄の一人〝蒼闇の魔道士〟とは、そう思わせるに足る存在だった。

御年二十四となる、しかし幼い少女の姿をした魔道士は、茶目っ気たっぷりに片目を閉じ、何なら少し可愛い子ぶりっ子した声音でこう言った。

「BANG《バン》☆」

そうして拳銃の形にした右手の指先を、軽く上にはね上げる。

直後。

目の前の巨大なガラスは割れず、しかし遠い彼方にあるはずの『果ての山脈』の一部が、ド派手にぶっ飛んだ。

ちゅどーん、と。

大爆発だった。

歴史ある壮大な山脈に、千年を経てなお消えない風穴がぶち抜かれた瞬間だった。

●7　次なる目的地と暗躍する影と突然の告白

めちゃくちゃ軽めの、詠唱すらない魔術——しかし規模から言えば大魔術でも足りず、もはや〝超魔術〟とでも呼ぶべきか——の行使によって、巨大な山脈にあってはいけない大きさの穴が穿

たれた。

砂場で作った大山脈に、大人が本気の蹴りの一発をくれてやれば、ちょうどあんな感じになるだろうか。

大災害としか言い様がない絵面である。

敢えて一般人の感覚で言うが、指先一つの『ＢＡＮＧ☆』で起きていい被害ではなかった。

いまなお窓の外からドドドドド……と爆音が叩き付け、クリスタルガラスがビリビリと震える中、エムリスは両腕を上げて伸びをしながら、気持ちよさそうに笑った。

「あー、スッキリした♪」

ふぅ、と言葉通り鬱憤《うっぷん》が丸ごと晴れたような息を吐くと、すぅん、と皮膚上に浮かび上がっていた夜空色の輝紋が消え失せる。

「――観光名所を吹っ飛ばして経済的に打撃を与えてやろうと思ったのだけど、この様子だと新しい観光名所として栄えそうだね。まぁ、結果オーライということでいいよね？」

いや、よくねぇ。まったくもって、全然よくねぇ。でも俺もセントミリドガルを出る際に王城を真っ二つに斬ったり橋を壊したりしているから何も言えねぇ。

まぁ、やっていることの規模で言えば、段違いではあるのだが。

爽やかな笑顔を浮かべたエムリスが、パン、と両手を叩き合わせた。

「ということで、これでボク達は失礼するよ。話はもう終わり。双方やることをやったんだから、お互い様ってことで恨みっこなしで頼むよ。ああ、工房の再建の件についてはもういいよ。いらない。ボク、この国を出て行こうと思うから」

「は？」

聞き返したのは俺である。

話が飛躍しすぎて普通に意味がわからなかった。

「いや出て行くよ？　だってしょうがないじゃないか。あの様子だとモルガナ王妃はずっとボクのことを敵視するだろうし、そんなんじゃいくら工房を作り直しても心穏やかじゃあいられないよ。どうせまた何かされるに決まっているんだから」

と細い指先が示すのは、エムリスの魔力にあてられて気絶しているモルガナ王妃である。幸い、椅子に腰を落として失神しているので、頭を打ったりしている可能性は低いだろう。

「明らかに洗脳されているようだけど、あのピアスを外すのはどうもよくないらしいし？」

魔道士の青白い瞳が、王妃を自ら介抱するドレイク国王に向けられる。国王も視線に気付いたようだが、何とも微妙な表情を浮かべるだけで何も言わない――いや、言えないのか。

「裏に何かいるのは確実だけど……少なくともこの場にはいないようだね。魔力も理力も感じられないし。なら、ここは戦略的に一時撤退が望ましい。そうだろ、アルサル？」

「……まぁ、そうなる、か……？」

確かにあのピアスをどうにかしない限り、解決には至るまい。そういう意味では、セントミリドガルもそうだ。もしジオコーザやヴァルトル将軍がピアスに洗脳されているのだとしたら、あの時のことは改めて考え直さねばなるまい。

「ま、十年も工房に引きこもってて流石に飽きが来ていたし、このままだと〝怠惰〟の因子に引っ張られ過ぎちゃうだろうからね。ここらで一度、外を出歩くのも悪くないさ」

ずっと空飛ぶ本に腰掛けて自分の足で歩いていない奴が何を言う。そこまで言うなら、後で目一杯歩かせてやるぞ。主に野営の薪集めとかで。

「そういうわけで、お世話になったね。それじゃ」

国王や近衛兵らにヒラヒラと手を振ると、腰掛けている本が反転し、エムリスが玉座に背を向けた。

すると、

「――ま、またのお帰りをお待ちしております！」

慌ててドレイク国王が立ち上がり、礼儀正しく背筋を伸ばして頭を下げた。今度は、周囲の近衛兵も国王に倣って同じ動作をする。

「へぇ……」

俺は思わず唸ってしまった。

あの国王は賢い。状況をよくわかっている。というか、エムリスの存在価値を過不足なく理解している、と言った方が正確か。

先刻エムリスが実演したように、指先一つで山を吹き飛ばすような怪物――それが〝蒼闇の魔道士〟だ。

そんな輩を敵に回すなど、まさに愚の骨頂。

出来れば味方に、もし味方になってくれずとも手元に置き、それさえ無理ならせめて敵には回さない――そう考えるのが為政者として正しい選択だろう。

だから彼は言ったのだ。お帰りをお待ちしています――と。

あなたの帰る場所はここだ。ここはあなたのいるべき場所だ。つまり、あなたが攻撃する場所ではない――と。

王妃を失神させた相手に情けない――などと国王を批判する奴は阿呆だ。ちょっとは考えてもみて欲しい。もし熱核兵器に人格があれば、誰だって国王と同じ選択をするはずだ。

詰まる所エムリスもまた、俺と同じ『生きた最終兵器』なのであった。

というか、そう考えるとピアスをつけていなかったオグカーバ国王なんかもドレイク国王と同じような態度をとっていてもおかしくなかったと思うのだが、あれは一体何だったのだろうか？　ほぼジオコーザと協調して俺を追い出すことに加担してくれていたが。

まぁ、一人息子を溺愛するボケ老人だった、と考えれば理解もできるか。いや、あんな理不尽な行動に理解もクソもあったもんじゃないが。

ともあれ『国外追放だー！』『どこぞで野垂れ死ぬがいいー！』などと言われながら王城を後にした俺とは違い、エムリスは国王を筆頭に頭を下げられながら、悠然と立ち去っていったのだった。

ちょっとだけ――ちょっとだけ、納得がいかない俺である。

◆

「さて、これからどこに行くんだい？」

「やっぱりついてくる気満々か、お前」

アルファドラグーン城を出てすぐ問うてきたエムリスに、俺は溜息を禁じ得ない。

いや、何となく予想はついていたんだけどな。

「え？　じゃあボク一人で旅をしろって？　そいつは無理な話だよ。だって、やる気がないんだから。どこへ行きたいって願望もないし、今も出来ればどこか落ち着くところでダラダラしたいまである」

「怠惰か」

「怠惰だよ、そして君の態度は傲慢だ」

そう言って、ふふふ、とエムリスは笑う。既にお互い、足は城の敷地を出るため城門へと向かっている。城門を抜けた後に別れるか、そのまま一緒に行くかはその時次第だとも思うが——

「……ま、望む望まざるに拘わらず、お互い共通の目的が出来ちまったからな。いや別に放置しても全然問題はないと思うんだが、どうにかしておかないと何か気持ち悪いしな」

共通の目的——それは、あの謎のピアスに関して調査することである。

結果論として、俺とエムリスはあのピアスのおかげで国や城を追い出されたに等しい。大した被害ではないとはいえ、客観的に見れば、なかなかの嫌がらせを受けている状態だ。

「そうだね。ボクも、魔力も理力もなしにあれだけ人の意志をねじ曲げる手法や技術にとても関心がある。あと、ボクのことを〝魔女〟だと吹聴したのも裏にいる奴だろうからね。その落とし前はつけないと」

随分と軽い口調で言ってはいるが、この場合の『落とし前』というのは、手足をねじって粉砕しては治癒するのを繰り返す拷問よりもなお、非道な何かであることを忘れてはいけない。

「……お前が王妃に拷問をやり出さないで心底よかったと思うよ、俺は」

「はぁ？　拷問？　何を言っているんだ、ボクがそんな酷いことするはずないじゃないか」

「いやどっから出てきたその自信？」

間髪入れずにツッコミを入れながら、俺は東の空を見やる。

そこには、真新しく穿たれた大穴から、いまだ大量の土煙を立ち上らせている『果ての山脈』がある。

かつては八大竜公の遺骸が変化したものとまで謳われた大山脈だが、今後は七大竜公の遺骸だったもの、と言い換えなければならないかもしれない。

城門が近付いてきた。今更だがアルファドラグーン城の城門も、セントミリドガル城のそれと比べて遜色ない。来る時にもくぐった巨大な門を抜け、敷地の外へ出る。

まぁ、ここに来るまで俺も散々、エムリスの〝魔圧〟で気を失った兵士達の体を跨《また》いで歩いてきたわけだし、この期に及んで古い友人の残虐性に文句をつけるのも、お門違いというやつか。

「さて、もう一度聞くけれど。これからどこに行くんだい、〝銀穹の勇者〟様？」

からかうように古い称号を口にするエムリスに、俺は顔をしかめる。

「その呼び方はやめろって。お前だって今更〝蒼闇の魔道士〟なんて呼ばれても困るだろ」

「ボクは別に？　〝魔女〟と呼ばれるのは腹が立つけれど、それ以外は気にならないかな。特に、

〝魔道士〟は昔から自称しているものだしね」

「はー、魔道士はいいよなぁ……それに比べて勇者て。勇気ある者て。それしかアピールするところないのかよ感がすごくてなぁ……」

他にも〝姫巫女〟やら〝闘戦士〟やら、今の俺なら間違いなく〝勇者〟よりもそっちの称号を選ぶだろう。当時の〝勇者〟の称号が誇らしかった俺は、本当に若いというか、幼かったというか。

「まぁまぁ、確かに〝勇者〟だけならそうかもしれないけれど、ボクは〝銀穹〟という名前は詩的でいいと思っているよ、昔から。星空を司るなんて、神秘的で素敵じゃあないか」

「神秘的で素敵、ねぇ……」

そりゃ女性というか乙女というか、そっちの属性の人間ならそうも思えるのだろうが。

個人的には『星の王子さま』というか『白馬の王子さま』というか、そういうキラキラした感じがしてどうにもアレである。

それはさておき。

「……しかし、次の目的地か。とりあえずお前の所に寄ってから、何日かこの国を観光して回ろうかと思っていたんだが……」

「なんだ、特に考えてなかったのかい？」

「ゆっくり考えて後で決めようと思ってたんだよ。まさか来て初日からこんなトラブルに巻き込まれるなんて、普通は予想つかないだろ」

そういう意味では、俺と同じパターンでエムリスが国外追放にならなくてよかったと心底思う。

もしそうなっていたとしたら、考えるのもそこそこに、ひとまずアルファドラグーンを出て行くことしか頭になかっただろうから。

「……じゃあ、するかい？」

「あ？　何を？」

いきなり主語を省いて聞かれたので、俺は首を傾げながら問い返した。

「だから、観光《かんこー》……まぁ、一番の目玉はボクが吹っ飛ばしちゃったけど」

「…………」

チラ、と『果ての山脈』を一瞥して微妙に申し訳なさそうにするエムリスに、俺はしばしの間、言葉を失ってしまう。

いや何だその態度。どうしてそんな殊勝な雰囲気を出す。宙に浮いた本の上で、微妙に腰をモジモジとさせるんじゃない。なんでだかこっちまで妙に照れ臭くなってくるだろうが。

仕切り直しのため、俺は咳払いを一つ。

「――んんっ……おう、いいぞ。何て言うか、その……十年ぶりだよな、お前と行動を共にするのって」

あ、いかん。自然な感じで言おうとしたのに、なんか口調がぎこちなくなってしまった。

案の定、エムリスも何かに勘付いたように顔色を変え、

「な……ちょ、ちょっと、なんだよ、アルサルのバカ。変な言い方しないでくれよ。そんな反応されたら……ま、まるでボクが君をで、で、で……」

いやいや噛みまくるなし。そこで言い淀むなし。マジで勘弁してくれ。

「デ、デートに誘っているみたいじゃないか……！　や、やめてくれよ、ほんとに……！」

それこそ、やめてくれ、とは俺のセリフである。いまやエムリスは耳まで真っ赤になっている。見た目が昔のままだけに、その姿は恥じ入る女子中学生そのものだ。両手で頬を挟んで照れている様子はむしろ、あざといの一言につきる。

「わ、わかってるっつうの。デートなわけないだろ。今も昔も、俺とお前はただの同行者だっつうの。お前こそ変な勘違いするなよ？　俺の旅行にお前が引っ付いてくるんであって、別に俺がお前についていくわけじゃないんだからな」

ああ、ダメだ。普通にしたいのに、何か変になる。頭の中では理屈に沿っていて正論でしかないはずなのに、口に出すとどうしてこう、意地っ張りみたいな言葉になってしまうのか。

「な、なんだよその言い方……！　ボ、ボクだって別に好き好んで君についていくんじゃあないんだぞ！　元はと言えば、君がボクの所に来たのがケチのつき始め――」

と、エムリスが喚き返そうとした直後、尻すぼみに声を小さくしていく。

それで俺も気付いた。

当たり前だが城門は大通りに面している。よって、人通りも格段に多い。

しかも、エムリスが『果ての山脈』の一部を吹き飛ばした後だ。見物人がたくさん集まってきている。

そんなこんなで城門近くを歩いていた大勢の人々の目線が、何故か俺達に集中していたのだ。

どうやら少々、声が大き過ぎたらしい。

「……この件は後にして、とりあえず落ち着ける場所に行こうじゃあないか、アルサル……」

「おう、もちろん同感だ……」

合意を得た俺達は、そそくさと背中を丸めてその場を後にした。

こんな情けない後ろ姿——片方は宙に浮いているが——を見て、俺達がかつて世界を救った英雄の二人だと、一体どこの誰が気付くだろうか。

ましてや、そこに見える山々を吹き飛ばしたなどとは、誰も思うまい。

畢竟、俺達は誰に見咎められることなく、王都の中心部から抜け出したのだった。

◆

十年前、たった四人で魔王を倒したという恐るべき怪物——

蒼闇の魔道士エムリス。そして、その傍らに立っていた銀穹の勇者アルサル。

その二人が立ち去り、急ぎ呼び出した宮廷医師に気絶したモルガナ王妃を預けると、アルファドラグーン国王ドレイクは、近衛兵にも人払いの指示を出し、謁見の間にて独りとなった。

「…………」

玉座に腰を下ろし、そっと息を吐く。

静寂。

人のいなくなった謁見の間は、先程までの喧騒が嘘だったかのように静かだ。しかし、今日一日で起きたことは決して嘘でも夢でもない。

東の大窓に目を向けると、そこには記憶とはまったく違う姿をした『果ての山脈』がある。風光明媚《ふうこうめいび》と名高かった景色は、恐ろしい魔道士の手によって激変してしまった。中央部が大きく抉れ、山頂の一つが消し飛び、もはやかつての見る影もない。

「……いつまで隠れているつもりだ、ボルガン」

変わり果てた世界遺産の一つを眺めながら、ドレイクは誰もいない虚空へと語り掛けた。

次の瞬間、窓から差し込む陽光によって生まれたドレイクの影から、凝り固まった闇が盛り上がり、やがて人の形を取る。

現れたのは、漆黒の外套《ローブ》を頭からすっぽり被った人物。

「んっふふふ……隠れている、とは心外でございますね、陛下。このボルガン、決して逃げも隠れもいたしませんよ」

ねっとりとした口調で、ボルガンと呼ばれた人物は笑った。低い声は男性のそれ。だが、外套のフードの奥に隠れた目鼻立ちは杳として知れない。

「よく言うものだ。魔道士殿と勇者殿がいる間、まったく姿を現さなかったというのに。一体どの口で抜かしているのだ？」

ふん、とドレイクは鼻で笑おうとしたが、上手く行かなかった。気の抜けたそれは、どこか冷笑に見せかけただけの虚無的《ニヒル》な笑みとなった。

「いえいえ、私はずっとあなた様のお傍におりましたものですから。そう、私が隠れていたのではなく、あの勇者めと魔道士めが私を見つけられなかっただけのこと……ええ、何も恥じることはございませんとも」

平然と嘯くボルガンに、ドレイクの眦《まなじり》が吊り上がる。

「いけしゃあしゃあと……何が傍におった、だ。私とモルガナを監視するのが、貴様の目的だっただけだろうに」

「おやおや、監視とは、これはまた随分な言い方をされますね。このボルガン、こう見えて国王陛下と王妃殿下のことを心配しておったのですよ？　いざとなればこの身に代えてでもお守りしよう、と。ええ、心からそう思っていたのでございます」

魔道士エムリスがあれほどの威嚇行動を取った時でさえ姿を現さなかったというのに、どの口でほざくか――とは、ドレイクは言わなかった。もはや何を言っても無為であることを理解したのだ。

「――しかし、しかしですよ陛下。いけませんね、いけませんよ、あれは……ええ、ええ、本当にいただけません。どうして、あのようなことを言ったのですか？」

真っ黒な外套《ローブ》を被った人影は、どうやら小首を傾げたようだった。あまりのわざとらしさに、いっそドレイクは失笑してしまいそうになる。

「――あのようなこと、とは何だ」

敢えてそう聞き返すと、ボルガンはくつくつと肩を揺らして笑った。

「陛下は意地がお悪い……わかっていらっしゃるでしょうに。あの『出来ることと出来ないことがある』というお言葉についてでございますよ」

「…………」

やはりそれか、とドレイクの表情が語っていた。

「……貴様が提示したルールに、ああ言ってはならないという項目はなかったはずだが？」

「ええ、ええ、そうでしょうとも。よもや、あのような輪郭をなぞるような言い方で私めのことをほのめかすとは、夢にも思わなかったものでございますから……ええ、陛下はとても賢い御方でございますね」

へりくだったような言い方をしてはいるが、特に最後の一言については、不敬罪として即座に首を刎《は》ねられても文句が言えないほどの暴言であった。

だがドレイクは、そこになおれ、とは言わない。否、言えない理由がある。

「……どうあれ、約束は守っているだろう。貴様のことと、モルガナにつけられた耳飾りについては何も語っておらん。黙秘を貫いた。何が不服か」

「いえいえ、不服などとは、滅相もございません。ええ、わかっておりますとも、ええ、ええ、王妃殿下を人質に取られた陛下が知恵を絞り、アルサルめとエムリスめにあのような言い方をしたことは……はい。ただ、私はこう申し上げたいだけでございます。次からは、あのような言い方であっても条件が満たされますよ――と」

含み笑いと共に刺された釘に、ドレイクは一瞬、舌打ちを我慢しようとして――

「チッ……」

しかし、結局は音高く放ってしまった。玉座の肘掛の一部を強く握り込み、怒気がそれ以上漏れないよう自制する。

「──そうやって、何があろうとも陰に隠れて暗躍を続けるつもりか。そのようなやり方で世界を裏から操り、牛耳ろうなどとは……おこがましいことだとは思わんのか」

ドレイクの非難に対し、ボルガンはどこ吹く風だ。

「いえいえ、世界を牛耳ろうなどとは、そのようなことはとてもとても……ええ、この聖術士ボルガン、ただ願うは世界の平和のみでございます」

漆黒の人影は、深く頭《こうべ》を垂れたようだった。だが、ドレイクはそのような態度にすら──否、そのような態度だからこそ、欺瞞《ぎまん》を感じざるを得ない。

「……セントミリドガルの勇者殿に引き続き、我が国から魔道士殿を追放しようとしたことが、貴様の言う『平和』のためだと？」

「ええ、ええ、その通りでございます。あのアルサルめ、エムリスめこそは世界を破滅へと追い込む悪魔でありますれば。あのような者達を国の御膝元へ置いておくなど言語道断。野に放ち、野垂れ死にさせるのがもって幸いかと。いえ、出来ることなら、今すぐにでも兵に追わせて即刻、抹殺すべきかとも存じますが」

ドレイクが皮肉のつもりでした質問に、顔の見えない自称『聖術士』は、この時ばかりは口調を改めて答えた。

これまではどこかふざけたような態度を取っていた男が、勇者と魔道士の抹殺について語る時のみ、やけに熱のこもった言葉を吐く。

そこにあるのは憎しみか、それとも――

「……馬鹿を言うな。あれを見ろ、指先一つ、掛け声一つであの結果だ」

ドレイクは再び、東の空へと視線を向ける。大きく欠けた『果ての山脈』――壮大な景観が損なわれたのは痛手ではあるが、あの〝蒼闇の魔道士〟の怒りを買ってこの程度で済んだのであれば、むしろ僥倖とさえ言っていい。

「魔王を討伐した四英雄は、もはや魔王以上の存在なのだ。只人《ただびと》がどれだけ束になろうとも、勝てる相手ではない。貴様は、我が国に滅べとでも言うつもりか」

下手をすれば、今頃はアルファドラグーン全土が火の海になっていたかもしれない――誇張抜きでドレイクはそう考えている。

緊迫した国王の声を聞いたボルガンは、今度は明るく笑ってみせた。

「いえいえ、まさかまさか。そのようなことは、わずかも思っておりませぬとも。ただ、そうですね――」

そこで不意に笑いを潜め、囁くように告げる。

「私《わたくし》の記憶が確かならば……セントミリドガル王国からは、逆賊誅すべし、と連絡が届いていたのではありませんか？　聞けばかつての勇者アルサルは、いまやセントミリドガル王国における反逆の徒。そう、大恩ある故国を裏切った大逆人。あの者を匿う行為は、かの国への宣戦布告と見なす――と」

「記憶が確かならば、などと見え透いた言い方をするな。どうせ隠れて聞いていたのだろうが」

持って回った言い方をするボルガンに腹を立てつつ、しかしドレイクには慎重な返答が要された。政《まつりごと》の話だ。迂闊《うかつ》なことは言えない。

咳払いを一つ。

「……そのことならば問題ない。我が国が勇者殿を匿った事実などないのだからな。ましてや貴様のおかげで、長年我が国に滞在して貴重な薬を卸してくださっていた魔道士殿まで一緒に出て行ってしまったではないか。数日もすれば、もうこの国のどこにもおられまいよ」

つまり、セントミリドガル王国が主張するところの『宣戦布告』にはあたらない――ドレイクはそう主張した。

しかし。

「おやおや？　いいえ、いいえ、違いますとも陛下。それは解釈違いというものです」

外套《ローブ》を被った男は、大仰な動きで首を横に振った。まるで道化か何かのように。

「解釈違い？」

「ええ、ええ、そうですとも。よいですか、セントミリドガル王国はこのように通告してきたのです。『アルサルは国家転覆を目論んだ大逆人』であると」

「それは知っている。詳しい内情も聞いた。だがそれは、かの国が勇者殿を処刑するなどと言い出したからであろう？　言っては何だが、当然の結果だ」

「ですが、それでも反逆者アルサルがセントミリドガル王国に損害を与え、出奔したのは事実でございます」

わざとらしいまでの緩慢な動作で、ボルガンは首を傾げて見せた。

「――どうして、あの者を逮捕しようとすら、しなかったのでございますか？」

この時、ドレイクは不意に確信した。

顔の見えないこの男は今、こちらを見て笑っている――と。

勇者アルサルと魔道士エムリスが訪れている際、一切姿を現さずに静観していたのは、このためだったのか――とも。

「咎人がのこのこと現れたのです。これを捕縛し、かの国に引き渡すのが正道なのではありませぬか？　どうしてそうなさらなかったので？」

無邪気に問うような体を取りながら、その実ドレイクの判断を責めている。お前は選ぶべき道を間違えたのだ、と。

ドレイクは奥歯を強く噛み締めながら答える。

「……勇者殿は我が国における咎人ではない。よって我が国においては反逆罪には問えず、身柄を拘束する大義もなかった」

「ですが、同じく反逆の徒であるエムリスめと行動を共にしていたではありませぬか。セントミリドガル王国は『アルサルがかつての仲間を集め、世界征服を目論んでいる』とも仰っていたはずですが？」

「魔道士殿は反逆などしておらぬ。あれは王妃の妄言だ」

「いいえ、いいえ、あれをご覧なさい、陛下」

すっ、と外套《ローブ》の裾を持ち上げ、ボルガンは東側の窓を示した。奇しくも、先程ドレイクが『あれを見ろ』と言った光景を。

「あのエムリスめは国の名所たる『果ての山脈』を、あのような姿へと変えてしまったのです。これが反逆でなくて何と呼ぶのですか」

「あれは……報復だ。我らが受けるべき当然の報いだ。勝手な思い込みから無辜《むこ》の魔道士殿を糾弾し、問答するよりも先に工房を襲撃してしまったのだからな」

それもこれも、貴様がモルガナにつけたピアスが元凶だがな、という意思を込めてボルガンを睨みつける。

だが、漆黒の聖術士は間髪入れずにこう言い返した。

「ですが、民衆はそうは思いますまい？」

それが全てであるかのように。

「一体どう説明なさるおつもりですか？　よもや、全てを詳《つまび》らかにするとでも？」

「…………」

モルガナ王妃の暴走によって、魔王討伐の英雄の一人である〝蒼闇の魔道士〟が城から出奔してしまった――これは紛うことなき不祥事である。

「いえいえ、有り得ないことでしたね。このような不道、説明のしようがございませんから」

そう、説明などできるはずもない。

むしろ、王家の恥を敢えて喧伝する必要がどこにあろうか。

「ですが、沈黙を貫くわけにもいかないでしょう。これだけ派手なことをしでかされたのです。嘘でもいいので、民衆が納得する〝言い訳〟が必要なのではないでしょうか？」

幸いなことに〝蒼闇の魔道士〟はこの十年、城の敷地内にある工房に引き籠ったまま人前に姿を見せることはなかった。城に仕えている人間ですら、その存在を記憶している者はほとんどおるまい。

実際ドレイク自身も、五年前に先代国王である父が病に倒れた際『この城の一角に魔王を倒した英雄の一人がいる』と聞くまで、ろくに意識したことなどなかったのだから。

当時、王位を継承するにあたって、先王からはしつこいほど『魔道士エムリス殿を大切に。優遇しろとは言わないが、今の状態を何があっても維持しろ。絶対に冷遇してはならない。下手を打つとこの国が一晩で滅ぶことになる』と念押しされたものだ。

その父が神々のもとに召された後も、ドレイクは写真でしか顔を知らない〝蒼闇の魔道士〟を腫れ物のように扱い、今日《こんにち》まで良好な関係を維持してきた。

何故なら、魔王を倒した伝説の魔道士が作る傷薬やポーションは、どこのものよりも効能が高く、そして安価だったからだ。

そう、魔道士エムリスから供給される回復薬類は、縁の下の力持ちとしてアルファドラグーン軍の戦力を底支えしていたのだ。

しかしながら、薬と金の取引については魔道士の魔術によってほぼ自動化されており、直に会う機会はこれまでなかった。

実を言うと、魔道士エムリスと直接顔を合わせたのは、先程が初めてだったのだ。

これまでは、その中身がよくわからないだけに誠心誠意、可能な限りの配慮をしてきたつもりだ。

しかし――まさか、半ば冗談だと思っていた『下手を打つとこの国が一晩で滅ぶことになる』という父の言葉が紛れもない事実であり、魔道士エムリスの性格があれほどまでに破天荒だとは、さすがに予想だにしなかった。

先程ボルガンにも言ったことだが、まさか指先一つ動かすだけで、あの巨大な『果ての山脈』の形が変わるほどの魔術を行使できるとは。

底の見えない強大さに恐れ戦くと同時に、何てことをしてくれたのだ、という思いがある。

あんなことをされてしまっては、此度の事件を国民に隠蔽《いんぺい》することが不可能になってしまうではないか――と。

「ええ、ええ、隠しきることなど到底不可能です。この国の最大の観光名所である『果ての山脈』が一部とはいえ、あのように吹き飛ばされてしまったのですから。今頃は王都の民衆が大騒ぎしておりますよ。一体何事かと。すわ魔族の再侵攻ではないかと。こればかりはいかに国王陛下とて、止められるものではありますまい」

そう、もはや国民に何の発表もせず沈黙するという選択肢はなくなった。

大きく欠けた『果ての山脈』そのものが、厳然たる証拠となってしまったのだから。

「いかがいたします？　何か妙案がおありで？」

下卑《げび》た笑みを噛み殺すように、ボルガンは答えのわかっている質問をしてくる。

妙案などあろうはずがない。魔界との国境である『果ての山脈』がこのようなことになろうとは、夢にも思わなかったのだから。

「であれば、このボルガンに秘策がございますよ、陛下」

満を持して、と言わんばかりにボルガンは持ちかけてきた。これまでの話は、どうやらその前座であったらしい。

「秘策だと……？」

いかにも怪しげなことを言い出したな、としかめっ面をするドレイクに、ボルガンは囁くように告げた。

「ええ、つまり――アルサルめがエムリスめを誘拐したと発表するのですよ」

「勇者殿が、魔道士殿を誘拐した、だと……？」

思いもよらぬ提案に、ドレイクは思わずオウム返しにしてしまった。

即座に頭を横に振り、

「なにを馬鹿な、貴様も見ていただろう。魔道士殿は自ら出て行ったのだ。あれのどこが誘拐に見えると……」

「ですから、民衆がどう思うかなのですよ、陛下」

噛んで含めるようにボルガンは言う。

「民衆はその場を見ておりません。わかっているのは、何者かの手によって『果ての山脈』が破壊された――それのみです。この城での騒動については感付いてはいるでしょうが、何が起こったかまでは知りません。知りようがありません。そこが肝要なのです」

ボルガンはさりげなく玉座に近付き、毒液を少しずつ注《そそ》ぐようにして言葉を紡いでいく。

「ならば、全てアルサルめの責任とすればよいではありませんか。陛下が恐れているのは、エムリスめの怒りを買うことでございましょう？　私といたしましてはエムリスめも変わらず悪鬼と呼ぶ他ありませんが、だからといって陛下のご意思を蔑《ないがし》ろにするわけではありません。反逆者アルサルがエムリスを拐《かどわ》かした――そのように発表すれば、王家の威信に傷がつくことなく、またエムリスめの機嫌を損なうこともありますまい」

それは、甘い献言だった。これを採用すれば、ドレイクにとっては相当に都合のよい展開となる。

ドレイクの心は大いに揺れた。

しかし、

「だ、だが……そう、勇者殿は魔道士殿に付き添っていただけだ。何もしていない。そんな勇者殿に濡れ衣を着せるなど……有り得ないことだ」

為政者としてではなく、個人としての矜持が許さなかった。ドレイクは首を横に振る。

「それに、魔道士殿の怒りのかわりに勇者殿の不興を買っては、結末は同じだ。〝銀穹の勇者〟アルサル殿は、魔王を討伐したパーティーのリーダーだったのだ。つまり〝蒼闇の魔道士〟エムリス殿に、勝るとも劣らない実力の持ち主なのだ。根も葉もないことを捏造して、かつて人界を守った英雄と矛を交えるなど御免こうむる」

力強く断言したドレイクに、ほう、とボルガンは感嘆の息を吐いたようだった。

「しかしそれでは、場合によってはセントミリドガル王国と戦になる可能性がございますが……よろしいのです？」

試すような問い掛けに、ドレイクは玉座から立ち上がりながら答えた。

「構うものか。むしろ望むところだ。私はこの目で勇者殿の姿を見た。つまり、セントミリドガルが勇者殿を国外追放に処したというのは、紛れもない事実だということ。つまり――あの国の戦力が大いに削がれたということに他ならない」

そう言って、アルファドラグーン国王は不敵に笑う。

魔王を打倒した勇者と魔道士の二人と比べて、今のセントミリドガル軍の矮小さたるや。

これまでは『生きた最終兵器』と目される〝銀穹の勇者〟アルサルがいたため手出し無用となっていたが、セントミリドガルが自らその切り札を手放したというのなら、話は大きく変わってくる。

かてて加えて、セントミリドガル王国からの通告の勢いを考えるに、アルファドラグーンだけでなく、他の大国にも同じ情報を回していること疑い得ない。

つまり、他国――セントミリドガルの北に位置する『ニルヴァンアイゼン』、南の『ムスペラルバード』、そして西の『ヴァナルライガー』もまた、かの軍の実質的な戦力低下の報せを受けているはずだ。

であれば――まず間違いなく、どの国も侵攻を企てるに違いない。

こうなっては、アルファドラグーンだけが後れを取るわけにはいかなかった。

ひとまず他国の侵攻行動に気を配りつつも、本命の戦力をセントミリドガル王国へ送り込む――いかな五大国筆頭のセントミリドガルといえど、東西南北の四方から同時に侵攻を受けては、ひとたまりもあるまい。

細かいことは後だ。ともかく攻める。侵す。奪う。支配する。

まず間違いなく、セントミリドガル王国はこの地上から消失するだろう。四大国が四方から進軍することによって、瞬く間に食い尽くされるのだ。

そこからは四大国だけの問題となる。旧セントミリドガル領をどのように分割するのかを話し合うか。あるいは、全てを懸けて全面戦争へと突入するか――それはその時次第だ。

「そうだな、ボルガン。貴様の案を少し応用して使ってやろう。少々無理があるが……なに、これからは久々の戦争になるのだ。国民に余計なことを考える余裕などあるまい。気にする必要はないだろう」

もはやドレイクは余裕の態度でもって、漆黒の外套姿《ローブ》に嘯く。足を執務室へと向けるドレイクに、聖術士を名乗る男は問い掛けた。

「私めの案を応用、ですと？」

「ああ、そうだ。『果ての山脈』を破壊したのはセントミリドガル王国の手によるものだと発表する。それでこちらから打って出る大義には充分だ」

はは、とドレイクは声に出して笑った。そもそも『こちらの指示に従わないなら宣戦布告と見なす』という宣言そのものが、こちらを侮辱する宣戦布告に等しい。

そう、先に殴りつけてきたのはあちらだ。こちらは、その倍以上の勢いで殴り返してやればいい。

魔王を討伐した怪物を相手にするよりは、よっぽど楽なものである。

「……なるほど。このボルガン、陛下の叡智に感服いたしました。私などとは比べものにならない壮大な気宇、まことにお見逸れいたしました。差し出口を叩いたこと、心よりお詫び申し上げます」

いっそ素直なほどあっさり、ボルガンはドレイクに頭を垂れて、その方針を全肯定した。

だが、そのような薄っぺらい追従を是とするドレイクではない。いったん足を止め、肩越しに振り返り、鋭い視線を漆黒の人影に射込む。

「見え透いたことを抜かすな、痴れ者め。貴様の魂胆などわかっている。今はまだ我が王妃の命が惜しいが故、貴様の意に沿っているが——わかっているだろうな」

これから起こる戦いの先触れか、これまで抑えてきた殺気が、ドレイクの全身から滲み出るようにして立ち上る。

「もし貴様の要求が度を越した場合——そう、たとえ王妃を失ってでも貴様を排除するべきだと判断した際は、私は愛を捨てて貴様を殺す。全身全霊をかけて貴様の存在を抹消する。よく覚えておくがいい」

生粋の憎悪を籠めた目でボルガンを一睨すると、ドレイクは視線を切り、今度こそ振り返ることのないまま謁見の間を後にした。

広く豪奢な空間に、漆黒の外套《ローブ》を纏った影だけが残される。

ぽつん、と玉座の側に立ち尽くす謎の男は、しばし無言を保ち——

ふひっ、と肩を揺らして笑った。

まるで、計画通り、とでも言うかのごとく。

◆

一晩経つと、アルファドラグーン全土はすっかり大騒ぎになっていた。

さもありなん。

やにわに事件が起こったアルファドラグーン王城。城から少し離れた空き地にて竜玉の大爆発。

色めき立つ兵士達。

その直後、魔界との境目であり、観光名所の一つでもある『果ての山脈』の一部が大きく吹き飛ぶという大珍事が勃発。

かと思いきや、直後にアルファドラグーン国王ドレイクから発された布告は、これよりセントミリドガル王国と戦争状態に入る、という前代未聞の宣言だった。

これで国民に混乱するなというのは、あまりにも無茶な注文である。

「大変なことになったね、いやはやまったく」

朝のコーヒーを飲みつつ、他人事のようにエムリスは宣った。

宿屋の一階にあるレストランで、朝食をいただきながらのコメントだ。当たり前のように長い髪の毛を魔力で操作して、先刻届いたばかりの新聞を顔の横に広げている。

ちなみに人前でこんなことをしても注目されないのは、エムリス曰く「大丈夫さ、認識阻害の魔術を使っているからね」とのことで、周囲の人間にはこいつがどれだけおかしな真似をしてもわからないようになっているらしい。

それ、昨日も使っておいて欲しかったよな。

「まさか戦争になるとはな。いやでもスピード感がすごくないか？　昨日の今日だぞ？」

野菜やらベーコンやらを挟んだサンドイッチを咀嚼しつつ、俺も驚きのコメントを添える。

昨日、人目を避けて王都の中心部を離れた俺達は、ひとまず郊外の宿屋に部屋を取った。

これからのことをゆっくり考えるためである。

何も急ぐ旅ではない。

特に俺については、魔王討伐の一年から始まり、十年間も真面目に働いた挙げ句、あらぬ嫌疑をかけられたことにブチ切れ、スローライフの旅に出ることを決意したのである。

もとより貴族竜を退治したり、竜玉を爆発させたり、王家と魔道士とのいざこざに巻き込まれたりする予定などなかったのだ。

「まぁ、ちゃんと考えれば状況的におかしなことは何もないさ。君というワイルドカードが、セントミリドガルから離反したという大ニュースが舞い込んだんだ。しかも、君自身がこの国を訪れて陛下と面会することによって、その情報の裏が取れてしまった。そりゃあアルファドラグーンとしては侵攻一択、待ったなしだよ。君だって同じ立場ならそうしていただろう？」

大気中の魔力を吸収するから食事は必要ない、と豪語したエムリスは、たっぷりの砂糖とミルクを注ぎ込んだ甘いコーヒーだけを飲んでいる。甘い物は別腹らしい。

今更だが、こいつ本気でついてくる気か。

「まぁ、確かにな。敵国の戦力の中核中枢が抜けたってんなら、攻める好機以外の何物でもないわな。しかし、俺を国外追放したってことを他の国にも知らせてやるって話、半分冗談として聞き流してたんだが……まさか本当にやるとはな。アホとしか言い様がないんだが」

ザコ王子のあの勢いならやりかねないとは思っていたが、まさかこれほどまでに馬鹿だったとは。というか、誰も止める奴はいなかったのか？　まぁ、バカ愚王も賛成していたのなら、どんな重臣が諫言《かんげん》しても止まらなかったかもしれないが。

「しかし戦争になるというのなら、この国に長居はできないね。観光どころじゃあないよ。本当にどうするんだい、アルサル？」

髪の毛で新聞をペラリとめくりつつ、エムリスはもう何度目かわからない問いを口にする。

昨晩、宿に入る前から幾度となく繰り返された質問だ。次はどこへ向かうのか――と。

「んー……どうしたもんかなぁ……」

俺はサンドイッチの次に、木のスプーンでスクランブルエッグを口に放り込みながら思案する。

ちなみに宿屋は一緒でも、俺とエムリスは別々の部屋に泊まった。もうお互い大人だ。流石に昔みたいにはいかない。四人で一部屋に泊まっていた時とは違うのだ。

さらに余談だが、基本は野営でもしながらの『まったり旅行』のつもりなのだが、街中にいる時ぐらいは宿に泊まることにしている。というか、当たり前のことだがテントを設営する場所がないのだ。なので、このあたりはケース・バイ・ケースである。

「なんだ、まだ決めてなかったのかい？」

「だって仕方ないだろ。昨日も言ったけど、お前の顔を見た後に観光でもしながら適当に決めようと思ってたんだよ。まさか来て早々、別のところへ行く羽目になるなんて思わなかったしな……」

「またそれを言うのかい？　まったく……こうなったからにはもう仕方ないじゃないか。昔みたいに即断即決しておくれよ、勇者だろう？」

「元な、元。今やただの無職だぞ、俺は」

実際問題、勇者っていうのは魔王がいてなんぼの生業だ。世界を乱す魔王を倒す勇者にこそ価値があるのであって、魔王がいなくなった後は、制御できない武力を持った腫れ物となりさがる。

だからこそ当時のオグカーバ国王は『戦技指南役』などという新しい役職を作って、俺をそこに据えたのだ。——多分。

しかしその『戦技指南役』をも退職した今、俺は純然たる『無職』であった。

職無し、ジョブレス——うむ、改めてなかなか悪くない響きだ。

無論、ごろつき、日陰者、フーテンなどといった呼称もあるが、俺に関しては適用されない。

なにせ金ならあるのだ。

であれば、隠者、世捨て人、自由人といった呼び方の方が相応しいはずだ。

「自由人アルサル、ねぇ。勇者を辞めたのなら、いっそ〝反逆者〟の方が君らしくていいと思うのだけど、ボクは」

「そっくりそのまま返してやるよ。流石に俺も山一つをぶっ飛ばすまではやらなかったぞ。やりすぎだろ、あれは」

「ふん、当然の報いさ。ボクの愛蔵書をことごとく燃やし尽くしてくれたんだからね。正直言うと、まだちょっと足りないぐらいだよ」

コーヒーカップをテーブルに置いたエムリスは、憤懣やるかたない様子で、ふん、と鼻息を鳴らす。

「まぁいいさ、その話は堂々巡りになる。ボクとしては城を真っ二つにしたのもどうかと思うからね。さて、話を戻そう。君が旧友に会って回るのがさしあたっての目的なら、次はニーヴかシュラトってことになるだろう？」

「別に優先事項ってわけでもないけどな。適当に世界を見て回るついでに、会えそうなら会っとくかってなぐらいで……」

一番はやはり、のんびりと生きることだ。自由気ままに、行きたいところに行って、見たいものを見て、食べたいものを食べる。それが基本なのだ。

「えぇー？　そんな意味のない行動つまらないじゃないか。もっと、こう……何かあるだろう？」

「文句があるならついてくるなよ……別に一人旅でも俺は構わないんだし」

「冷たいことを言わないでおくれよ。ボクだって今となっては家なき子なんだ。次の定住地が見つかるまで同行させてくれたっていいじゃないか」

「というかお前、金はあるのか？　まさか俺にたかるつもりじゃないだろうな？」

「失礼な。ボクにだって蓄えぐらいあるさ。回復薬を作っては軍に納品して稼いでいたんだからね。何事にもお金は必要なんだ。この十年で大分貯まっているよ。見てみるかい？」

「いや、いい。旅費があるってことだけわかれば充分だ」

俺も愛用しているストレージの魔術で貯金を見せようとしたエムリスを、俺は片手で制する。

いやいや、場所を考えて欲しい。このレストランには他にも朝食をとっている客が大勢いるのだ。

いくら認識阻害の魔術を使っているとはいえ、限度というものがある。

「なぁ、エムリス。お前もしかして……」

「なんだい、急にかしこまって？　あ、支度についても問題ないよ。生活に必要なものは全てアイテムボックスに格納してあったからね。そっちは無事さ」

俺の心配しているところは『そこ』ではないのだが、

「――ああ、いや、そうか。それならいい」

適当に話を合わせておいた。

俺も十年間、セントミリドガル城の敷地内からほとんど出ないプチ引きこもりだったが、こいつはガチで自分の工房から出なかった真正の引きこもりだ。もしかしなくとも、世間の常識から教えていかねばならないかもだ。

「じゃあもう二択にしようじゃあないか。面倒臭いし。ニニーヴとシュラト、どっちに先に会いに行く？」

俺の考えていることなど知る由もないエムリスは、強引にこれからの行き先を二つに絞ってしまった。こいつ、勝手についてくるくせにやたらと仕切りたがるな。まぁ、このあたりは昔と一緒なのでちょっと懐かしいぐらいだが。

「んー……確かニニーヴは『ヴァナルライガー』の聖神教会にいて、シュラトは『ムスペラルバード』にいるんだっけか？」

セントミリドガルから見て、ヴァナルライガーは西方、ムスペラルバードは南方に位置する国だ。

俺達が今いるアルファドラグーンはセントミリドガルの東方に位置しているので、単純に考えれば近いのは南のムスペラルバードということになる。

が、しかし。

「でもムスペラとニルヴァンはそれぞれ内乱で治安がメチャクチャらしいからなぁ……」

ムスペラは『ムスペラルバード』の略で、ニルヴァンはセントミリドガルの北方に位置する『ニルヴァンアイゼン』の略だ。

奇しくも、五大国筆頭であるセントミリドガルの〝頭〟と〝足〟に噛み付いている二大国が、それぞれ内乱でごった返しになっているという。確か、数ヶ月前からのことだ。

「おや、そうなのかい？　それじゃあ、今回の戦争はアルファの一人勝ちになるのかな？」

「いや、流石に今回ばかりはセントミリドガルが絶好の餌、格好の餌食すぎる。内乱中でも一時休戦して、ムスペラもニルヴァンも侵攻するんじゃないか？　領地が広がれば、それだけ内乱も治まりやすいだろうしな」

戦争ってものは原則、利益のためにするものだ。お互いの利益になるのなら敵同士で手を組むなんてことはザラにある。

「じゃあヴァナルはどうなんだい？」

「ヴァナルライガーはなぁ……一応、ニニーヴのいる聖神教会がそこそこ手綱を引くとは思うが、やっぱり俺のいないセントミリドガルはハリボテ丸出しだからなぁ……」

「ヴァナル王家が耳を貸さない、かな？」

「まぁ、教会の戦力を抜きにして、王国軍だけで攻めるってのはアリだろうな。というかアルファが動いているんだから、思想的に敵対するヴァナルはそっちの意味でも静観はできないだろ？」

東方のアルファドラグーンは魔界に隣接し、魔術の研究が盛んだ。一方、西方のヴァナルライガーは『神界』──聖神と呼ばれる存在が暮らすという聖域に隣接し、聖力を用いた聖術の文化が発達している。

聖と魔の力。反発する力に伴い、国家の思想も衝突するのは自明の理。大昔からアルファドラグーンとヴァナルライガーは、セントミリドガルを間に挟んで啀《いが》み合っているのである。

「じゃあ、もう人界全体が戦争状態じゃないか。困るなぁ、どこに行けばいいのかわからないよ」

お手上げだ、とエムリスが肩をすくめる。

何と言うか──この状況は、もしかしなくても俺がセントミリドガルを出奔したせいなので、どうにもコメントしづらい。

前々からそんな気はしていたが、まさか本当に俺が抜けただけで世界情勢がここまで変わるなんてな。自分でも思っていた以上に『世界の楔《くさび》』になっていたらしい、俺という存在は。

「──ま、だから昨日から悩んでいるわけだ。俺がそう簡単に行き先を決められない理由、わかってくれたか？」

別に決定を先送りにしていたわけではなく、歴とした理由があったのだ——と表明する俺に、しかしエムリスは、

「でも、言っちゃあ悪いけど、ボク達にはあまり関係ないんじゃあないかい？　別にどこの誰が襲ってきても負けるわけもなし。たとえ戦場のど真ん中に行っても、ボク達だけは安全だろう？」

実に無邪気な顔で身も蓋もないことを言いやがった。

「いや、そりゃそうだが……」

それを言っちゃあおしめえよ、ってな話である。

なにせ地獄と呼んでも差し支えない魔界に乗り込み、魔王を倒して還ってきた俺達だ。いまさら人間の戦場に出たところで傷を負うところなど想像できない。

「……ほら、うるさいだろ。平穏が乱れる」

我ながら苦しい言い訳だと思ったが、

「ああ、確かに。そうだね」

意外とすんなり、エムリスの同意が得られた。

「平穏は大切だね。ボクも昨日それを思い知ったばかりだよ」

あは、とエムリスは朗らかに笑う。いやこのタイミングでそんな綺麗な顔をして笑うな。逆に怖いわ。

「んー……じゃあ久しぶりに魔界に行くのはどうだい？　ほら、せっかく大きな穴も空いたわけだし」

「いや、ないわ。まったくないわ。せっかくもクソもあるか」

いきなりアホなことを言い出したエムリスに、俺は喰い気味で突っ込みをいれた。そんな山や海に行くかのようなテンションで提案する場所じゃないだろ、魔界ってのは。

「つか、あの穴は大丈夫なのか？　『果ての山脈』が人界と魔界の境界線になってるんだから、あんな大穴あけたら今まで以上に魔力が流れ込んできて、場合によっちゃ空気が汚染されるんじゃないのか？」

ふとその危険性に思い当たり、俺は問い返した。まさか何も考えなしに『果ての山脈』をぶっ飛ばしたわけじゃないよな、という意味も込めて。

「もちろんさ。というか別に『果ての山脈』そのものが魔力の流れを遮っているわけじゃあないんだ。肝心なのは山脈の地下深く――人界と魔界の間に張り巡らされた〝龍脈結界〟だよ。それが二つの世界を隔てているんだから――って、これ十年前にも説明した気がするんだけど？」

「お、そうだったか？」

「そうだよ、ボク達が魔界に乗り込む際に説明したはずだよ。覚えてないのかい？」

「記憶にないな……」

「まったく……ボクと違って〝怠惰〟の因子を受け入れたわけでもないのに、怠惰な記憶力をしているね、君の頭は」

そう言われても、十年前と言えば魔王を倒すことしか考えていなかった頃だ。魔力や魔術によって引き起こされる結果には興味があったが、それらの原因や構造にはまったく関心がなかった。

魔王を倒せれば何でもいい――あの頃の俺はそう考えて生きていたのである。

よって敵の攻撃の起点となる魔力の脈動や流れには敏感になったが、それ以外のことはからっきしわからないままだ。

「ともかく心配はいらないよ。むしろ、空気中の魔力濃度が上がるっていうのならいくらでも大穴あけてやるさ。こっちの世界は何かにつけ魔力が薄すぎるんだからね」

「お前はこの国の人間を根絶やしにするつもりか」

魔界の濃密な魔力に耐えられるのは、魔族や魔物を除けば、俺達のようなイレギュラーだけだ。人界と魔界を隔てる〝結界〟に大穴が空けられた日には、魔術の素養を持つ人間以外は間違いなく中毒死する。そうなったら、人類の生息圏は大きく西側へ後退することになるだろう。ことによっては、アルファドラグーンという国が丸ごと消えかねない。

――などと、俺とエムリスが朝食の席にしては不穏に過ぎる会話を交わしていたところ、

「お話し中、失礼いたします」

テーブルに近付き、不意に声をかけてきた人物がいた。

俺もエムリスも舌を止め、振り返る。

「お久しぶりです、アルサル様」

そこにいたのは琥珀色の髪と緑の目を持った、精悍な青年だった。片手を胸に置き、爽やかな笑顔を浮かべている。

意外すぎる顔に、俺は一瞬だけ唖然としてしまった。

「……ガルウィン？　お前、ガルウィン・ペルシヴァルか？」

記憶の引き出しからぽろっと転《まろ》び出た名前を口にすると、青年――ガルウィンは嬉しそうに大きく頷いた。

「はい、ご無沙汰しております、アルサル様。あなた様を追って、ここまで馳せ参じました。妹のイゾリテも一緒です」

そう言ったガルウィンが右に避けると、その背後に隠れていた人物が姿を現す。

妹と言ったように、ガルウィンと同じ琥珀色の髪と緑の瞳を持った、年の頃十五、六の少女だ。同じような年頃に見えるエムリスと比べて、体の発育が随分と顕著ではあるが。

「イゾリテって――え、イゾリテ・ディンドラン？　あの小さかった子か……？」

記憶にある幼き姿とはまるで違う容貌に、思わず手で当時の身長を再現しながら目を丸くしてしまう。

前に会ったのは四年か五年前だっただろうか。薄っぺらだった体がすっかりデコボコになった少女――イゾリテがペコリと頭を下げる。

「お元気だったでしょうか、アルサル様。あなた様の国外追放の報を聞いて、急いで追いかけて参りました」

兄のガルウィンとは正反対に、無表情で淡々とした挨拶だった。声音も張りのある兄とは違い、蚊の鳴くような囁き声である。

「ガルウィン、イゾリテ……お前ら、なんでまた……」

二人とも、いかにも貴族然とした格好をしている。当然だ。二人はどちらもセントミリドガルの騎士爵家――即ち下級貴族と呼ばれる層に属する人間だ。おいそれと他国であるアルファドラグーンに来られる身分ではない――はずだが。

「どちら様だい、アルサル？」

紹介してくれよ、と言わんばかりにエムリスが尋ねてくる。あるいは、ボクを放置するなよ、とでも言うかのような表情で。

「あ、ああ、えっと……？」

突然のこと過ぎて二人のことをどう紹介したものか、と答えあぐねていたところ、

「――アルサル様、お会いしとうございました……」

妹のイゾリテが、兄のガルウィンよりも前に出てきた。俺の真横に立ち、腰を屈め、手を伸ばす。

街中であり、相手が知己《ちき》だということもあって、俺は油断していた。

故に、あっさりと柔らかい両手に頰を挟まれてしまった。

「……あ？」

思いもよらぬイゾリテの行動に、思わず目が点になる。いや、久しぶりにあった年下の女の子からこんなことをされたら、誰だって呆然としないか？

というか、何だこの状況？

まったく意味がわからないのだが？

一体どうするのが正解なんだ、この場合？

「お目にかかれて、本当によかった……」

イゾリテの表情筋は一ミクロンも動かないまま――つまり仮面のように無表情のままだが、心なしかエメラルドグリーンの瞳が潤んでいるようにも見える。

「お、おい、何を……？」

おい、どうして止めない？　とガルウィンに視線を向けるも、すっかり爽やか青年に成長した騎士爵はニコニコと笑みを浮かべて、妹のやることを眺めているだけ。

いや意味がわからん。

気付けば、宿屋のレストランはすっかり静まり返っていた。他のテーブルの客も口を閉ざし、俺達に注目――いや、固唾《かたず》を呑んで見守っているようだった。

唯一、俺に救いの手を差し出せるであろうエムリスもまた、テーブルに両手で頬杖をついて俺とイゾリテの動向を見つめている。青白い瞳がキラキラと輝いているように見えるのは、決して気のせいではあるまい。

無類のゴシップ好きがするような、そういう目をしていた。

「アルサル様……」

イゾリテの顔がゆっくり近付いてくる。視界が埋め尽くされて、他のものが目に入らなくなる。

今にも口づけされそうな距離にまでイゾリテの唇が近付いた、その時だった。

その唇から、いっそ竜玉の爆発よりも強烈な言葉が紡ぎ出された。

「このイゾリテ、以前からあなたをお慕い申しておりました……」

書き下ろし短編

About the past day

1 第一印象

これは記憶であり、記録である。

所々に虫食いがあるのは、とある事情により記憶の一部を失っているからだ。

また、一種の検閲によって削られている部分もある。

以上のことをご理解の上、読み進めていただきたい。

◆

[redacted]。

それが俺の名前。

当時は、十三歳の中学生に上がったばかりの幼い少年。

自分で言うのものなんだが成長期の『せ』の字も来ていなかったので、見た目の頼りなさといったら、それはもうかなりのものだったと思う。

だって仕方ないだろ？　入学したての中学生なんて、結局のところ小学生と大差ない。

つまりはガキンチョ。

そう。この時の俺は、誰がどう見たって貧弱な子供だった。

だというのに。

「――勇者……？　俺が……？」

異世界に召喚された。

尋常ならざる事態だってことは、誰に言われるまでもなくわかった。

下校中に視界がおかしくなったと思ったら、気付いた時には見知らぬ場所にいたのだ。

何もない、真っ白な空間。

耳鳴りがするほどの静寂。

自分以外には誰もおらず、ぽつん、と宙に浮いたように。

およそ現実感のない状況《シチュエーション》に唖然としていると、突如、頭の中に何者かの声が響いた。

あなたは勇者です――と。

「え、待って？　勇者って、あの勇者？　よく漫画やらゲームやらに出てくる？」

『はい、その勇者です。より正確に言えば〝銀穹の勇者〟。銀穹とは銀色の空、すなわち星空のことです。あなたは星の権能を司る勇者となるのです』

「は？　え？　待って？　なんか話早くない？　なんで？　なんで俺が勇者に？」

『運命です。以上』

「いや説明短くない⁉　そんなパワーワードだけで納得するほど今時の子供は甘くねぇんだけど⁉」

『これからあなたには、とある世界を救ってもらいます。具体的には人類を脅かす魔王と戦っていただきます』

「はいスルーされた！　こっちの言うことには耳を傾けずに一方的に説明が始まりました！　いくらなんでも横暴すぎじゃねぇかなぁ⁉」

『大丈夫です、安心してください。あなたは勇者ですから、それなりの力が与えられます。すごいですよ』

「えっ、それはちょっと嬉しいかも……っていやいや⁉　よく考えたらそれって銃持って戦争に行け的な話じゃね⁉　やばいだろ！　ってか一人で戦うとか無理なんだけど！」

『その点は問題ありません。仲間がいます』

「仲間？　え、仲間って……？」

『あなたは……一人ではありませんよ』

「いや名台詞っぽく言われても地獄に突き落とされようとしてるっぽい雰囲気はナシになんないからなぁ⁉　というかそれって〝仲間〟じゃなくて〝道連れ〟って言わなくね⁉」

『説明は以上です。他に質問がなければ転移を開始します』

「なんか急に冷たくなったんだけど⁉　なにそのもう仕事は終わりました感⁉　俺、子供だからよく知らねぇけどそういうのってお役所仕事っていうんだぞ！　っていうかアンタ何者なんだよ⁉　まず自己紹介からじゃね⁉　なに神様⁉　仏様⁉　それとも悪魔か⁉」

『そういった質問にはお答えできません。なお、ここでの出来事は後程あなたの記憶から消去されます。悪しからずご了承ください』

「いやあの理不尽すぎじゃね⁉　なんだそれ⁉　こんないきなりわけのわからん所まで連れてきて、

勇者だの魔王だのと押し付けられた挙句、ろくすっぽ説明もなく異世界転移⁉　こんな酷い流れ漫画でも見たこと――いやあるけど！　ひどすぎるぞ！」

『クレームは質問ではないのでもう締め切ります。それでは、いってらっしゃいませ。どうか世界に平和を』

「ちょっ待っ⁉　ああこら責任者出せぇぇぇぇ――――――ッッッ！！！」

と、以上のような丁々発止《ちょうちょうはっし》のやりとりがあったかどうか。

いや、こうして語っている時点で俺の記憶にはバッチリ残っているんだけどな。

より正確に言うと、確かに転移した直後から俺の記憶は薄れ始め、やがては忘れ去られ。

しかし、後《のち》にエムリスの魔術によって思い出したのだ。

そういえば今の世界に転移する前に、こんなワンクッションがあったことを。

次に気付いた時には、俺はセントミリドガル城の『召喚の間』にいた。

床に描かれた複雑な図形の魔法陣。

中央に大きな丸が一つ。

その周囲を取り囲み、あるいは支えるような、中ぐらいの丸が三つ。

それぞれの丸の内側を立ち位置に、俺を含めた四人の少年少女がその場に立っていた。

もちろん勇者である俺は、中央の大きな丸の中に。

――〝銀穹の勇者〟。

――〝蒼闇の魔道士〟。

――〝白聖の姫巫女〟。

――〝金剛の闘戦士〟。


この時は夢にも思わなかった。

まさか、こうして一緒に召喚された他の三人と、それはもう長い長い付き合いになるだなんて。

この時はまだ、知る由もなかったのである。

◆

「おお、よくぞ参った！　〝勇者アルサル〟に〝魔道士エムリス〟、そして〝姫巫女ニニーヴ〟に〝闘戦士シュラト〟よ！」

この後すぐ記憶が薄まって消えたとはいえ、当時は謎の声の案内によってワンクッションあったおかげか、いかにも王様っぽい爺さんが大声を張り上げながら登場しても、大して驚きはしなかった。

ただ一言、こんな思いがあっただけ。

「……はー……マジか……」

マジだった。

テレビか映画でしか見たことのないような内装の空間。

いかにも豪奢な、お城の部屋ですよと言わんばかりのインテリア。

周囲にいるのは、俺と同じように戸惑いの表情を浮かべている少年少女。

まさしく異世界召喚って感じの絵面である。

「一体どこだ、ここは……？」

俺の右側にいるのは、やたらとゴツい体格をした金髪の——少年？　いや、うん、大人には見えないから消去法で少年だな。そういう観点からじゃないと少年に分類できないぐらいには、とにかく体躯がすごい。ムキムキマッチョって感じだ。後に、こいつが〝シュラト〟となる。

「まさか……次元の壁を越境した……？　しかも二度連続で……？」

逆の左側にいるのは、なんとも地味な少女。なんといえばいいのだろうか、モサいというか、イモっぽいというか。長いボサボサの黒髪で、同じく黒い縁の太い眼鏡をかけていて、いわゆる〝根暗〟という風体の女の子。というかあまりにアレすぎて、髪の毛が長くなければ男と勘違いしていたかもしれないぐらいには、色気がない。後に、こいつが〝エムリス〟となる。

「あらあら、まぁまぁ……？」

そして俺の背後に立っていたのは、それはそれは美しいプラチナブロンドの少女。左側の地味子とは打って変わって、宝石の妖精かと思うほどキラキラと輝いている。しかも嘘みたいな美人。あっちが闇属性なら、こっちは光属性。この瞬間、地味子が〝魔道士〟でこの美少女が〝姫巫女〟なんだな、と直感的にわかってしまった。後に、こいつが〝ニニーヴ〟となる。

三者三様——いや、俺を含めると四者四様の反応を示していたところ、

「祝え、皆の者！　世界を救う英雄がここに集結した！　魔王が滅びる日はもはや目の前だ！」

老いた王——つまり、セントミリドガル国王オグカーバが高らかに宣言した。

『うぉおおおおおおおお————————!!』

次いで、一斉に沸き起こる歓声。

よく見れば、広い部屋の壁際には多くの人間が立ち並んでいた。

後に『召喚の間』だとわかる広い部屋、その中心に描かれた魔法陣の上に立つ俺達四人を取り囲むようにして。

もう既にご存じだとは思うが、一応説明しよう。

この時、セントミリドガル王国のみならず、人間の暮らす世界は東の果てに位置する『魔の領域』——即ち魔界からの脅威にさらされていた。

千年ぶりに復活した〝天災の魔王エイザソース〟。その配下たる魔族や魔物の軍団——いわゆる魔王軍に虐殺されんとしていたのだ。

類稀《たぐいまれ》なる窮地に陥った人類は、人界を救う希望を、古代から語り継がれてきた伝説に求めた。

勇者の伝説。

天災たる魔王が復活し時、伝説の勇者が異世界より来《きた》りて、これを討たん——

めちゃくちゃ大雑把に説明すると、そのような伝説が古くから語り継がれてきたという。

そして、古代の作法に則って召喚の儀式を行《おこな》ったところ、俺達四人がこうして参上した——と、そういうわけらしい。

実にステレオタイプでわかりやすい話である。

まぁ、勝手に呼び出された方はたまったものじゃないんだが。

「さぁ、世界を救ってくれ、伝説の英雄たちよ！」

そんなこんなで、盛大に歓迎された俺達には先述したような伝説や、現在の世界情勢について様々な説明がなされた。

そして、必要な準備が整うと、腰を落ち着ける暇もなく出立を促されたのだ。

いや一応、丁寧な態度と言葉ではあったのだが、あれは実質的に追い出されたようなものだと思う。

よっぽど早く魔王を倒して欲しかったのだろう。

必要最低限の説明と、物資および軍資金を与えられただけで、俺達四人は過酷な旅へと旅立たされた。

そう、たった四人で。

子供だけで。

しつこいようだが、必要最低限の説明と物資と軍資金だけを与えられた状態で。

ふざけんな。

と、今ならそう思うし、どうせならその場にいる全員に一発ぶちかましてやればよかったとも思うのだが——

無論、当時の俺達にそんな余裕などあるはずもなく。

「……なんか、追い出されちまったな……？」

気付いた時には城門の外で立ち尽くしていたので、俺はなんとはなしに声を出してみた。

俺と同じく、セントミリドガル城を追い出されてしまった他の三人に向けて。

「……そうだね。もう、なにがなんだか……」

ボサボサの髪をした、黒尽くめの帽子とローブというかにも魔法使い然《ぜん》とした少女が、俺達の間に流れる微妙な空気を読んだように、曖昧に同意した。ノロノロとした動きで、手にしていた黒いつば広帽子をかぶる。

確かこいつが〝魔道士〟だったか。

「よく、わからないな……」

語を継ぐように、ガッチリした体躯の偉丈夫《いじょうふ》が見た目通りの深い声で言う。こいつは〝闘戦士〟で間違いない。

「せやねぇ、体《てい》のいい厄介払いって感じやったねぇ……」

一人だけ別次元の存在みたいにキラキラ輝いている少女が、独特のイントネーションでしみじみと呟いた。片手を頬に当てている所作に、得も言えぬ気品がある。こいつが〝姫巫女〟か。

「あー……」

全員が全員、この場での初対面と言うことで、なんとも手探りな発言ばかりである。俺は、場が持たない、ということで特に意味のない話題を振ってみた。

「その、なんだ、あれだな。みんなそれぞれ、役割のイメージにピッタリって感じだな？」

魔道士は魔法使いみたいな帽子とローブを纏っていて、髪はボサボサ。杖の代わりに大判の本を持っているのが少し気になる。

闘戦士は年不相応に筋骨隆々。無口っぽいところが特に〝金剛〟って感じだ。いや、別段そういう意味の言葉ではないとは思うのだが。

姫巫女は、完全に〝姫〟で〝巫女〟って雰囲気だ。何だか一人だけ身分違いというか、次元が違うというか。悪い言い方をすると、四人の中で一番浮いている気がする。

「――ん？　ってことは俺は勇者っぽい、ってことか？」

ふと気付き、特に深く考えることなく思考をそのまま口に出してみたところ、

「いや、それはどうだろうね？　ボクはまだ君のことをよく知らないし」

「わからない」

「というより、そもそも〝勇者〟って何なんやろねぇ？」

わりと遠慮のない返答が三人からあった。

ちょっと驚く。これが文化の違いってやつだろうか。ここまで気軽な応答があるとは思わなかった。とはいえ、

「……そうか、俺、別に勇者っぽくはなかったか」

俺は軽く笑って受け入れた。変に躊躇されるより、はっきりと本心を言ってくれた方がこっちも気が楽だ。

なにせ、どうも状況的にはこの四人でこれから魔王を倒しにいかないといけない――らしいのだから。

正直言って、今でも全然まったく実感がなかったりするのだが。

「えっと……自己紹介がまだだったな。俺は■■■■■《■■■■■■■■》。友達からはイチローって呼ばれてる。よかったら君達にもそう呼んで欲しい」

実を言うと、こんな風にフレンドリーな態度をとるのは柄ではないのだが、状況が状況だ。少しぐらい無理してでも、身近な相手と友好関係を築くのは大切であろう。

というか、魔道士にせよ闘戦士にせよ姫巫女にせよ、どう見ても日■人じゃない。何故だか■本語が通じる――そういえば王様や他の人々もそうだったが――のでコミュニケーションを取ること自体に問題はないのだが、先程のように生まれ育った文化の違いは絶対にある。

俺の名乗りを聞いた三人は、めいめい不思議そうに顔を見合わせた。うーん、ちょっと胃がチクチクするな。もしかして俺、何か間違えたか――？

「……ボクの名前は……と言いたいところだけど、真名は言えない。魔道士だからね。だから字名《あざな》だけ。ボクのことは〝エル〟と呼んで欲しい」

魔道士だから本名は教えられない――あまりよくわからない理由だが、堂々と言っているあたり、魔道士ことエルの地元では当たり前のことなのだろう。

「己《オレ》は、■■■■だ。■■■■＝■■・■■。他の皆からはアスと呼ばれていた」

闘戦士ことアスは、ボソボソと名乗った。本名については記憶から失われてしまっているが、実にこいつらしい名前だ、と思ったことだけは覚えている。

「皆さん、ご丁寧にどうも。ウチは■■■■■■・■■■・■■■■■■■と申します。リアと呼んでくれはったら嬉しおす。どうぞよろしゅうに」

姫巫女ことリアのフルネームはやたらと長ったらしくて、おそらく記憶が喪失していようがいまいが、俺には諳《そら》んじることができなかっただろう。

しかし、随分と高貴な生まれに見えるが、喋っている言語はどこぞの方言っぽい。本当にそういう言語を使う場所から来たのか、はたまた異世界召喚にありがちな自動翻訳機能が、俺のイメージに合わせて意訳した結果なのか。

俺をこの世界へ送り込んだ例の声の主にでも聞いてみない限り、正解はわかるまい。

というか、後になって思えば俺達四人をこの世界に召喚したのって絶対[redacted]の奴らだよな。いや、間違いない。まったくふざけた連中だ。

「じゃあ、エル、アス、リア。はっきり言って俺も何が何だかわからない状態なんだけど……どうやら俺達は魔王とやらを倒すためにこの世界に呼びつけられてしまったらしい。多分、全部終わるまでは元いた場所には帰れないんだろうな、こういう場合って。だから短い間なのか、長い付き合いになるのかわからないが、どうか最後までよろしく頼むよ」

俺は片手を差し出し、握手を求めた。

最初に首肯してくれたのは魔道士エルだった。

「ああ、そのようだね。まったく迷惑な話だけれど、こうなっては仕方がない。やるしかないなら、やろう」

ローブの裾から真っ白な手を出して、そっと俺の掌に重ねる。体温が低いのか、ちょっと冷たい。

「こちらこそ、よろしく頼む」

次いで、闘戦士アスが俺よりも一回り以上大きな手を出した。それだけで俺とエルの手がすっかり覆《おお》い隠されて、見えなくなってしまう。

「うふふ、なんや楽しそうやねぇ。ほな、仲良うしておくれやす」

アスの鍛え抜かれた手の甲に、リアの掌が重ねられる。血管の浮いたごつい筋肉の上にのった、ほっそりとした手指。うん、なんというか――画風が違うって感じだな。

大丈夫か、このパーティー？　自分で言うのも何だが、バラバラでチグハグすぎじゃね？

などという不安はおくびにも出さず、俺は頷きを一つ。

ここは気合いを入れて、

「それじゃ、四人一緒に頑張ろう！」

「うん」

「ああ」

「はいな」

呼びかけてみたのだが、見事にバラバラの反応が返ってきた。

いや、俺達の旅はまだ始まったばかりだ。

しばらく経てば絆も深まって、そこはかとなく上手くいくようになるだろう。

少なくとも、俺の知っている漫画やアニメの異世界召喚ものはそういう感じだった。

だから、俺達だってきっとそうなるに違いない。

そう、それこそが定番。鉄板の展開というもの。

と、思っていたのだが——

●2　前途多難

「お話にならないね。はっきり言わせてもらうけれど、君達とは上手くやっていける気がしない。これじゃあ力を合わせて魔王を倒すなんて、夢のまた夢だよ」

「いやいや、まぁまぁ。ちょっと落ち着こうぜ、エル」

「ボクは落ち着いているよ、イチロー。というか、君達はもっと焦るべきだ。やる気を出すべきだ。ボクも君達も別次元の世界に召喚されたんだぞ？　逆にどうしてそんな落ち着いていられるんだい？」

と息巻く魔道士エルは、しかし誰がどう見ても憤懣やるかたない様子だ。

これはまずい。非常にまずい。

親交を深めるはずが、逆に溝が広がっていく一方だ。

一体どうしてこうなった？

「…………」

「アス、そうやって黙っていたら本当に話にならないよ。何か言い返すことはないのかい？　それともボクの意見を全面的に肯定するとでも？」

「……わからない」

「わからない？　わからないってどういうことだい？　思考放棄？　現実逃避？　君、さっきから何も言わないか、口を開いても『わからない』の一辺倒じゃあないか。そんなことで――」

「ちょちょ、ストップストップ！　だからちょっと落ち着こうぜって、エル！」

闘戦士アスにズンズンと詰問していくエルを見かねて、俺は体ごと間に割って入る。

まだ出会って間もないが、アスがコミュニケーション巧者とは真逆の人間であることは一目瞭然だ。だというのに今のエルみたいな勢いで詰め寄ってしまっては、悲しいすれ違いしか起こらないに決まっている。

「ウチもイチローはんの言う通りやと思いますわぁ、エルはん。ちょぉお落ち着いてお話しまひょ。そないツンケンしてたら、お顔のシワが増えてしまうよってに」

にこやかな雰囲気を纏った姫巫女リアが、それとなく援護射撃をしてくれる。うん、称号のイメージ通りのムーブをしてくれてるな。正直助かる。

「……随分と他人事のように言ってくれるけれど、元はと言えば、そもそもの元凶は君じゃあないか、リア。ボクはまず君の発言に怒ったんだからね」

キッ、と青白い瞳でリアを睨むエル。眼鏡越しに射込まれるカミソリがごとき鋭い眼光も、しかし。

「あらら、ウチに怒ってはったん？　ほな、やっぱし落ち着いてへんのとちゃいます？　せやからね、いったん深呼吸とかして、心を静かにしてみたらどうですやろ？　ウチもそうした方がええと思うんよ」

のほほーん、と音が聞こえてきそうなリアの振る舞いの前では、嘘みたいに雲散霧消《うんさんうしょう》してしまう。

この女子二人、相性がいいのか悪いのか。

いや、頼むからいい方であって欲しい。あってくれ。

「…………………………………………すぅ……はぁ……」

しばしの沈黙の後、エルがこれ見よがしな所作で大きく呼吸をした。

「あ、するんだ、深呼吸……」

少し意外だったので思わず小声で言ってしまうと、

「──落ち着けと言ったのは君達じゃあないか」

青白い目がこっちを向いて、軽く睨んでくる。

「いやいや、悪い意味じゃないって」

むしろ素直でありがたい。きっと根は悪い奴じゃないのだろう。

よく考えなくても状況が状況だ。神経が過敏になって気が立つのも、やむを得ないと俺は思うのだ。

そう、確かに。見方を変えれば、先程のリアの発言は少しばかり不適切だったと言えなくもない。

事の発端は、俺達四人がセントミリドガル城の敷地を離れ、王都の中央大通りに出た際のリアの発言である。

『ほな、これからどこ行きはります？　観光とか？』

はい、緊迫感ゼロ。特に『観光』の一言が、俺でさえ楽観的だなと感じてしまうほどの台詞。もちろん、こちらの気持ちもわからなくはないのだ。

しかしながら、これがエルの怒りに火を点けた。

『観光、だって……？　一体何を言っているんだ、君は？　今の状況がわかってないのかい？　どこから出てきたのかな、その発想は？』

という指摘から始まり、そこからは怒濤のお小言であった。

どうやら魔道士エルという少女は、超がつくほど真面目な優等生であるらしい――というのが俺の抱いた印象である。

だが話を聞いていると、根っこの部分には、早くこの世界を救って人々を安心させてあげたい、という思いもあるようで、決して厳格なだけではない、優しさを持ち合わせた人物なのだともわかる。

これが後《のち》に〝怠惰〟と〝残虐〟を受け入れ、性格が大きく変質してしまうのだから、運命とは皮肉なものだ。

ともあれ、この時はまだ〝委員長気質〟なところもあるエルは、目くじらを立ててリアの迂闊な発言を糾弾していたのだった。

「ともあれ、君達は本当にわかっているのかい？　ボク達はこの世界を救うため、魔王を倒すために別世界から召喚されたんだ。詳しいことは術式を解析してみないことには断言できないけれど、おそらく条件を満たさない限り、ボク達は元の世界に帰還することができない。なら、一刻も早くこの国を出て魔王のいるところへ向かうべきだ。観光なんてとんでもない話さ。そんなことをしている暇がどこにあるっていうんだい？」

黒尽くめの格好から想像できる通り、とにかく言うことがお堅い。カッチカチだ。詰め襟制服の襟ホックまで止めているような真面目さに、まさしく息が詰まりそうになる。

「というか、君達は早く元の世界に帰りたいと思わないのかい？　いきなり突然、意思確認もなしに連れて来られたっていうのに」

「――ああ、そういえば、そのあたりについて聞きたいことがあったんだが、ちょっといいか？」

ムスッと唇を尖らせるエルに、俺は軽く片手を上げながら確認した。どうぞ、と言わんばかりに頷かれたので、

「この世界にくる前なんだが、みんな変な声を聞かなかったか？」

そう、召喚される前に干渉してきた例の声についてである。

途端、エルやアス、リアも口々に『聞いた聞いた』と同意を示した。

やはりである。あの理不尽かつお役所仕事な声の主は、俺以外の三人にも事前に接触し、ほとんど説明になっていないアナウンスをしたらしい。

道理で三人とも、俺と同じようにある程度落ち着いて、オグカーバ王や側近の話を聞いていると思ったのだ。

「そういえば、まだ覚えている」

と言ったのは、闘戦士アスである。

「せやねぇ、後で記憶から消えるいうてたのに、ウチもまだ覚えてるわぁ」

のんびり、空を見上げながら同調する姫巫女リア。

どうやら例の声が言っていた記憶消去は、即効性のものではなかったらしい。

だがそうなると逆に、気付いた時にはすっかり頭の中から消え去っていそうで、それはそれで少々怖い。消えるのがあの謎空間でのことだけならともかく、他の記憶まで勝手に操作されるかもしれない――と想像力を働かせると、途端に薄ら寒いものを感じてしまうのだ。

「やっぱり全員に言ってたか……あれ、一体何者なんだろうな？」

国王によると、俺達を召喚したのは『召喚の間』に集められた理術士達という話だった。あの事務的な謎の声については一切触れることなく説明が終わったので、おそらく国王らは知らないはず。

だが、何故だろう。不思議と確信がある。

俺達をこの世界に集めたのは、あの声の主の方だったのではないか――と。

「……認めたくはないけれど、神、と呼ばれる存在かもしれないね。あるいは、それに類した超次元的存在……？」

難しい顔をしたエルがそう唸ると、

「その割には、事務手続きの窓口のようだった」

とアスが恬淡と感想を述べる。

「そやねぇ、なんや案内人みたいな雰囲気やったけど……エルはんの言う通り、神様なんやろか？せやったらすごいなぁ、ウチら神様の使いやで？　偉《えら》ぁなったもんや」

リアが何ともフワフワしたことを宣う。

うん、何か大分わかってきたぞ、この三人のこと。というか、みんなして性格の特徴がわかりやすい。

アクも強い気がするが。

「――いや、それはそれで気にはなるけれど、今すべきはそんな話じゃあない。確かに次元を超越する存在については興味は尽きないし可能であれば然るべき環境で研究したいところだけれど、どうせ望めないのだから考えないことにしよう。それよりも！」

話題が逸れているぞ、と言いながら未練がましいことを垂れ流すエルだったが、まるで自分に言い聞かせるような勢いで強引に話の腰を戻した。

「とにもかくにもだ！　ボク達は魔王を倒さない限り元の世界に還れないいんだ！　いいや断言は出来ないけれども、その公算が非常に高い！　ひどく理不尽な話だとは思うのだけどね！　まったくもってこっちの世界の住人にとって都合の良すぎる話だとは思うのだけどね！　というか報酬もなしに魔道士に命がけで働けとかバカにしすぎじゃあないか⁉　君達もそうは思わないか⁉　なぁ⁉」

「うんうん、わかるわかる。気持ちはわかるぞ。だから落ち着こうぜ、エル。どうどう」

勢いが余ったのか愚痴まで溢れてきた真面目少女を、俺は両手を上げて制動をかける。何というか、真面目すぎてヒートアップしやすい性格らしい。

「ともかくエルの言いたいことはわかった。魔王を倒さない限り元いた場所に帰れないんだから、一刻も早く目的を達成したい、ってことだよな？」

エルの主張を呑み込み、要約して言葉にし直すと、途端に魔道士の勢いが落ちた。それでもなお、キリッとした顔付きは変えず、

「……うん、まぁ、その通りさ。だから観光なんてしている暇なんかないんだよ。ボクはこんな押しつけられた仕事なんてさっさと終わらせて、元の世界での研究に戻りたいんだ」

俺は、うんうん、と頷いて同意を示す。

「オーケー、エルの気持ちはよくわかった。確かに君の言う通りだと思う。俺だっていきなり別世界に連れて来られて、勇者だの何だのと言われて、無償で魔王を倒せって言われてるんだからな。腹が立つのも理解できるし、理不尽だと思う気持ちも同じだ」

「なら――」

と、更に何か言い募ろうとしたエルを、俺は片手を上げて制する。

「――でも、ちょっと考えてみようぜ？　さっき『君達とは上手くやっていける気がしない。これじゃあ力を合わせて魔王を倒すなんて、夢のまた夢だよ』なんて言っていたけど……ここで俺達四人がバラバラになってしまったら、魔王を倒せる可能性はグンと下がってしまうんじゃないのか？魔王を倒さないと元の世界には還れないんだろ？　だとしたら、俺達が魔王に返り討ちにあってしまうなんて最悪のパターン過ぎるとは思わないか？　だから――そう、ここで言い争って仲違いするのは、全員にとって損なことだと俺は思う」

「…………」

エルが唇をへの字に曲げて黙り込んだ。性格的に、反論がないってことは一理あることを認めているということだろう。

「確かに、こんな時に観光だなんて言い出すのは、まぁ不謹慎かもしれない。そこは否定しない。

でもさ？　せっかくいつもとは違う世界に来ているんだから、どうせなら色んな所を見て回ってみたい、って気持ちもわからなくはないだろう？　ほら、急がば回れって言うし。そもそも、俺達はまだこの世界についてほとんど知らないんだ。こういうの、情報収集、って言えばいいのか？　観光がてら、みんなでこの世界について知見を深めるってのは、魔王を倒すためにも必要なことだと俺は思うんだけど……どうだろう？」

「同感」

俺が一生懸命、頭を捻《ひね》りながらエルを説得していると、横手からアスが援護してくれた。短い言葉ながら、その深く存在感のある声音はなかなかの追い風である。

「………………」

ぐぐっ、とエルの眉根が寄る。いかにも魔法使いな帽子の影でよく見えないが、それでも相当なしかめっ面になっているのがわかった。だが、やはり反論しないということは、俺の言に聞くところあり、ということなのだと思う。

「それにほら、よく考えてみたら俺達って装備もまだ整ってないだろ？　一応、城で最低限の物はもらってきたけどさ、これだけじゃ足りないかもしれない。少なくとも街を出歩いて必要になりそうな物を買い足していかないと。金だってもらえたことだし」

観光とまではいかないが、今すぐ魔王の城めざして旅立つのは拙速が過ぎるのではないか――と主張したところ、

「……はぁ……」

とうとうエルの口から諦めの吐息が漏れた。

「……わかったよ、イチロー、君の言葉が正しいことを認めよう。どうやらボクの見識が狭かったようだ。アス、リア、すまなかったね、妙に突っかかってしまって。先程の言葉は撤回しよう。効率よく魔王を倒すため、君達とは協力関係を続けるべきだと判断した。だから短い間だけど、仲良くしようじゃあないか。観光にだって付き合うよ」

なんともはや、随分とひねくれた物言いではあるが、態度を軟化させてくれたらしい。

「あらあら、うふふふ。意地っ張りなおひとなんやね、エルはんは。かわええわぁ」

リアが掌で口元を隠しながら、コロコロと笑った。

さもありなん。見ようによってはエルの態度は、小さな子供のそれと大差なかったのだから。

いやまぁ、ここに居る全員が十代前半の、まだまだ子供と言ってもいい年頃ばかりではあったのだが。

「よかった。安心した」

アスがぼそりと呟く。こいつは四人の中で一番身長が高く、俺よりも頭一つ分以上でかいので、声が上から降ってくる感じだ。称号が『金剛の闘戦士』というだけあって、きっと肉弾戦に特化しているのだろう。この時既に、体格だけならアスは大人と同格だった。

エルの顔が苦虫をかみつぶしたように歪む。

「……ボクはあくまで効率を重視しているだけさ。さぁ、そういうことならさっさと街を巡ろう。行き先は君に任せるよ、イチロー」

「え、俺？」

いきなりの指名に、自分の顔を指差して聞き返してしまう。

「？　ああ、君以外に誰がいるというんだい？　このパーティーのリーダーは君だろう？　なら先頭に立って動いてもらわなければ困るよ」

「え、リーダー⁉　俺が⁉　なんで⁉」

まるで決定事項のように断言するので驚いてしまった。いやいや、そんな話はまったく聞いていない。

「イチローは〝勇者〟だ」

意外なことに、真っ先に答えてくれたのがアスだった。しかも、当たり前のように。

「せやよ？　王様も言うてはったやん。この世界に伝わる〝勇者の伝説〟によれば――うんたらかんたら。ウチら四人の中で〝勇者〟が代表なんやから、その〝勇者〟のイチローはんがウチらのリーダーなんは、そら当たり前どす」

何を今更、とでも言いたげな口調でリアが微笑む。

どうやら満場一致で、俺がこのパーティーのリーダーってことになったらしい。

まぁ、俺の価値観でも〝勇者〟、〝魔道士〟、〝闘戦士〟、〝姫巫女〟と来て、どれが一番リーダーっぽいかと言えば、やはり〝勇者〟一択ではあるのだが。

「あー……うん、わかった。じゃあ、僭越ながら俺がリーダーってことで。なんというか、その、色々と足りないところが多いとは思うんで……みんなもフォローよろしく頼むぜ？」

先述したが俺は元来、社交的な人間ではない。成り行きだから仕方ないとは言え、元いた世界ではリーダー的立場にはとんと縁がなかった男である。故に胸を張って『俺についてこい！』なんて豪語できるはずもなく。

何とも情けないお願いを口にすると、

「安心したまえ。現時点で既に、君が特別な人格者でないことぐらいは把握済みさ」

「確かに」

「ウチらがちゃんと横から支えますよって、大船に乗った気でおりやす」

心強いやら、ちょっぴり悲しいやら、仲間達の励ましが心に染み入る。

いやはや、ともあれ一段落《いちだんらく》だ。城を出た直後にいきなりパーティー解散かと思ったが、どうにか最悪の事態は回避できたらしい。

俺は内心、ほっと胸をなで下ろした。

とはいえ、まさか魔王討伐の第一歩からつまずいてしまうとは。これでは先が思いやられる。

前途多難の予感に、ほんの少しだけ背筋が寒くなった。

早くも暗雲が立ち込めてきたような気がしないでもないが、それを無視するように俺は三人に提案した。

「それじゃ、まずはこの世界について詳しく知っていこうか！」

●3　珍道中の始まり

フィクションでよくある『見知らぬ世界へ飛ばされた』系のお話を見ている時には気付かなかったが、こうして実際に未知の異世界へ来てみると、知るべきことがたくさんあることを思い知らされる。

何が違うって、何もかもが違うのだ。

歴史、文化、価値観――

元の世界を基準に考えても、外国へ行ったときですらカルチャーショックを受けるのである。

それを思えば、成り立ちそのものから異なる世界に来た場合、根底からして常識が相違するのは当たり前の話で。

しかも、それは俺だけでなく、エルやアス、リアを含めた四人全員がそうなわけで。

それぞれが異なる世界から召喚されたおかげで、俺達四人の中ですら統一された基準がなかったのである。

「ひとまず、この世界の貨幣についてなんだが……エルロ？　っていう単位らしいな」

「ああ、金属貨幣が主なようだね。よもやデータ化されていないなんてね……これ、ずっと持ち歩かないといけないんだろう？　なんて不便なんだ」

眉をひそめて文句をつける。話を聞くに、エルの世界では全ての人々が体内に生体コンピューターを有しており、お金はデータ化されているのが当たり前で、いま俺が持っている金貨や銀貨といった物は『博物館でしか実物を目にしたことがない』らしい。

「紙幣はないみたいだな。俺の世界じゃむしろ紙幣がメインだったんだが」

「紙幣？　ああ、カードの前身かな？　こっちにも一応そんな時代はあったらしいけれど」

古臭いね、と言わんばかりに鼻で笑うエル。

漆黒のつば広帽子に真っ黒なローブという姿なので、てっきり魔女のいる中世ファンタジーな世界から来たものと勝手に思っていたのだが、予想に反して、実際には非常に発達した文明世界からやってきた人間だったらしい。

しかし、それほど技術の進化した世界なら野暮ったい黒縁眼鏡なんてかけなくても、いくらでも視力回復の術なんてありそうなものなのだが、何か理由でもあるのだろうか？

「けれど解せないね。この世界の住人は、ボクの世界にもある〝ＳＥＡＬ《シール》〟を生まれつき持っているっていうのに、そちら方面の技術がほとんど進化していないようだ」

「〝ＳＥＡＬ〟……？　ああ、城で教えてもらった〝輝紋〟のことか？」

俺達四人がこの世界に召喚された際、どうやら不思議な力によって肉体改造が施されたらしいのだ。

それが今話題に出た〝輝紋〟である。

いわゆるファンタジー世界で言うところの魔方陣だとか、紋章だとか、そういったものに該当するやつだ。力を籠めると皮膚上に光り輝く紋様が生まれ、魔法みたいな力を発揮する――とかなんとか。

曖昧な言い方なのは現時点では未だ試したことがないからである。その前に城を追い出されてしまったのだ。

「仮説だけど――ボクの世界では〝ＳＥＡＬ〟とは人類が進化する過程で手に入れたものなのだけれど、この世界の住人にとっては原初の時代から存在していたもののようだね。だから技術を研鑽しようという意識が足りない……というか、まったく持っていない。なんともはや、もったいないことにね」

そしてエルが言うところの〝ＳＥＡＬ〟とは、正式名称『Skin Electronic Augment Living《スキン・エレクトロニック・オーグメント・リビング・》 Integrated Circuit《インテグレテッド・サーキット》』の略だそうで、小難しいことはよくわからないがナノマシン的なアレが皮膚の下でコレすることで、俺の世界で言うところのスマートフォンやパソコンと同等か、それ以上の機能を発揮するものらしい。

なにそれすごい。俺、どっちかというとそっちの世界に召喚されたかったぞ。

「己《オレ》の世界では〝輝光紋章《クレスト》〟と呼ばれていた」

「ウチのとこやと〝刻印《タトゥー》〟いうんが、これに近いんやろかなぁ？」

「え、待って？　もしかして完全に初心者って俺だけ？」

どうもアスやリアの世界でも似たようなものがあったらしい。

ということは、俺以外の三人の世界では魔法みたいな力が当たり前に存在していた、となる。

おかしいな。もしかして俺、間違いで〝勇者〟に選ばれたとかないか？　本当に大丈夫か？

内心、すごい不安になってきたぞ。

いやまぁ、それはともかく。

「――えっと、ひとまず相場ってものを理解していかないとな。食べ物がいくらぐらいとか、宿に泊まるのはどれぐらいとか」

なにせ初めて扱う通貨だ。四人ともがこの世界における物の価値をまったくわかっていない。例えば俺の世界では、かつては香辛料が金塊と同じ価値を持っていた時代があったらしいが、ここでも似たようなパターンがあるかもしれない。

というか、ちゃんとそのあたりを理解しておかないと、王様がくれた軍資金の総額だってどれほどのものかわからないのだ。

ちゃんとそれなりの額をくれたのか。

はたまた、はした金しかくれなかったのか。

一応は伝説に謳われる、異世界から召喚された勇者の一行である。一般人なら十年以上は遊んで暮らせるほどの軍資金をくれたと思いたいが――

などと思案に暮れながら王都の中央通りを進んでいくと、なにやら大きな広場に出た。

立派な噴水があったり、小さな出店が並んでいたりで、大勢の人々で賑わっている。街の憩いの場という感じだ。

「さて、四人で固まって行動するのは非効率的だね。二手に分かれよう。一時間後にまたこの広場で集合ということで。どうだい、イチロー？」

効率を重視するエルから、実に彼女らしい提案が上がった。

「ああ、そうだな。分け方は……」

ジャンケンでもして決めようか、と言いかけたところで、はた、と気付く。

駄目だ、そんな適当ではいけない。

「――俺とエルの組と、アスとリアの組に分かれよう。異議のある人は？」

「ああ、問題ないよ」

「わかった」

「ええよぉ」

幸い誰からも文句は出ず、チーム分けはすんなり終わった。

よかった、とこっそり安堵の息を吐く。

ひとまず仲直りしたとはいえ、まだエルをアスやリアと二人きりにするのは少し怖い。となれば、エルの相方は俺しかいない。

またぞろ勇者パーティー解散の危機を回避するためにも、ここはこの分け方一択であった。

「じゃあ、それぞれ必要だと思う物があれば買っておいてくれ。あ、言うまでもないけど、無駄遣いは厳禁で頼む。そういうのは、この世界での金の稼ぎ方がわかってからってことで」

王様からもらった軍資金の多寡がわかるまでは、とにかく慎重でいるに越したことはない。ぱっと見、アスなどは散財しなさそうに見えるが、おっとりとしたリアはやや危うい感じがする。

「よろしく頼んだぜ、アス」

「わかった」

朴念仁《ぼくねんじん》なアスではあるが、出会ってこの方、彼の態度は誠実そのものだ。同じ男だからというのもあるが、俺は既に大きな信頼を置いていた。

「じゃ、リアもまた後でな」

「ほなねー」

うん、とても軽い。フワフワしている。

かくして、アス&リア組と別行動を取ることになった俺とエルが、まず最初に向かったのは——

「野営道具？　地図はともかく、どうしてそんなものが必要なんだい？」

それなりに大きな雑貨店の前で、エルが小首を傾げた。

「いや、どうしても何も……いるだろ？　普通に考えて」

「しかし魔王とやらがいる魔界——『魔の領域』の手前までは人の住む領域なのだろう？　そこまでは宿に泊まれるのだから、そういった物は直前で購入すればいいんじゃあないのかい？」

「——？　いくら人間のいる国とはいえ、何もない土地だってあるだろ？　その時は宿なんてないんだから、テント張って野宿するしかないだろ？」

「——？　なにもない土地……？」

キョトン、とエルが要領を得ない顔をした。

何だか会話の歯車がズレている気がする。

「えっと、だな……」

話してみると、どうやら俺とエルとでは『人の住む領域』という概念に違いがあるらしい、とわかった。

俺からしてみれば、いくら土地があろうと人間が住めない場所なんていくらでもあるだろうし、どうしたって人口密度が薄い場所は生まれるものだ。

だが、エルにとっては人の住む空間は当たり前のように足りず、人々は狭い領域の中でひしめき合いながら暮らしている――というのが常識だったらしい。

これもまた、生きてきた世界が違うが故の、認識の差異であった。

「――なるほど、君のいた世界では土地が余っていたのか。それでそういう発想になる、と。ふむふむ」

「というか、そっちはそっちで狭すぎじゃないか？　それとも世界人口が多すぎるのか？」

「仕方ないじゃあないか、ボクのいた世界はある意味、流刑地みたいな場所だったんだ。狭い惑星に多くの人間が詰め込まれていたんだから、余裕なんてないのが当たり前だったんだよ。だからこそ、出来る限り物質を持たない文化が発展したんだ」

「おお、なるほど。金でも何でもデータ化するっていうのは、そういう理由か……」

しかも、そうやって生体コンピューターなどの技術が発達した結果、まるで先祖返りするかのように魔法や魔術を復活させ、今度はそちらを研鑽するようになったというのだから、何とも驚きの歴史である。

やっぱりちょっと行ってみたいぞ、エルのいた世界。

魔王を倒した後、自分の世界に帰る前に、ちょっとだけ寄らせてもらったりはできないものだろうか？　あの例の声の主がまた現れるようなら、お願いしてみてもいいかもしれない。

まぁ、全てはその魔王を倒してからの話なのだが。

「そうだね、確かにイチローの言う通りだ。どちらかと言うとボクの世界のような状況《シチュエーション》は稀だろう。野営の用意をしよう」

わかってはいたことだが、やはり育ってきた環境が違うだけあって各々の考え方が根本的に違う。七面倒ではあるが、仲間達とは何かある都度ちゃんと話し合い、意識と価値観のすり合わせをしていかなければなるまい。

「────」

ふと、これから先のことを想像してみて一瞬だけ気分が暗くなる。

おかしいな、俺が知っている異世界転移系の物語ってこんな煩《わずら》わしいことを考えることなく話が進んでいたような気がするんだけどな。

どうして俺の場合はこうなるのか。現実はそんなに甘くないってことなのか。

わかってはいたが、これは本当に前途多難だぞ。

「……ふむ、あっちのテントは一万エルロ台。こっちのは四万エルロ台。どうだい、イチロー？　君にはそれぞれの違いがわかって、値段も適正かどうか判断がつくかい？」

「うーん……？」

店頭でエルから質問されて、俺は軽く唸った。

こう見えて、一応はキャンプ経験者である。買い物をしようとなった時、真っ先に野営道具が必要だと考えたのも、それがあってのことだ。

さて、寝床でありシェルターでもあるテントの大まかな違いと言えば、サイズ、素材、加工技術などである。

大きさはもちろん四人用か、それ以上。素材は防水かつ頑丈なのがいい。加工技術が重要なのは言わずもがな。

未だエルロという通貨のことはよくわからないが、俺のいた世界における『[redacted]』に換算した場合、一万[redacted]と四万[redacted]とでは結構な差がある。

「ちょっと広げてみないとわからないが……多分、こっちの高い方がいいと思う。あと、他の商品と値段を見比べれば、大体の基準が……」

言いつつ、視線を泳がせてテント以外の値札を見てみる。不思議なことだが、異世界だというのに文字が[redacted]語で書かれているのだ。数字も見覚えのある形をしている。おかげで異世界語を読み解く苦労はないが、何だか妙な違和感を覚えた。

もしかしなくとも自動翻訳機能みたいな能力が、〝輝紋〟と一緒に俺の体に与えられたのだろうか？

まぁ、流石にそのあたりのフォローがなければ、召喚されてすぐ出鼻を挫《くじ》かれ、にっちもさっちもいかなかっただろうが。

などと考えつつ店内を眺めていたら、ふとペグが目についた。テントを設営する際に地面へと打ち込み、ロープを張って固定するアレだ。

「これが十本セットで三千エルロか……」

これは偶然か、それとも作為的なことなのか。もちろんペグ一つとっても素材は千差万別で、それによっては値段も上下するものだが、俺がいた世界でも大体八本から十本のセットで三千[redacted]ぐらいだった記憶がある。

つまり、通貨の感覚は俺のいた[redacted]国とほとんど同じと考えていいらしい。

「なるほど、ありがたいな」

無論、どこかに落とし穴がある可能性もゼロではないので、買い物の度に気をつけねばならないだろうが。世の中には悪い人間がいて、いつだって他人の金を騙し取ろうとしている——そう両親が教えてくれた。だから、自分の財布は自分で守らなければ。

「エル、王様からもらった金の内訳ってどんなだった？」

「金貨が百枚、銀貨も百枚、銅貨も百枚、計三百枚だね」

「金銀銅でそれぞれ価値も違うはずなのに、全部を百枚で揃えているのは何か意味があるのか？」

「さて、ね？　こっちの世界の風習はよく知らないから、あるいはそうかもしれないけれど」

伝説の勇者用予算として、縁起が良い数字を選んだとかだろうか？

ともあれ、俺とエルは他の買い物客の会計を盗み見て、それぞれの貨幣の価値を計算した。

「ボクの見立てによると、おそらく金貨が十万エルロ、銀貨が一万エルロ、銅貨が千エルロってところかな。それ以下の金銭のやり取りは、あの小粒の金属片でやっているみたいだね」

細い指が示すのは、王様からもらった財布には入っていなかった、金貨や銀貨よりもさらに小さな金属片――『滴貨《てきか》』と呼ばれる通貨だ。これが後に、金滴が百エルロ、銀滴が十エルロ、銅滴が一エルロに相当することが判明する。
「――ってことは俺達にくれた軍資金は、総額が千百十万エルロってところか」
■にすると一千万■と百万■と十万■。
魔王を倒す軍資金としては微妙な気もするが、子供四人に持たせる額としては破格――という感じだろうか。

果たしてこの金額で世界を滅ぼそうとしている魔王を倒すというのは、適正なのだろうか？

「……正直、少なすぎるんじゃあないか？　ボク達は世界を救わなければならないのだろう？　桁が二つほど少ないと思うのだけれど」

俺が難しい顔をしていると、エルが率直に言ってくれた。

確かに、世界を救う代価としては安いにも程がある、と俺も思う。とはいえ、

「ま、足りなかった時はさらに援助を要請すればいいんじゃないか？　俺達がやろうとしていることは国家事業みたいなもんだし。初期投資として考えたら、まずはこんなもんじゃないか？」

言っちゃあ何だが、俺もエルも、そしてアスもリアも子供である。全員が十三歳前後のティーンエイジャーなのだ。いくら思考や仕草が大人びて見えても、生まれてから二十年も経っていない若木がごとき存在だったのである。

当然こういったことには詳しくないし、危機管理能力も育っていなかった。だから、頭のどこかで軽く考えていたのだ。

金がなくなったら、その時はその時でどうにかなるだろう——と。

他の三人はともかく、特に俺については、これまで蓄えてきたゲームやアニメから得た知識の影響も強かったのだと思う。

実際、物語の主人公達はどうにかなっていたのだから——と。

現実ってやつは、そんなに甘くなかったってのにな。

「ひとまず、これで手元に充分な金額があることがわかったな。じゃ、必要な物をしっかり買っていくか」

「ああ、選別はイチローに任せるよ。ボクはこの手のことには疎《うと》いんでね」

「よしきた」

素直に頼られるとついつい調子に乗ってしまう俺である。

しかし、最初はリアの不用意な発言に食ってかかっていくものだからどうしようかと思ったが、こうして買い物をしながらエルと会話を重ねていくと、根はいい奴だとつくづく思う。やはり先刻は召喚されたてで気が立っていたのだろう。

これは意外に、先行きは明るいのかもしれない——

「——おっと、買うのはいいとしても、重量はよく考えて買わないとな。多分、長旅になるだろうし……」

必要な物は多い。だが荷物が多くては足が重くなる。バランスが肝心なので、熟慮していかなければならないが——

「ああ、その点なら悩む必要はないよ。ボクが何とかしよう」

「え？」

どういう意味だ、という視線を向ける。すると、漆黒のつば広帽子の下、ほのかに光っているようにも見える青白い瞳が、眼鏡越しに、わずかだが弓形《ゆみなり》に反った。

「ボクが〝魔道士〟としてこの世界に召喚された由来を、君達にお披露目しようじゃあないか」

◆

エルと広場の近辺を軽く歩き回り、基本的な野営道具を揃えた時点で、早くも小一時間が経過していた。

俺達はアス&リア組と合流するべく、少し足早に広場へと戻る。

巨躯の少年と可憐な少女というデコボコな二人組の姿は、しかし集合場所にはなかった。

あんな——色々な意味で——目立つ二人を見落とすわけがない。

「んー？　おかしいな……二人とも約束の時間に遅れるタイプには見えなかったんだけどな？」

「ああ、そうだね。特にアスの方は、ボクの目からも非常に生真面目な性格のように見えたのだけど」

エルは同意する一方、言外に『リアは別に真面目には見えなかった』とも取れるような発言をした。さっき微妙に煽られた——リアもわざとではなく天然ぽかったのだが——のを根に持っているのかもしれない。

ううん、とエルが小さく唸り、漆黒のつば広帽子を揺らした。

「まいったね。こんなことなら先に通信用の魔術を教えておくんだった。いや、城で教えてもらった理力と理術でもよかったのだけど。これは、二手に分かれる前にしっかりと連絡手段を確保しておくべきだったね」

眉根を寄せて悔いるエルの言葉に、俺は己が失敗に気付かされた。

「そうだな……悪い、俺の判断ミスだ」

通信の手段を確保しておくべきだったのは、俺の方だ。リーダーである自分が真っ先に気付き、対策を講じておくべきだったのだ。

そして、はた、と気付く。

「まさか、何かトラブルに巻き込まれてるんじゃ……？」

なにせ俺達全員がこの世界に来たばかりの異邦人だ。しかも四人ともがそれぞれ違う常識を持つ。何か突拍子もないことをして、騒動になっている可能性は非常に高い。

「まずい、エル、今すぐ二人を捜しに――」

と言いかけたところで、遠くから悲鳴のようなものが聞こえてきた。

「――!?」

俺とエルだけでなく、広場にいる人々が総じて声のした方角へと振り向く。

この瞬間、周囲の人々が、

「なんだぁ？」「まぁた泥棒でも出たかな？」「やぁねぇ、最近は治安も悪くなって……」「魔王が復活してから景気も悪いしなぁ……」「ま、そのうち憲兵がやってくるだろ」「おい、行ってみようぜ！」「いやいや、触らぬ神に祟りなしだ。早く帰ろう」

と口々に呟くのが、何故か俺の聴覚にスルリと入ってきた。これはもしかしなくても、この世界に来て〝勇者〟になった影響なのだろうか？　耳だけでなく、五感全てが瞬間的に強化されたような感覚があった。

――というか『触らぬ神に祟りなし』ってことわざ、この世界にもあるのか？　それとも、やっぱり自動で翻訳されているだけなのか？

などと頭の片隅で考えつつ、俺はエルと顔を見合わせた。

黒縁眼鏡をかけた青白い瞳が、きっとあちらにアスとリアがいるに違いない、と言っている。俺は頷きを一つ。

「――行こう！」

「ああ！」

二人して駆け出す。

果たして広場の東側の出入り口付近で、事件は起こっていた。

「おうおうおう！　さっきから黙りくさりやがって！　どうにか言ってみたらどうなんだ！　ああ⁉」

ちょうど串焼きやら具を挟んだパンやらが売られている、出店の一角だった。

何やらガラの悪い連中が集まっていて、その中心に一際目立つ体躯のいい男がいる。

見紛おうはずもない。

アスだ。

「…………」

巨木のような雰囲気を纏うアスは、無言のまま声を荒げる男を見つめている。巨躯のアスは大人と思われる相手よりも背がデカい。自然、ぎゃあぎゃあと喚く男を見下すような形になっていた。

「どこの世界にもいるものだね、あの手の輩は」

俺の隣のエルが嫌悪感も露わに呟く。別に嫌な思い出があるとかではなく、普通にああいう手合いが嫌いなのだろう。俺も同感だ。

とはいえ。

「おいおい……」

俺は思わず声を漏らした。くどいかもしれないが、この時の俺はまだ中学に上がったばかりの子供であり、いわゆるチンピラやヤクザといった反社会的な人種とはまるで縁がなかった。耐性もなかった。

故に、仲間のアスがそういった連中――六人ぐらいか？――に囲まれている状況というのは、悪夢以外の何ものでもなかったのである。

「ええと、どうにかして助けなきゃだよな？　割って入って連れ出すか？　それとも助太刀するか？　いやこの世界の法律ってどうなってんだ？　喧嘩したら捕まるのか？　俺って〝勇者〟だけど、それでも逮捕されちゃうのか？」

焦ってつい独り言が口を衝いて出てきた。ここは俺が生まれ育った[redacted]国ではない。異世界転移の定番で考えれば、ここであのチンピラ共を叩きのめしたところで、警察——憲兵？　——のやっかいになる可能性は低い。が、それはあくまでフィクションの話であり、むしろ作品によっては普通に逮捕されて投獄されるパターンもあった気がする。

というか、いくら〝勇者〟とはいえ、まだこの世界に来たばかりの俺にああいった輩を一蹴する力があるのだろうか？　まだレベル上げもしていないし、ステータスだって確認していない。やや五感が強化されているような気もするが、それだって錯覚かもしれない。

いや、長々と言い訳ばかり並べ立てるのはもうやめよう。

ぶっちゃけ、俺はビビってたのだ。

情けない奴だと、笑わば笑え。

だって、あいつら全員大人だし、ここは異世界だし、どこに武器を持ってるかもわからないし、喧嘩とか荒事はほとんどしたことなかったし、人数もあっちの方が多いし、こっちはアスがいるとはいえエルは女の子だし、そういえばリアの姿が見えないな、あれ——？

「やれやれ、まったくだね」

俺が瞬間的にめちゃくちゃ懊悩《おうのう》していたら、エルが一人で騒動の中心に向かって歩き出した。

「おいおい聞ーてんのかニイちゃん！　お前の肩がぶつかったおかげで仲間が怪我してんだ！　出すモン出してもらわなきゃ、こちとら引くに引けねぇぞ！　ぁあ⁉」「まずは謝罪！　次に金！　ついでにそこのお嬢ちゃんとも遊ばせてもらおうか！　ぉおん⁉」「どーした！　何とか言えよコラァ！」

うっわぁ、なんてステレオタイプのチンピラなんだ。元の世界でもここまでコテコテなのは見たことないぞ。いや、こうして馬鹿にしていると、あんな連中にビビってる俺が余計に情けなく思えてきてしまうのだが。

しかも言われている方のアスが微動だにせず、どっしりと構えているだけに、チンピラ連中の小物臭がひときわ強く漂ってくる。

出店の店員や、周囲の一般人は遠巻きに眺めているだけで誰も助けようとはしてくれない。先程、掠《かす》め聞いたように『ま、そのうち憲兵がやってくるだろ』と思っているのだろう。

そんなところへ、全身黒尽くめの魔道士は躊躇なく歩み寄っていき、

「待ちたまえ、君達。そこの彼はボクの連れだ。話を聞こうじゃあないか」

鉄鋼かと思うほど硬い声で、エルは男達に呼びかけた。どう聞いても話し合いをしようという雰囲気ではない。

「ぁあ？　なんだぁ、ガキんちょ？　てめぇには用はねぇんだよ、すっこんでろ！」

案の定、荒々しくはねのけられた。

すると、

「いいだろう、ならば交渉決裂だ」

一転してエルの声音から硬さがとれ、いっそ嬉しそうな響きに変わった。

「　風よ旋《まわ》れ　大地よ蠢け　」

次の瞬間、エルの唇から不思議な言葉が紡がれた。

得も言えぬその響きは、後《のち》に魔力が込められた詠唱だと判明する。

「なんだぁ？　てめぇ何を――おおわぁ⁉」

チンピラの一人が文句をたれようとした刹那、その足元が不意に崩れ、なんとその場で転倒したではないか。

しかも立て続けに、

「うおおお⁉」「おっ、おおっ！」「な、なんだぁ⁉」「ぐえっ⁉」「うわぁっ⁉」

他の連中も目に見えない棒で足元を払われたかのごとく、バタバタとひっくり返っていく。

この時、エルが発動させたのは『転倒《タンブル》』と呼ばれるもので、主に子供や魔道士の弟子などが粗相をした際などに使う、お仕置き用の魔術だったという。

つまり子供の躾用の魔術をもって、エルはチンピラ六人を無様に転がしたのである。

「ボクは言ったはずだ、話を聞こうじゃあないか、と。そして、それを拒絶したのは君達だ。であれば、話し合いで決着がつかない場合、君達が大好きであろう暴力に頼るしか解決の糸口はないだろう？　さらに付け加えると、こちらに遠慮や手加減をする理由なんて一切ない」

勝ち誇る風ではなく、これは論理的に当然の結論である、と言わんばかりにエルは告げた。

「つまり――君達がボク達より弱いのなら、圧倒され打倒され制圧されるのは、君達の方だ」

見るからに幼い少女に冷たい口調で言われ、瞬間沸騰で頭に血が上ったのだろう。チンピラ全員の顔が憤怒に染まった。

「て、てめぇこのクソガキ！　さっきから聞いてりゃ調子くれやがが――‼」

「風よ旋《まわ》れ　大地よ轟け」

短い呪文を再び、ナイフで斬り付けるかのごとく素早く詠唱するエル。

「どわぁあああっ⁉」

途端、既に尻餅をついている状態のチンピラがさらにひっくり返った。まるで鋭い突風に煽られたかのごとく、あるいは地面の下から強烈に突き上げられたかのように。

すごいな、転んでいる状態の人間をさらに転倒させられるのか。

エルはひどく冷たい目でチンピラ達を見下ろし、

「調子に乗っているのは君達の方だ。ひとまずボクの連れから詳しい話を聞くから、そのまま黙って座っていたまえ。うるさいようならまたひっくり返すよ」

冷静になってみれば、またひっくり返すよ、というのはあまりにも幼稚な脅しではあったのだが、この時ばかりは雰囲気に呑まれてしまい、何故かそれなりに恐ろしいことのように思えてしまったのだから不思議である。

後になって振り返ってみると――やはりこの時のエルは委員長じみた生真面目さがありつつも、攻撃的な相手に対してもいきなりぶん殴るのではなく、ただ転倒させるだけという慈悲をも併せ持っていた。

一見厳しいように見えて、その実、なかなかに優しい性格をしていたのだ。

「それで一体全体、何がどうしてこうなったんだい？」

エルがアスに問う。

すると巨躯の背後から、ぴょこん、とリアの姿が現れた。どうやらアスの背後に匿われていたらしい。

「それがウチらにもよくわからへんのよ。ここで買い食いしようとしたら、そこの人らが急にアスはんにぶつかってきはって。そんでアスはんが黙っとると、段々と因縁のつけ方が雑になってきて……今さっき聞いた通りなんどす」

「つまり、君達から何かしたわけじゃあないんだね？」

リアの説明にエルがさらに問いかけると、今度はアスが無言のまま、こくり、と頷いた。

「よろしい、よくわかったよ。最初から話し合いの余地はなかった、ということだね。君達は最初から悪意を持って彼らに近付き、恫喝した。理不尽な手段で不当な利益を貪るために」

もはや裁判官がごときエルの態度であった。胸を張って冷然とチンピラ共を見下し、判決を下す。

「君達を憲兵に突き出す。大人しくお縄につくならよし、抵抗するなら――痛い目にあうことになるよ」

ギラーン、と眼鏡の奥の青白い瞳が妖しく光ったようだった。

しかし当然ながら、大人しく従うチンピラ達ではない。そんな殊勝な心掛けのできる人間なら、最初から当たり屋みたいな真似などしないのだ。

「――ざけんじゃねぇぞクソガキが！　つけあがってるんじゃねぇ！」

一人がそう叫んだ途端、チンピラ全員の顔に色取り取りに輝く模様が浮かび上がった。

「――!?」

遅れて、その赤や黄色、緑といった色に輝く紋様こそが〝輝紋〟だと気付く。そうだった。俺達四人に与えられたこの不思議な力を、この世界の住人は最初から有しているのだ。

皮膚上を駆け巡る幾何学模様を煌めかせるのは、おそらく城で教えてもらった〝理力〟。それを駆使して組み上げられるのは、魔法のような術式――『理術』。

魔法のような――というか、実際に魔法そのものだ。例えば手から火を出したり、風を起こしたり、身体能力を強化したりと、その用途は多岐にわたる。

この瞬間、チンピラ共がやろうとしていることなんて考えるまでもない。

刹那、六人の男の全身から凶暴な気配が放たれ、空気が帯電したようにヒリついた。

「風よ旋《まわ》――」

三度《みたび》エルが『転倒《タンブル》』の魔術を発動させようとした瞬間。

「させるかボケェ！」

とチンピラの一人が掌をかざし、叫んだ。

「〈火尖槍《かせんそう》〉！」

まさしく先述した例えそのまま、エルに向けられた男の手から猛火が生まれ、鋭い槍となって発射されようとする。

転瞬、時間が大きく間延びしたような感覚が俺を襲った。

俺の思考――ヤバい、あれはマジでガチなやつだ。当たったら間違いなくただじゃすまない。エルは〝魔道士〟だから魔法防御的なものは高いのか？　それとも素早く回避できる？　いや距離が近すぎる。というかどう見ても詠唱なしで発動した理術に驚いている。顔だけでなく全身が強張っているのがわかる。あれじゃ対応できない。直撃を食らうだけだ。直撃を食らったらどうなる？　大やけど？　下手すりゃ死ぬ？　こんなつまらないことで？　まだ始まったばかりなのに？　最初の街すら旅立ってないのに？　魔王を倒さないといけない俺達がこんなところで躓《つまず》く？　あっさりと？


ふざけんな。

そう思った瞬間、体が勝手に動いていた。

「――――！」

前に一歩。

踏み出した刹那、爆発的な加速。

まるで瞬間移動みたいに、一瞬でチンピラとエルとの間に割って入る。

我ながらあり得ない動きと速度。自分で自分が信じられない。しかし、そこにかかずらっている暇もない。

いきなり目の前に来た。チンピラの放つ炎の槍。その穂先の真ん前。顔に熱。前髪の先がチリリと焦げる感触。

咄嗟《とっさ》に腕が動き、今まさにこちらへ発射されんとしていた火炎の穂先を、掌で横薙ぎに払う。

パンッ！　と猛火の塊が弾け飛び、霧散した。

「え？」

「は？」

炎の理術を手で掻き消されたチンピラも驚いたが、当の俺自身もびっくりしていた。

いやまさか手で払っただけで消せるとは。蝋燭の芯の根元を指で押さえたら火が消せるのと同じ理屈だろうか。何か違う気もするが。

「――なんだテメェ⁉」

いきなり割り込んできた俺にチンピラが怒鳴る。といっても、相手は尻餅をついたままこちらに手をかざしているだけの、何とも間抜けな体勢だ。

そして今、俺は勢いに乗っている。

やっぱり自然と体が動き、こちらに突き出されたままのチンピラの腕を取る。両手で掴み取り、当たり前のように右手でチンピラの手首を、左手で肘を押さえる。そのまま、ぐい、と力を入れると簡単に関節が極まった。

「いっ――いでででででぇっ⁉」

途端に噴き上がる悲鳴。傍から見れば大人が子供に腕を極められて喚いている形だ。かっこつかないこと甚だしいだろうが、しかしエルに向かって明らかな過剰攻撃を仕掛けたことは決して看過できない。これは当然の報いである。

「……た、助かったよ、イチロー」

「……えっ？」

背後から声をかけられて、ようやく我に返った。

あれ？　俺、今、何をどうしたっけ？

「驚いたよ、そんな風に動けたんだね。流石は〝勇者〟に選ばれし者、ってことかな？」

「え、いや、あの……」

せっかく褒めてもらっているというのに、言葉が出ない。

おかしい。俺は特に格闘技など学んだ覚えはない。現在進行形でチンピラの関節を極めて動きを制しているが、どうして自分にこんなことができるのか、さっぱり理解が追い付かない。

「――おいテメェいつまでやってんだコラァ！」

と、次に動いたのは俺が腕を極めているチンピラの仲間。エルの詠唱が止まっているのをいいことに勢いよく立ち上がり、先程から輝かせている幾何学模様をさらに励起させ、何かしらの理術を発動させようとする。

しかし。

「まて」

深い声の持ち主がそうはさせなかった。

ガシッ、と熊みたいにデカい手が、チンピラのそれを後ろから掴み、握り込む。それだけで俺とエルに向けられようとしていたチンピラの手が、すっぽりと覆い隠されてしまった。

「なん……!?　おいコラ放せ――」

「暴力は、よくない」

「ぐぁあああああああああぁッッ!?」

肩越しに文句をつけようとしたチンピラが、出し抜けに悲痛な叫びを上げた。見れば、アスの手がさらに握りこまれている。これではチンピラの掌は小さく圧縮されていく一方だ。それこそ、万力で締め上げられるかのごとく。

これで六人中二人が無力化されたが、未だ数において優位なのはあちら側だ。

当然、向こうもそうとわかっているので、残る四人が立ち上がって反撃の狼煙《のろし》を上げようとしたが――

「風よ旋《まわ》れ　大地よ蠢け」

今度こそエルの詠唱が間に合い、三度《みたび》チンピラ全員が悲鳴を上げてその場でずっこけた。

何度見ても不思議な光景である。呪文が唱えられただけで、いい大人が足を滑らせたように体勢を崩すのだから。

「くっ、クソがァっ！」

俺に腕を極められながら地面に尻餅をついた――危うく勢い余って腕の骨を折ってしまうかと思った――男が無様に悪態をつく。

当たり前だが、こういう輩は面子こそが命だ。そう簡単に諦めるわけがなく、むしろ戦意を燃やして逆襲を図っているように見えたが――

「はーい、そこまでやでぇ、おにいさん達」

鈴の音を転がすような声が、可愛らしい口調でしかし、とんでもなく物騒なものをチンピラ達に突き付けた。

拳銃。

そう、俺の目には拳銃にしか見えない。確かにデザインは近未来的で、鉛玉というより殺人光線でも出しそうな雰囲気だが——って、いやいやこんなファンタジー世界で拳銃⁉　しかもデザインが最先端的な流線形⁉　世界観が壊滅的に無視されてないか⁉

「動いたら撃つでー。ほんまに」

のほほん、としかし非情なセリフを吐くのは、誰あろうリアであった。

え？　確かリアの称号は〝白聖の姫巫女〟だったはず。なんというか、言葉の響き的には僧侶とか司祭とか、いわゆる支援系な役職だと勝手に思っていたのだが——

もしかして、違うのか？

一瞬、ピタリ、と凍り付いたように動きを止めたチンピラ達だったが、リアの構える拳銃をまじまじと見つめた挙句、

「……なんだぁ？　そんなオモチャで一体どうしようって」

鼻で笑ってリアに手を伸ばした瞬間、

「あ、動いた？　はいバキューン」

「アガガガガガガガガガガガガッッ⁉」

銃口から迸った凄まじい電撃の餌食となり、盛大な悲鳴を上げて不気味なダンスを踊った。

拳銃に見えたそれは、どうやら強力なスタンガンだったらしい。

二秒か三秒ほど、チンピラに陸に上がった魚みたいなダンスを舞わせてから、リアは引き金から

指を離す。

弾ける紫電が消えると、愚かなチンピラはそのまま失神して、バタリと崩れ落ちた。死んではいないようだが、心身ともに大ダメージを負っているのは間違いない。

「どない？　これでウチの怖さがようわかったやろ？　他のおにいさんらも、ちょっとでも動いたら遠慮なく撃つさかい。痛い目にあいとうなかったら、動かん方がええで？」

怖いことを笑顔で言うので、めちゃくちゃに恐ろしい。

美しい花には棘《とげ》がある、とはよく言うが、まさにだった。むしろ毒を秘めているまである。

「ヒッ……!?」

ようやく状況を飲み込んだチンピラ達が、喉から悲鳴の欠片を漏らした。

「わかってくれはった？　ほな、全員そこに正座しぃな。大人しゅうしとったら悪いようにはせんから。ほら早《はよ》う」

にこやかな雰囲気を一切崩さないまま、リアがかなり厳しいことを告げる。

正座――石畳の上に、である。

『…………』

唖然。もちろんチンピラ共だけでなく、俺やエル、アスも同様だ。まさかの伏兵に意表を突かれて、動いたり喋ったりする取っ掛かりがまるで掴めないでいる。

「あらあら、聞こえへんかったんかな？　もう一人ぐらいイッとく？」

上方に向けた拳銃型スタンガンの引き金を軽く引き、銃口からバヂバヂバヂバヂバヂッッッ!!

と火花を散らせた。

「――ほら、正座や」

ドスの利いた声だった。

その瞬間、その場にいた全員が素早く地面に膝をつき、正座した。

すると――くすっ、とリアが可愛らしく噴き出し、

「――ちょっと、いややわぁ。イチローはんもエルはんも、アスはんまで正座せんでもええんやで？　するのは阿呆なおにいさん達だけで十分やさかい」

うふふ、あはは、と掌で口元を隠しながら、とても朗らかに笑ったのだった。

もちろん俺達は少しも笑えなかった。

あのエルまで正座してしまったあたりに、この時の恐怖と驚きの大きさを察して欲しい。

◆

結局、いきなりアスとリアに突っかかってきたチンピラ連中は、遅れてやって来た憲兵に突き出して一件落着となった。

幸いにも俺達にはお咎めはなく、無駄に拘束されるようなこともなかった。

なかったのだが――

チンピラ共を憲兵に引き渡す前、彼らを正座させたリアが何をしたのかといえば。

「――おにいさん達、自分がなにしたかわかっとるん？」

「悪いことしたんやで。しかも、わざとや。何も悪くないウチらに勝手に絡んできて、あろうことか恐喝までしてきたんや。その挙句に、ウチらに返り討ちに遭《お》うたんやで。わかっとるよな？」

「これから、あんさんらを憲兵はんに連行してもらうんやけど……その前に落とし前はキッチリつけとかなあかんやろ？」

「ウチ、おにいさん達の顔はもう覚えたで。こう見えて、人を捜し出すのは得意なんや。このままけじめつけんとハイさよなら言うんなら、ウチにも考えがある」

「臭いブタ箱から出てきた後、どこまで逃げても追いかけたるで。草の根かき分けて、地の果てまでも追い詰めたるからな。ウチは本気やで」

「ウチに売った喧嘩が今日一日だけで終わると思うた？　残念やけど、ウチは若いからなぁ。明日も明後日も、来年も再来年もあるんやわ」

「どないする？　ある日突然、後ろからバチバチされるんは嫌やろ？」

「月のない夜に出歩きできんようには、なりたないやろ？」

身の毛もよだつ恐怖であった。

何が恐ろしいって、これら全てをキラキラと輝くような笑顔で言い放ったのだ。

まるで天使みたいな可愛らしい声音で。

その姿はどこか、自分のしていることが〝恫喝〟であることを理解しておらず、むしろ理《り》を尽くして諭しているかのようだった。

いや、ようだった、ではなく、リアの中では真実そうだったのだと思う。

悪気など微塵もない。

ここできちんと謝罪しない人間には、いずれ天罰が下る――心からそう思っているような口振りだったのだ。

「吐いた唾、飲まんときや」

詰まる所、チンピラ達の論法では『迷惑をかけた分はきっちり補償しろ』ということなのだから、立場が逆転した今、お前らこそがこちらに対してその論法で補償をするべきだ――とリアは言っていたのだった。

それこそが落とし前をつけることであり、けじめをつけることになると。

結果は言うまでもない。

憲兵が来る前に、チンピラ達の財布は空っぽになったのだった。

●4　固まる指針

「ええっと……まぁ、余計なトラブルこそあったが、とにもかくにも無事に合流できて何よりだったな。みんな、お疲れ様」

諸々の処理を片付けた俺達四人は、休憩がてら手近な喫茶店へと足を運んだ。

全員が席に着き、注文を終えたところで俺は労《ねぎら》いの言葉をかける。これでも一応、リーダーとしての振る舞いを気に掛けてのことだ。

「……しかし、驚きだったね。リア、君は見かけによらず相当な食わせ者だ」

エルが早速、苦笑いを浮かべてリアに水を向ける。

するとリアは変わらず無邪気な笑顔のまま、

「――？　何のことですのん？　ウチ、何かおかしなことしました？」

きょとん、と音が聞こえてきそうな勢いで小首を傾げた。

ネタでやっているのではない。本気で心の底から言っている。見ただけでそれがわかった。

「本当に驚いた」

アスが一言、感想を口にする。言葉が少ないだけに、その思いの大きさと深さがよく伝わってくる。

あの時、リアを完全に戦力外だと思っていたのは俺だけではないだろう。口振りから察するに、エルもアスも同様に考えていたはずだ。

思わぬ伏兵。

まさかのどんでん返し。

「？　？　？　ウチ、当たり前のことしかしてへんと思うんやけどなぁ……？」

誰が思うものか。こうして目の前で宙に視線を上げ、不可解だと言いたげな表情を浮かべている愛らしい少女が、あんな極道の妻みたいなことをやらかしてくれるなど。

というかアレが『当たり前のこと』ってどういうことだ。どんだけ殺伐とした世界からやって来たというのだ、この姫巫女は。いや、本当に姫巫女なのか？

どうも先程の拳銃型スタンガンが、いわゆる〝白聖の姫巫女〟の固有能力の一端らしいのだが――

「ともあれ、イチローの言う通りだね。無事に合流できて本当によかったよ。いい機会だ、ここで君達に授けておきたい魔術がある」

「「魔術？」」

俺とアス、リアの声が綺麗に重なった。

驚いたことに魔術の行使は魔道士だけの特権ではないらしい。エル曰く、簡単なものなら大気に含まれるマナ――魔力の素みたいなものらしい――を活用するだけで使用することが可能なのだそうだ。

「イチローにはさっき話したけれど、一つは亜空間に物を収納する〝ストレージ〟の魔術。もう一つは、互いに交信するための〝テレパス〟の魔術だ。こちらはボクらの体に刻まれた〝ＳＥＡＬ〟――ではなかったね、この世界では〝輝紋〟と呼ばれるものを活用する『通信理術』と併用して欲しい。なに、通信手段なんていくつあっても困らないものさ。ちゃんと使いこなせさえすれば、ね」

君達にそれが出来るかどうかは別として、と言外に言っているかのようなエルの舌端《ぜったん》である。

言い方はともかく、重たい荷物を持ち運ばずに済むのは非常に助かる。そして、連絡手段の重要性についてはつい先刻、これでもかと痛感したばかりだ。

一も二もなく俺達はエルに教えを請い、〝ストレージ〟と〝テレパス〟の魔術についての知識を得た。

無論のこと、俺もアスもリアも初めてのことなので多少の訓練は必要だったが、どちらもその日のうちに習得することができた。

ちなみにだが、アス&リア組は出店で買い食いをしただけで、基本的に買い物はしていなかった。ちゃんと念を押しておいたにも拘わらず、無駄遣いしかしていなかったという。まぁ悪いのは主にリアの方だったのだが。

「じゃあ、それぞれが得た情報について共有しておくか」

今更言うまでもないが、俺達は買い物だけを目的にして街を出歩いていたわけではない。

この世界についての情報を収集するのも、二手に分かれた目的の一つだったのだ。

俺とエルは、主にこの世界の貨幣価値についてと他諸々。

アスとリアは、主にこの世界の食文化についてと他諸々。

それぞれが得た情報を出し合って、知識を共有していく。

そうこうしているうちに注文した飲み物が届き、俺は思わず感嘆の息を吐いた。

「……この世界にもコーヒーとか紅茶とかあるんだな、本当に」

メニューにあったのでホットコーヒーを頼んでみたのだが、実際に来たのは、そのまま俺の知っている黒い飲み物だった。湯気とともに漂う香りもまた、よく知るそれである。

「――?　それのどこが不思議なんだい?」

とエルが素朴な疑問を呈した。

「いや、不思議というか何というか……」

この世界の言語は、どうやら俺にわかるよう自動翻訳されているらしい――というのが俺の認識だ。

つまり、本来ならメニュー表には俺のまったく知らない言語で、聞いたこともないような名前の飲み物が並んでいるはずなのだ。

なのに俺の目には『コーヒー』や『紅茶』と見える。だがまったく同じはずがない。翻訳はあくまで翻訳であり、実際に『コーヒー』や『紅茶』と書かれているわけではないのだから。

故に、それらに似て非なる何かが出てくると勝手に思い込んでいたのだが――

「……まさか、五感の情報まで勝手に変換されてたりしないよな……？」

妙な想像をしてしまい、ぞっと怖気が走る。

というか、もしかしなくてもこれ全部が夢だったりする可能性はないか？　ほら、フィクションでよく見るヴァーチャルリアルとかみたいに。俺の心だけがここにあって、肉体は全然別というか、元の世界にあったままで――

「ああ、そういうことか。残念だけどね、イチロー。それは考えるだけ無駄だよ」

まるで俺の心を見透かしたかのように、エルがつまらなさそうに吐き捨てた。

「こちらの世界に来てからすぐ、ボクも思考をいくつかに分割して無数の可能性を考えてはみたさ。けれど、それらの仮説を検証する術がないんだ。今ここにいるボク達は現実なのか？　それとも夢か幻なのか？　結局のところ、その疑問に正解はないんだよ。現状では手に入れようがない。だから、考えるだけ無駄なのさ」

「お、おお……何言ってるかよくわからないが、エルの頭がめちゃくちゃいいってことだけは、よくわかった……」

どうも俺が考えるようなことはとっくに考察しきっていた、ということらしい。〝勇者〟とか〝魔道士〟のいるパーティーではありきたりながら、やはりエルが頭脳担当ってことで間違いなさそうだ。

んん、とエルが咳払いを一つ。

「さて、閑話休題だ。そろそろ本題に入ろう。――魔王についてはどれぐらいわかったんだい？」

エルが主題に切り込んだ。

そう、今回の情報収集――つまり聞き込みのメインは、俺達が倒すべき相手、魔王についてである。

しかしながらアスが太い首を横に振り、

「ほとんどわからなかった」

「なんや、名前が〝えいざそうす〟？　いうんはわかったんやけども……それ以外はとんとわからへんかったわ」

アイスティーにさしたストローを口にしていたリアが、アスのフォローをした。

エルが神妙な表情で頷く。

「やはりか……魔王の名前ならボク達の方でも聞けたよ。〝天災の魔王エイザソース〟。もっとも、この名前からは何のイメージもわかないのだけれどね」

「つか、人間の世界を恐怖に陥れてる相手だっていうのに、名前しか情報がないって……普通にヤバくないか？」

そうなのだ。

城でも魔王に関する情報は大してもらえなかった。

とにかく『東の魔界にいる魔王が、魔族と魔物を率い、人界へ攻め入ってきている』としか説明されなかったのだ。

もちろん、現在のところ人界のどのあたりまでが魔王軍に侵略され、どこそこの国のどのあたりが占領されているかなどの情報はあった。

しかしこの世界に来たばかりの俺達に、土地勘などこれっぽっちもありはしない。なので、せっかくの説明も意識の表層を滑り落ちていっただけだった。

「戦力の規模もわからないと、困る」

「せやねぇ。けど、ウチら四人しかおらへんし。あちらはんもそんなに数多くないんとちゃいますん?」

アスとリアが、ひどく当たり前のことを言った。

まったくその通りである。人間を脅かす魔王の軍勢というが、その総数は不明。そして、それを率いる魔王を倒すために召喚されたのは、俺達四人だけ。

「……よく考えたらおかしくないか？　この国の兵士とか、いやむしろ軍隊とかと一緒に行くべきなんじゃないか？　俺達みんな子供だぞ？　それがたった四人だけで、魔王の軍なんて倒せるものなのか？」

はぁ、とエルが溜息を吐く。

「よく考えなくてもおかしいんだよ、イチロー。けれど、城で聞いたろう？　伝説に謳われるかつての勇者、魔道士、闘戦士、姫巫女はそのたった四人だけで過去の魔王を撃退しているんだ。つまり、ボク達もそれに倣えってことさ」

諦めているというより呆れ果てているエルの言葉に、俺はゲンナリする。

「千年も前の話なんて眉唾もいいところだと思うんだけどな、俺……」

「ボクもさ」

ひょい、と肩をすくめながらエルは同調してくれた。

何というか、ファンタジー世界での当たり前は、現実においては非常識が過ぎる。魔王軍の規模がどんなものかは知らないが、まさか魔王を含めて十人ぐらいってことはあるまい。地方のヤクザじゃあるまいに。そんな数で世界征服など到底不可能だ。

逆に言えば、この世界の人類生存圏を掌握できる程度の集団ではある——という予想が立つ。となると、おそらくは数千から数万。あるいはそれ以上。

「情報が圧倒的に足りない」

「その通りだよ、アス。驚くべきことに、ボク達の宿敵である魔王について今現在わかっているのは、たった二つだけだ。即ち——〝東にいる〟、〝天災の魔王エイザソース〟。これだけだ。まったくお話にならないね」

「お城でも誰も教えてくれへんかったしねぇ。多分やけど、みんな知らへんのとちゃうん?」

「誰も知らない、いるかどうかもわからないものを倒せ——ってことか……ほんと無茶言ってくれるよな」

考えるだに無茶苦茶が過ぎる。

勝手に召喚しておいて、詳しいことはよくわからないから後はよろしく、とは。

異世界のアバウトさには辟易するしかなかった。

「だが、やるべきことをやらなければボク達は元の世界には還れない。業腹だけど、なんとかするしかないね」

「同感」

あくまで現実主義的なことを宣うエルに、アスが深い声で同意する。

文句を言ったって始まらない。どうせ魔王を倒さなければならないのだ。ウダウダと愚痴るよりも建設的に考えた方が健全ではあろう。

「さて、そんなこんなの状況だけれど、君はどうすればいいと思う？　イチロー」

「え、俺？」

「ああ、君がボク達のリーダーなんだ。これからの指針を決めて欲しいね。〝勇者〟らしく」

「うーん……」

そう言われると責任重大だ。というか、よく考えなくても俺が一行のリーダーということは、ここにいる三人の命を預かるという意味でもある。つまり――

――あ、駄目だ、深く考えたら駄目になるやつだ、これ。

「そうだな……」

下手なことを考えると重圧《プレッシャー》に押し潰されてしまう気がしたので、俺は意図的にそのあたりの思考を停止させ、純粋にこれからのことへと意識を向けた。

「……しつこいようだが、俺達には情報、知識が全然足りない。ゲームだって攻略情報もなしにプレイするのは無謀だ。だから、このままいきなり魔王のところに行っても負ける可能性が高い」

ん？　そういえば『ゲーム』って単語はみんなに通じるのか？　と思いつつ三人の顔を見渡してみるが、誰も不思議そうな顔はしていない。どうやら問題なく『ゲーム』という概念は通用しているようだ。

「だから俺達がするべきことは、ただ一つ。とにもかくにも情報収集だと思う。魔王のこと、魔王軍のこと、魔界のこと。それに、俺達自身のことも」

「ボク達自身のこと？」

思わぬ言葉を聞いた、と軽く目を見張るエルに、俺は頷きを返した。

「例えば、俺達の伝説。いや、俺達というか、先代？　過去の勇者や魔道士、闘戦士や姫巫女についての情報も必要だと思う。例えばこれがゲームだったら、世界のどこかに伝説の武器防具が眠っていたりするものだろう？　魔王を倒すにはそういうのも必要になってくると思うんだ」

ここは少なくとも俺の主観においては――何とも小難しい言い方になってしまってアレだが――現実である。

なので現実とゲームを重ねて考えるのはよくないかもしれないが、かと言って他に手掛かりらしい手掛かりもない。

実際、魔法みたいなものがあったり、魔道士が魔術を教えてくれたり、何だかよくわからないがチンピラ相手に圧倒できる身体能力やスキルがある現状なのだ。

これまで蓄積してきたゲーム知識が、異世界という真っ暗闇の中、手元を照らす灯火ぐらいにはなってくれるだろう。

「だから、情報を集めよう。伝説について調べよう。必要なものを集めよう。時間はかかるだろうし、大変なこともいっぱいあると思う。でも、急がば回れだ。何かありそうなところは全部巡って、出来ることはどんどんやっていこう」

「イチローはんは好きなんやね、その言葉」

力説する俺に、くす、と笑ったリアが言う。俺は虚を衝かれ、

「えっ？」

何が？　と聞き返した。すると、

「その〝急がば回れ〟って言葉や。慎重なんやねぇ、ウチらの勇者はんは」

何故だか嬉しそうにニヤニヤ笑うリア。

「ああ、それについてはボクも同感だ。頼りがいはないけれど、とてもバランスのいい感覚を持っているようだね、我らがリーダーは。その点においてはとても信頼が置けるよ」

「確かに」

同じく微苦笑しながらのエルに、またもアスが短く同意した。

「……褒められてる、のか？」

不安になってそう聞くと、

「せやでー」「まぁね」「褒めている」
三者三様の答えが返ってきた。何か一人だけ天邪鬼な返答の奴がいるが、概ね肯定気味の返答なのでよしとしておこう。
俺は、んんっ、と咳払いを一つ。仕切り直して、
「――それと、俺達の戦闘スキルについても確認したいことがたくさんある。魔王を倒すってこと
は、つまり戦って殺す、ってことだろ？　それなら、俺達それぞれに何が出来て、何が出来ないの
か。連携するなら具体的にどんな風にするのか。そもそも、俺達って戦えるだけの力があるのか
――いやありそうだけど。とにかく、魔王を倒すために俺達自身のレベルアップも必要になると思う」
「訓練は大事だ」
珍しくアスが真っ先に首肯してくれた。その厳つい体躯で言われると納得しかなかった。
あるいは俺にも、アスのように立派な筋肉が必要になってくるかもしれない。というか――もし
かしなくとも、魔王を倒す頃には俺もこれぐらいムキムキのマッチョになっていたりするのだろう
か？　だとしたら、元の世界に戻ったときが大変そうだ――
俺は余計な思考を脇に置き、大きく息を吸った。
「――旅をしよう。この世界を見て回ろう。強くなるために。魔王を倒すために」
言いながら、俺は握り締めた右拳をテーブルの真ん中に向けて突き出した。
「元の世界に還るために」
つまり、決意の表明だ。ここで必勝を誓おうと、そういうつもりで拳を出したのだ。

すぐさま俺の意図を察した三人が、めいめい反応する。

「……ああ、もちろんだとも」

「頑張ろう」

「よろしゅうに」

そして、同じように握り拳を掲げ、俺のそれに合わせた。

こつん、と四つの拳がくっつく。

言っては何だが、てんでバラバラの拳ばかりである。小さいのやら大きいのやら、細いのやら真っ白いのやら、共通するところがまるでない。

大体にして、世界を救う勇者一行が未だに最初の街にいて、喫茶店の隅っこで作戦会議なんてしている絵面が実に間抜けなのだ。

しかもその内容が『じっくり世界を回って情報を集めながら実力をつけていこう』である。

少なくとも俺の知っている異世界ものの主人公は、こんな風にのんびりなどしてなかったように思う。

だが、それが何だ。

関係ない。

俺は俺で、他は他なのだ。

ここにある圧倒的な現実を前に、絵空事など論じてもまったくの無意味である。

故に、これでいい。

いや、これがいいのだ。
だから、ここから始めよう。
俺達四人の、魔王討伐の旅を。

そう、これは記憶であり、記録。
その始まり。
四人の英雄――即ち。
――〝銀穹の勇者〟アルサル。
――〝蒼闇の魔道士〟エムリス。
――〝白聖の姫巫女〟ニニーヴ。
――〝金剛の闘戦士〟シュラト。
年端もいかない少年少女が世界を旅し、伝説に挑み、魔王を打倒した。
新たな伝説の。
これが、その始まりだった。

続く……？

あとがき

本作をお読みいただき、まことにありがとうございます。

作者の国広仙戯です。

この『最終兵器勇者～異世界で魔王を倒した後も大人しくしていたのに、いきなり処刑されそうになったので反逆します。国を捨ててスローライフの旅に出たのですが、なんか成り行きで新世界の魔王になりそうです～』は、ゲームファンタジーのテンプレートである勇者と魔王を題材に、魔王討伐のその後を描く物語です。

いやタイトル長すぎますよね。ほんとすみません。『最終兵器勇者』とだけ憶えていただけたら幸いです。

世界の脅威たる魔王。そんな恐ろしい存在を打倒する勇者の力とは、一体どれほどのものなのか。

世界を救う力とは、つまり世界を滅ぼせる力なのではないか――

そういった観点から、この物語は綴《つづ》られました。

無論、ここまでがテンプレートですよね。他でもよく聞くお話です。

ですので、本作の魔王は『人間では絶対に勝てない存在』にいたしました。

言うなれば『災害』です。何をどうやっても止められない災厄。

ちっぽけな人間の手ではどうしようもないような、超常に過ぎる存在――それが本作の魔王となります。

とはいえ魔王を倒した後の勇者の物語ですので、そんな魔王もお話が始まった時点で討伐されてしまっているのですが。

四人で力を合わせたとは言え、それほどの超常存在を葬った勇者が、平和になった世界でどう生きていくのか。また、倒せないはずの魔王をどうやって倒したのか。

そのあたりに焦点を当てつつ、メインヒロイン——のはず——のエムリスとイチャイチャ？したりなんかしちゃったりしながら、最終的にはタイトル通りになる予定です。

多分、おそらく、メイビー、きっと。


謝辞に移らせていただきます。本作の書籍化を決断してくださったＴＯブックスの高倉様、企画立ち上げを担当してくださった南部様、その後任として編集を担当してくださった出口様、キャラクターデザインおよびイラストを担当してくださった和狸ナオ先生、普段より私を支えてくれる家族や友人、そして現在この文章を読んでくださっている読者の皆様。誠にありがとうございます。

それでは、またお会いできる日を楽しみにしております。

国広仙戯

魔族《オメエら》全員
ヤキ入れ
決定な。
くすっ蹂躙だね♪
次巻予告

『果ての山脈』を吹っ飛ばして
国を出たアルサル一行。
しかし、魔界との
境界の山脈が壊れたことで
100万の魔族が攻めてきて――？
勇者が世界に背信する
わからせブレイブ
ストーリー第二弾！
最終兵器勇者2
～異世界で魔王を倒した後も大人しくしていたのに、いきなり処刑されそうになったので反逆します。
国を捨ててスローライフの旅に出たのですが、なんか成り行きで新世界の魔王になりそうです～
国広仙戯
Illust. 和狸ナオ
2025年発売予定！
コミカライズ企画進行中！

©三木なずな・TOブックス／没落貴族製作委員会
没落予定の貴族だけど、
暇だったから魔法を極めてみた
テレ東・BSフジ・AT-Xほかにて
TVアニメ絶賛放送中!

2025年7月
TVアニメ放送開始!

NOVELS

※第13巻カバー　イラスト：keepout

COMICS

※第6巻カバー　漫画：よこわけ

TO JUNIOR-BUNKO

※第5巻カバー　イラスト：玖珂つかさ

STAGE

購入は
コチラ ▶

AUDIO BOOKS

第5巻
2月25日
配信予定!

DRAMA CD

※第1弾ジャケット

第2弾
制作
決定!

CAST
鳳蝶：久野美咲
レグルス：伊瀬茉莉也
アレクセイ・ロマノフ：土岐隼一
百華公主：豊崎愛生

白豚貴族ですが前世の記憶が生えたのでひよこな弟育てます

shirobuta
kizokudesuga
zensenokiokuga
haetanode
hiyokonaotoutosodatemasu

シリーズ累計
60万部
突破!
（電子書籍も含む）

詳しくは
原作公式HPへ

本がなければ
作ればいい——
原作小説
（本編通巻全33巻）
第一部
兵士の娘
（全3巻）
第二部
神殿の
巫女見習い
（全4巻）
第三部
領主の養女
（全5巻）
第四部
貴族院の
自称図書委員
（全9巻）
ラインストア限定
続々発売中！
ハンネローレの
貴族院五年生
貴族院外伝
一年生
短編集
（1～3巻）
第五部
女神の化身
（全12巻）

夢物語では終わらせない
ビブリア・ファンタジー
ふぁんぶっく
1〜9巻
原作ドラマCD
1〜10
ハンネローレ
ドラマCD
本好きの
下剋上
司書になるためには
手段を選んでいられません
香月美夜
miya kazuki
イラスト：椎名 優
you shiina
TOブックスオン
書籍、グッズ
ありがとう、本好き！
シリーズ累計
1100万部
突破！
（電子書籍を含む）
詳しくは原作公式HPへ
tobooks.jp/booklove

最終兵器勇者
～異世界で魔王を倒した後も大人しくしていたのに、いきなり処刑されそうになったので反逆します。国を捨ててスローライフの旅に出たのですが、なんか成り行きで新世界の魔王になりそうです～

2025年2月1日　第1刷発行

著　者　国広仙戯

発行者　本田武市

発行所　TOブックス
〒150-0002
東京都渋谷区渋谷三丁目1番1号　PMO渋谷Ⅱ　11階
TEL 0120-933-772（営業フリーダイヤル）
FAX 050-3156-0508

印刷･製本　中央精版印刷株式会社

ISBN978-4-86794-433-2